인생의 새벽을 깨우는 좋은 습관

아침독서

10분

동양고전

인생의 새벽을 깨우는 좋은 습관

아침독서 10분

구인환(서울대 명예교수) 엮음

동양고전

좋은 책 좋은 독자를 만드는 —
㈜신원문화사

　아침독서운동은 일본에서 1988년에 처음 시작해 현재 일본 전체 학교의 약 63%가 넘는 학교가 참여하고 있으며, 우리나라에서도 2005년에 본격적으로 시작되어 전국의 학교에 책 읽는 문화를 만들고 있는 운동이다.

　최근 발표된 한 언론 보도에 의하면 교육과학기술부에서 창의력과 폭넓은 사고를 갖춘 학생을 기르기 위해 '독서교육 및 학교도서관 종합 추진 방향'을 마련하고 있다고 한다.

　내용을 살펴보면 초등학교에서는 아침독서 10분 운동을 통한 독서활동과 도서관 친해지기 프로그램을 적극 권장하고, 자녀와 함께 책 읽는 가족문화 풍토조성을 위하여 다양한 지원을 확대한다고 한다.

　또한, 중·고등학교의 경우 논리력·표현력을 향상시키기 위해 정규교과시간과 독서활동을 연계하고 학생 독서토론 동아리 활동 등을 지원한다는 계획이다.

　이런 분위기에 발맞추어 기획된 아침독서 10분 시리즈를 적극적으로 활용한다면 독자들에게는 큰 유익이 될 것이다.

**《인생의 새벽을 깨우는 좋은 습관 아침독서 10분》을
활용하는 방법은 크게 3가지다.**

1 온 가족이 함께 읽는다

부모는 자녀가 아침독서 시간을 가질 수 있도록 시간적 배려를 해줘야 한다. 이 시간에는 아무리 바쁘더라도 다른 일을 자제하고, 자녀와 함께 일정한 시간동안 정해진 장소에 모여 책을 읽도록 한다.

2 날마다 꾸준히 읽는다

여러 가지 일과로 분주한 아침이지만 날마다 꾸준히 독서하는 습관을 들이는 것이 중요하다. 책 읽는 습관을 갖게 되면 이 시간을 통하여 자신의 내면을 바라보게 되고 차분한 상태에서 마음의 여유를 갖게 된다.

3 좋아하는 책을 읽는다

어떤 문학 작품을 막론하고 본인이 좋아하는 책을 읽어야 한다. 흥미 있는 책을 읽다보면 본인도 모르게 책 읽는 습관을 갖게 되고, 오랫동안 잊고 있었던 책 읽기의 즐거움에 흠뻑 빠지게 된다.

세상은 흐르는 물과 같이 변해 간다. 물은 잠시도 머물러 있지 않고 낮은 데로 흘러가 작은 개울이 큰 강이 되고, 큰 강물은 또 흘러가 오대양의 망망대해를 이루어 출렁거린다.

흐르다가 좁아지면 거기에 따라 흐르고, 막히면 잠시 머물렀다가 그것을 넘어 흐른다. 그 흐르는 물결을 따라 계곡의 절경을 이루기도 하고, 댐에 갇혀 방류될 때를 기다리기도 하며, 흐르고 흘러 수평선을 넘나드는 대해의 장관을 이루기도 한다.

우리는 이 흐르는 물과 같은 세상 속에서 금수강산의 아름다움을 누리며 오늘을 살아간다. 사계가 분명하고 청명한 이 강산에서 내일의 지평을 그리며, 뜻을 굳히고 길을 찾아 앞으로 달려가는 것이다. 그러기 위해서는 평소에 시나 소설, 고전 등을 많이 읽어 정서적 상상력과 사고력을 기르고, 그것을 구술·논술로 표현할 수 있는 능력을 갖추어야 한다.

그런 의미에서 이 책은 다음과 같은 선정 기준을 갖고 기획되었다.

1 대입수능시험 및 논술시험을 앞두고 있는 고등학생이나 일반인의 교양을 위해, 각 분야에서 기념비가 될 만한 주옥같은 작품을 엄선했다.

2 각 작품마다 감상 전에 '작가소개', '줄거리', '작품해설' 등을 미리 읽어볼 수 있도록 배려하여, 독자가 상상력을 기르고 작품을 풍부하고 심도 있게 이해할 수 있도록 하였다.

3 작품의 이해를 돕고 독자의 사고력 신장에 도움이 되도록, 난해한 어휘의 경우 하단에 중요 어구를 풀이해 놓았다.

4 작품과 관련된 생각할 문제들을 제시하고 자세한 모범 답안을 정리해 놓아 독자들이 읽은 작품을 반추하고 정리할 수 있도록 하였다.

이런 기준으로 엮어진 《인생의 새벽을 깨우는 좋은 습관 아침독서 10분》은 수능과 논술 입시를 준비하는 학생들에게 성실한 길잡이가 되고, 일반인의 교양을 위한 등불이 될 것이다. 독자들이 그 속에 얽힌 삶의 의미와 총체상을 이해하고, 창조의 예술미를 음미하면서 삶을 누릴 수 있기를 기대한다.

구 인 환

목차

송강가사

정철
(鄭澈 1536~1593)

송강가사

정철(鄭澈 1536~1593)

작가와 작품세계

정철(1536~1593)

문인이자 정치가. 호는 송강(松江)이며, 어릴 때부터 인종의 귀인인 큰 누이와 계림군 유의 부인이 된 둘째누이의 인연으로 궁중에 출입, 같은 나이의 경원대군(명종)과 어울려 지냈다. 10세 때 을사사화로 인해 맏형은 죽고 아버지는 유배당하였다. 그 후 아버지가 유배에서 풀려나자 전라도 담양 창평에 이주하여, 급제할 때까지 10여 년을 이곳에서 보내면서 임억령·김인후·송순·기대승으로부터 시와 한문을 배우고, 이이·성혼 등과도 친분을 맺었으며, 이 시기에 〈성산별곡〉을 지었다. 벼슬은 사헌부 지평으로 시작하여 수찬과 좌랑 등을 지내다가 45세 때 강원도 관찰사가 되었는데, 이때 〈관동별곡〉과 〈훈민가〉를 지어 시조와 가사 문학의 대가로서 재질을 발휘하기 시작하였다. 그 뒤 도승지·예조참판·대사헌에 이르렀으나 동인의 탄핵을 받아 귀향하여 은거하면서 〈사미인곡〉·〈속미인곡〉 등의 가사와 많은 시조와 한시를 창작하였다.

작품으로는 〈성산별곡〉·〈사미인곡〉·〈속미인곡〉·〈관동별곡〉 등 네 편의 가사와 〈장진주사〉를 비롯한 시조 107수가 전하며, 저서로는 시문집인 《송강집》과 시가 작품집인 《송강가사》가 있다.

줄거리

전체의 줄거리가 따로 없으므로, 대표적인 송강의 가사 네 편의 구성을 밝히기로 한다.

성산별곡 : 춘·하·추·동 사계절의 자연 묘사 이외에 앞뒤에 서사와 결사가 각각 붙어 총 6단으로 이루어져 있다. 구체적 내용을 살펴면, 1단은 서사(序詞)에 해당하는 것으로 서하당·식영정에 머물며 세상에 나가지 않는 주인 김성원의 풍류와 기상, 그리고 선간(仙間)과도 같은 식영정의 자연경관을 노래했다. 2단은 춘사(春詞)로 성산의 봄 경치와 주인공의 생활을 그렸으며, 3단은 하사(夏詞)로 신선하고 한가한 성산의 여름 풍경을 묘사하였다. 4단은 추사(秋詞)로 성산의 가을 달밤 풍경을 읊었고, 5단은 동사(冬詞)로 산중에 벗이 없어 독서를 통하여 고금의 성현과 호걸들을 생각하고 그 흥망과 지조를 느끼며 뜬구름 같은 세상에서 술 마시고 거문고 나 타는 진선(眞仙) 같은 생활의 즐거움을 노래하였다.

관동별곡 : 송강이 강원도 관찰사로 부임할 때 지은 것으로 관동팔경을 유람하면서 그 경치를 노래했다. 크게 4단으로 나뉘는데, 1단에서는 향리에 은거하고 있다가 임금의 부름을 받고 관찰사에 제수되어 강원도 원주로 부임하는 과정을 그렸으며, 2단에서는 만폭동·금강대·진헐대·개심대·화룡연·십이폭포 등 내금강의 절경을 차례로 노래하고 있다. 3단에서는 총석정·삼일포·의상대의 일출·경포대·죽서루 및 망양정에서 보는 동해의 경치 등 외금강·해금강과 동해안에서의 유람 과정을 읊었으며, 4단에서는 정철의 풍류를 꿈속에서 신선과 더불어 노니는 것에 비유함으로써 끝맺고 있다.

사미인곡 : 임금을 사모하는 정을 한 여인이 남편을 생이별하고 연모하는 마음에 비유하여 읊은 작품으로, 고신연주(孤臣戀主)의 지극한 충정이

유려한 필치로 묘사되어 있다. 2음보 1구로 계산하여 총 126구이며, 음수율은 3·4조가 주조를 이룬다. 구성은 서사(緒詞)·춘원(春怨)·하원(夏怨)·추원(秋怨)·동원(冬怨)·결사(結詞)의 6단락으로 짜여 있으며, 전편(全篇)을 통하여 한 여성의 독백으로 되어 있다. 여성적인 행위·정조·어투·어감 등을 춘·하·추·동에 맞는 소재로 빌려 작가의 의도를 치밀하게 표현하고 있다.

속미인곡 : 대화체로 되어 있다. 서두에서는 먼저 갑녀라는 한 화자가 '네 가는 뎌 각시 본 듯도 흔뎌이고'라 하여 을녀라는 여인에게 주위를 환기시킨 후 천상 백옥경을 어찌 이별하고 해가 다 저물어 가는 날에 누구를 보러 가느냐고 묻는 데서 시작된다. 이에 을녀가 임과 헤어지게 된 자신의 일을 늘어놓고 한탄하자 갑녀가 이에 대한 자신의 입장을 말하고 을녀가 다시 임을 향한 사모의 정을 읊은 뒤 갑녀가 위로하는 말로 마무리된다.

작품해설

성산별곡 : 식영정의 주인인 김성원의 생활을 흠모하면서, 적막한 강산에서 모든 시름을 잊을 만한 즐거움을 누리는 흥취를 노래했다. 그러나 험한 세상에 나아가서는 뜻을 이룰 수 없기에 부득이 물러남을 암시하기도 하여 소외와 좌절에 대한 보상으로써의 풍류가 강조되고 있다.

관동별곡 : 왕명을 받은 자로서 애민(愛民)과 위정(爲政)의 포부를 금강산과 관동팔경의 여정에 따라 펼쳐내고 있다. 조화와 여백을 중요시하는 동양적 지혜가 표출되기도 하며, 이러한 면이 전통적으로 작품의 주제를 연군(戀君)과 선어(仙語)로 파악하도록 하고 있다.

사미인곡 : 예로부터 외로운 신하가 임금을 그리워하는 것을 충신연주지사(忠臣戀主之詞)라고 했다. 이러한 고신연주(孤臣戀主)의 충정이 임과

생이별한 한 여인의 간절한 연모(戀慕)의 형식을 빌려 표출되고 있다.

　속미인곡 : 작품의 의미를 일반적이고 추상적인 단계에서 말한다면 〈사미인곡〉과 같다. 그러나 연모와 원망이 서로 뒤엉켜 최정점에 달하도록 하는 극적 구성을 취하며, 현실의 결여 상태를 죽음이라는 비극적 초월을 통해 극복해 보려는 비장성을 띤다는 점이 다르다.

　〈성산별곡〉은 《송강가사》, 《송강별집추록유사》, 《서하당유고》 등에 수록되어 있다. 성산은 전라남도 담양군 창평면 지곡리에 있는 지명으로, 정철이 25세 이후에 당쟁으로 정계를 물러나 이곳에서 살 때(33세 전후) 당시의 문인이었던 김성원을 위해 이 작품을 지었다고 전한다. 총 84행 168구며, 음수율은 3·4조가 주축을 이루고 그 밖에 4·4조, 3·3조, 2·4조 등도 더러 보인다.

　이 작품은 당시 성산동 식영정에 모인 사선(四仙) 즉 김성원·정철·임억령·고경명 등이 같은 제목과 압운을 써서 〈식영정잡영〉 20수를 지은 것을 바탕으로 그것을 부연, 설명하고 형태를 바꾸어 만든 것이므로 엄밀하게 보아 정철 자신의 순수한 창작으로 볼 수 없다는 견해도 있다. 정철의 다른 작품에 비하여 한시어구와 전고(典故)가 유난히 많아 한시적인 분위기가 짙고, 한 개인과 특정 지역에 대한 칭송 일변도로 진행되는 것도 바로 이러한 데서 기인한 것으로 보인다. 그러나 정철 자신의 순수한 생활상이 그대로 반영되어 있고 한시를 가사화하는 과정에서 시인 고유의 개성도 충분히 가미되고 있으니만큼 정철의 창작품으로 인정하되 그의 또 다른 작품세계의 일면을 보여주는 작품으로 평가하는 것이 타당하다.

　〈관동별곡〉은 《송강가사》와 《협률대성》에 수록되어 있다. 1580년 정철의 나이 45세가 되던 해 쓰인 작품으로 작품의 구(句) 수는 이본에 따라 차이가 있으나 145구에서 149구 정도다. 율격은 가사의 전형적인 4음 4보격을 주축으로 하고 있는데, 음절수를 보면 3·4조가 가장 많고 그 외에 2·4조에서 5·2조에 이르기까지 다양하게 나타난다.

〈관동별곡〉은 작가가 독자에게 직접 말하는 진술 양식을 사용하기도 하고, 등장인물인 신선과 대화하는 부분도 있는데, 감탄사의 적절한 사용, 대구의 묘, 적절한 생략법 등을 사용한 탄력이 넘치는 문장으로 우리말을 시적으로 잘 다듬어 놓아서 작가의 문장력을 새삼 느끼게 한다.

동해안의 아름다운 경치를 실감나게 그리면서도 곳곳에 임금에 대한 그리움과 감사의 염(念)을 드러내고 있는데, 후대의 문인들은 이 작품을 여러모로 상찬(賞讚)하였는바, 특히 김만중은《서포만필》에서 이 작품을 〈전후미인곡〉과 더불어 '동방의 이소(離騷)'라 극찬하였다. 때문에 그 후 조우인의 〈관동속별곡〉 등과 같이 아류작이라 할 만한 것들도 상당수 생겨났다.

〈속미인곡〉은 작가 나이 50세에서 54세 사이에 지은 것으로 2음보를 1구로 하여 총 96구에 달하며 3·4조의 기본 율조를 지닌 작품이다. 임금을 그리워하는 심정을 은유적으로 노래한 것으로, 여기에 등장하는 갑녀와 을녀는 각기 작가의 분신이면서 의도하는 바를 보다 효과적으로 표현하기 위해 등장시킨 인물들이다. 특히 갑녀는 을녀의 하소연을 유도하며 보다 극적이고 효과적으로 가사의 종결을 짓도록 하는 구실을 한다. 또한 〈속미인곡〉은 사대부가 지은 가사이면서도 유식한 고사라고는 하나도 쓰지 않았으며, 한시 체험과는 거리가 멀다. 오히려 민요 같은 것을 매개로 하여 여인네들이 흔히 하는 푸념을 살리면서, 사랑과 이별의 미묘한 감정을 아주 잘 나타내고 있다.

송강가사가 창작된 배경은 몇 가지 국면에서 이해할 수 있다. 첫째, 그의 개성이다. 어려서부터 궁중 생활을 통해 권력을 체험하고 사화의 와중에 가정적 비극을 겪은 그로서는 늘 현실에 민감할 수밖에 없었으며, 그것은 그의 가사가 끊임없이 진퇴(進退)의 문제와 연관을 갖는 이유가 된다. 둘째, 가사 장르의 완숙이다. 사람들이 문화의 전면에 나서면서 시조와 더불어 가사도 질적·양적으로 성숙했으며, 이러한 바탕 위에서 기존의 문학적 관습들을 적극적으로 활용할 수 있었다. 셋째, 시대 상황이다. 당시는 사림 정권의 모순이 점차 축적되어 가던 때로서, 집권 서인층에서 특히 이를 심각하게 인식하고 있었다. 이를 철학적으로 타파하고자 한 이가 율곡이라면, 문학에서 수용하고자 한 이가 송강이었다. 당대 모순의 인식과 위기의식이야말로 송강가사에 팽팽한 문학적 긴장을 불어넣은 매체였던 것이다.

생각 나누기

다음 지문은 〈관동별곡〉 가운데 한 부분이다. 흔히 이 작품을 연군(戀君)과 선어(仙語)로 이루어졌다고 하는데, 주어진 예문을 통하여 이를 밝히고 조선조 사대부들의 세계관과 어떻게 관련되어 있는지 설명하시오.

송근을 볘여 누어 픗줌을 얼픗 드니
애 흔 사롬이 날두려 닐온 말이
그디룰 내 모르랴 상계예 진선이라
황정경 일자룰 엇디 그릇 닐거 두고
인간의 내려와서 우리룰 쏠오는다
져근덧 가디 마오 이 술 흔 잔 머거 보오
북두성 기우려 창해수 부어 내여
저 먹고 날 머겨눌 서너 잔 거후로니
화풍이 습습ᄒ야 양액을 추혀드니
구만리 장공애 져기면 놀리로다

이 술 가져다가 사해예 고로 눈화

억만창생을 다 취케 밍근 후의

그제야 고텨 맛나 쏘 흔 잔 흐샷고야

말 디샤 학을 투고 구공의 올나가니

공중 옥소 소리 어제런가 그제런가

모범 답안

'그디롤 내 모르랴 ~ 이 술 흔 잔 머거 보오'까지는 꿈속에 나타난 신선의 말이며 '이 술 가져다가 ~ 흔 잔 흐샷고야'의 부분은 이에 대한 작가의 대답이다. 신선과의 대화를 통해 자신을 신선에 비유하는 이 부분에는 도가(道家)의 신선 사상이 나타나며, 동시에 '선우후락(先憂後樂)'의 전통적 유가(儒家) 사상을 드러내고 있다. 이는 유선(儒仙)의 절묘한 조화로 평가받을 만하다.

우리는 깨어 있는 동안 자아(ego)가 주관하는 현실 원칙의 지배를 받으며 잠자는 동안은 본능(id)이 주관하는 쾌락 원칙의 지배를 받는다. 꿈은 무의식의 세계를 드러내는 것이므로 송강이 꿈속에서 도가적 원리를 지향하는 태도를 보이는 것은 당연하다. 그러나 성리학적 교양으로 차 있는 송강으로서는 완전히 쾌락 원칙에 따르기만 할 수는 없는 일이다. 그러므로 '천하가 근심하기에 앞서 근심하고 천하가 즐거워한 다음 즐거워한다.'는 '겸선천하(兼善天下)'를 지향하는 것이다. 한편으로는 동경의 세계를 그리면서 다른 한편으로는 현실적 이념의 세계를 소홀히 하지 않은 사대부들의 사고를 잘 표현한 작품이라 할 수 있다.

읽기 전에

　제시된 본문은 송강의 글 중 〈성산별곡〉·〈사미인곡〉·〈속미인곡〉 세 편의 가사다. 강호자연과 연군지정을 제재로 한 이들 가사들을 통하여 조선조 사대부들의 세계관을 살펴보고, 여기에 나타나는 대화체에 주목하여 이들이 주는 효과에 대해 생각해 보자.

송강가사

성산별곡

엇던 디날 손이 星山[1]의 머믈며셔
棲霞堂[2] 息影亭[3] 主人아 내 말 듯소
人生 世間의 됴흔 일 하건마는
엇디호 江山을 가디록 나이녀겨
寂寞 山中의 들고 아니 나시는고
松根[4]을 다시 쓸고 竹床의 자리 보아
져근덧 올라 안자 엇던고 다시 보니
天邊의 썻는 구름 瑞石[5]을 집을 사마
나는 둣 드는 양이 主人과 엇더호고
滄溪 흰 믈결이 亭子 알픠 둘러시니
天孫雲錦[6]을 뉘라서 버혀 내여

---

1 성산. 지금의 담양군.
2 서하당. 김성원(金成遠)이 지은 정자 이름.
3 식영정. 김성원이 임억령을 위하여 지은 정자 이름.
4 송근. 소나무 뿌리.
5 서석. 광주 무등산 마루에 있는 서석대(瑞石臺).

닛는 둧 펴티는 둧 헌스토 헌스홀샤⁷

山中의 冊曆 업서 四時를 모르더니

눈 아래 헤틴 景이 철철이 졀노나니

둧거니 보거니 일마다 仙間이라

梅窓 아젹 벼티 香氣예 잠을 씨니

仙翁⁸의 히욜 일이 곳 업도 아니ᄒ다

울밋 陽地편의 외씨를 쎄허 두고

미거니 도도거니 빗김의 달화내니⁹

靑門故事¹⁰를 이제도 잇다 ᄒ다

芒鞋¹¹를 뵈야¹² 신고 竹杖을 훗더디니¹³

桃花핀 시내길히 芳草洲¹⁴의 니어셰라

닷 붓근¹⁵ 明鏡中¹⁶ 절로 그린 石屛風

그림애롤 버들 사마 西河로 홈ᄋᆡ 가니

桃源은 어드매오 武陵이 여긔로다

南風이 건둧 부러 綠陰을 헤텨 내니

節 아는 괴꼬리는 어드러셔 오돗던고

羲皇벼개¹⁷ 우희 풋줌을 얼픗 씨니

---

6 천손운금. 직녀가 짠 아름다운 비단이란 뜻으로 여기에서는 은하수를 가리킴.
7 야단스럽거나 시끄러운 것을 나타내는데, 여기에서는 몹시 호화스럽고 아름다운 것을 뜻함.
8 선옹. 산촌에 사는 신선 같은 늙은이. 여기서는 김성원을 가리킴.
9 비가 온 김에 가꾸어 내니.
10 청문고사. 청문의 옛일. '청문'은 한나라 장안성(長安城)의 동남문(東南門)을 가리킴
11 망혜. 미투리.
12 죄어. 또는 재촉하여.
13 되는 대로 옮겨 놓으니.
14 방초주. 꽃다운 풀이 우거진 물가의 작은 섬. 여기서는 식영정 부근의 아름다운 경치를 가리킴.
15 '닷 붓근'이란 반들반들하다는 의미.
16 명경중. 거울같이 맑은 물속에.
17 희황벼개. 모서리에 희황상인(羲皇上人)을 수놓은 베개. 희황상인은 복희씨 때의 은사로, 그의 이름을 수놓은 이 베개를 베면 잠이 편안하다고 한다.

空中 저즌 欄干[18] 믈 우히 써 잇고야

麻衣룰 니믜 추고 葛巾을 기우 쓰고

구브락 비기락 보ᄂᆞ 거시 고기로다

ᄒᆞᄅᆞ밤 비긔운의 紅白蓮이 섯거 픠니

ᄇᆞ람긔 업서셔 萬山이 향긔로다

濂溪[19]룰 마조 보와 太極[20]을 뭇줍ᄂᆞᆫ 듯

太乙眞人[21]이 玉字룰 헤혓ᄂᆞᆫ 듯[22]

鰲伸巖[23] 건너 보며 紫微灘[24] 겨ᄐᆡ 두고

長松을 遮日[25]사마 石逕의 안자ᄒᆞ니

人間 六月이 여긔ᄂᆞᆫ 三秋로다

淸江의 ᄯᅳᆺᄂᆞᆫ 올히[26] 白沙의 올마 안자

白鷗룰 벗을 삼고 ᄌᆞᆷ 씰 줄 모ᄅᆞᄂᆞ니

無心코 閑暇ᄒᆞ미 主人과 엇더ᄒᆞ니

梧桐 서리ᄃᆞᆯ[27]이 四更의 도다 오니

千巖萬壑이 나진ᄃᆞᆯ 그러ᄒᆞᆯ가

湖洲 水晶宮[28]을 뉘라셔 옴겨 온고

銀河룰 ᄲᅱ여 건너 廣寒殿[29]의 올랏ᄂᆞᆫ 듯

---

18 공중 저즌 난간. 공중에 솟아 있으면서도 그림자가 물속에 비쳐 있는 정자의 난간.

19 염계. 중국 송나라의 도학자 주돈이(周敦頤). 자는 무숙(茂叔). 《태극도설》 등을 지음.

20 태극. 태극의 이치. 또는 자연의 이치.

21 태을진인. 천지의 도를 터득한 신선.

22 옥자룰 헤혓ᄂᆞᆫ 듯. 우임금이 잠을 깨어 황제지악(皇帝之岳)에서 돌을 헤쳐 그 속에서 황제가 남긴 비결서인 '금간옥자(金簡玉字)'를 얻은 듯이.

23 노자암. 식영정 아래 창계(蒼溪)에 있는 바위 이름.

24 자미탄. 식영정 아래에 있는 여울 이름.

25 차일. 햇볕을 가리기 위해 치는 포장.

26 오리.

27 음력 칠월. 상월(霜月). 양월(凉月).

28 호주 수정궁. 호주의 수정으로 만든 궁전. '호주'는 복주부(福州府) 서호(西湖)에 있는 섬.

29 광한전. 달 속에 있다는 궁전.

싹 마존 늘근 솔란 釣臺[30]에 셰여 두고

그 아래 비롤 씌워 갈대로 더뎌 두니

紅蓼花 白汗洲 어느 소이 디나관더

環碧堂[31] 龍의 소[32]히 빗머리에 다하셰라

淸江 綠草邊의 쇼 머기는 아히들이

夕陽의 어위 계워[33] 短笛을 빗기 부니

믈 아래 줌긴 龍이 줌 씨야 니러날 둧

닛긔예[34] 나온 鶴이 제 기술 더뎌 두고 半空의 소소 쯜 둧

蘇仙赤壁[35]은 秋七月이 됴타 호디

八月 十五夜롤 모다 엇디 과ᄒᆞ는고[36]

纖雲이 四捲ᄒᆞ고[37] 믈결이 채 잔 적의

하늘의 도둔 돌이 솔 우히 걸려거든

잡다가 ᄶᅢ딘 줄이 謫仙이 헌ᄉᆞ홀샤[38]

空山의 싸힌 닙흘 朔風[39]이 거두 부러[40]

ᄶᅦ구름 거느리고 눈조차 모라오니

天公[41] 호ᄉᆞ로와 玉으로 고즐 지어

萬樹千林을 ᄭᅮ며곰 낼셰이고

---

30 조대. 낚시터.
31 환벽당. 성산 맞은편 작은 언덕 위에 있는 집. 사촌(沙村) 김윤제(金允悌)가 지어서 살던 집.
32 용의 소. 성산의 승지 중 하나인 '용추(龍湫)'를 이름.
33 즐거움을 이기지 못하여.
34 안개 기운에.
35 소선적벽. 중국 송나라의 문인 소식이 이곳에서 뱃놀이를 하면서 《적벽부》를 지었다던 적벽강.
36 칭찬 하는가.
37 섬운이 사권ᄒᆞ고. 엷고 고운 비단 같은 구름이 사방으로 걷히고.
38 잡다가 ᄶᅢ딘 줄이 적선이 헌ᄉᆞ홀샤. 중국 당나라의 시인 이백이 채석강에서 술에 취하여
   물속에 비친 달을 잡는다고 들어가 빠져 죽은 것을 가리킴.
39 겨울철의 북풍.
40 거두어들이듯이 불어. 휩쓸어 불어.
41 천공. 조물주.

앏 여흘 ᄀ리 어러⁴² 獨木橋⁴³ 빗겻ᄂᆞ딕

막대 멘 늘근 즁이 어늬 뎔로 간닷말고

山翁⁴⁴의 이 富貴ᄅᆞᆯ 눕ᄃᆞ려 헌ᄉᆞ마오

瓊瑤窟⁴⁵ 隱世界ᄅᆞᆯ ᄎᄌᆞ리 이실셰라

山中의 벗이 업서 漢紀⁴⁶ᄅᆞᆯ 빠하 두고

萬古人物을 거스리 혜여ᄒᆞ니

聖賢도 만커니와 豪傑도 하도 할샤

하ᄂᆞᆯ 삼기실 제 곳 無心 ᄒᆞᆯ가마ᄂᆞᆫ

엇디ᄒᆞᆫ 時運이 일락배락⁴⁷ ᄒᆞ얏ᄂᆞᆫ고

모ᄅᆞᆯ 일도 하거니와 애돌옴도 그지업다

箕山의 늘근 고블 귀ᄂᆞᆫ 엇디 싯돗던고⁴⁸

박소릭 핀계ᄒᆞ고⁴⁹ 조장⁵⁰이 ᄀ쟝 놉다

人心이 ᄂᆞᆺ ᄀᆞᆺᄐᆞ야 보도록 새롭거늘

世事ᄂᆞᆫ 구롬이라 머흐도 머흘시고

엇그제 비존 술이 어도록 니건ᄂᆞ니

잡거니 밀거니 슬ᄏᆞ장 거후로니

ᄆᆞᄋᆞᆷ의 믹친 시롬 져그나 ᄒᆞ리ᄂᆞ다⁵¹

---

42 가리어 얼어. 또는 덮어서 얼어.
43 독목교. 외나무다리.
44 산옹. 김성원을 말함.
45 경요굴. 아름다운 구슬로 된 굴이란 뜻으로 달나라를 뜻하지만, 여기서는 성산(星山)을 가리킴.
46 한기. 책을 말함.
47 흥했다가 망했다가.
48 중국 하남성에 있는 기산에 허유(許由)와 소부(巢父)가 숨어 살았는데, 요임금이 찾아와 허유 에게 천하를 물려주겠다고 하자 더러운 소리를 들어 귀가 더럽혀졌다고 하며 영수(潁水)에 서 귀를 씻었다는 고사. '고불(古佛)'은 나이가 많은 사람, 또는 옛날의 불상(佛像)을 뜻하나 여기서는 허유를 가리킴.
49 표주박 하나도 귀찮고 성가시다고 핑계 대 내던져 버린 후에.
50 지조행장(志操行狀)의 준말.
51 낫는다. 풀린다.

거믄고 시욹 언저 風入松[52] 이야고야[53]

손인동 主人인동 다 니저 부려셔라

長空의 셧는 鶴이 이 골의 眞仙이라

瑤臺[54] 月下의 힝혀 아니 만나신가

손이셔 캘쟎ᄃ러 닐오디 그디 긘가 ᄒ노라

사미인곡

이몸 삼기실 제 님을 조차 삼기시니

ᄒ싱 緣分이며 하ᄂᆞᆯ 모롤 일이런가

나 ᄒᆞ나 졈어 잇고 님 ᄒᆞ나 날 괴시니

이 ᄆᆞᄋᆞᆷ 이 ᄉᆞ랑 견졸 ᄃᆡ 노여[55] 업다

平生애 願ᄒᆞ요ᄃᆡ 혼ᄃᆡ 녜쟈[56] ᄒᆞ얏더니

늙거야 므ᄉᆞ 일로 외오 두고 그리ᄂᆞᆫ고

엇그제 님을 뫼셔 廣寒殿[57]의 올낫더니

그 ᄃᆞᆯ디 엇디ᄒᆞ야 下界예 ᄂᆞ려오니

올 저긔 비슨 머리 헛틀언디 삼년일쇠

臙脂粉 잇ᄂᆞᆫ마는 눌 위ᄒᆞ야 고이 홀고

ᄆᆞᄋᆞᆷ의 미친 실음 疊疊이 싸혀 이셔

짓ᄂᆞ니 한숨이오 디ᄂᆞ니 눈믈이라

52 풍입송. 악곡의 이름.

53 이로구나. 또는 끊이지 않는구나.

54 요대. 신선이 사는 곳. 또는 달의 다른 이름.

55 다시.

56 원래는 함께 가자 또는 같은 곳에 가자라는 말이나, 여기서는 함께 살려고의 뜻임.

57 광한전. 달 속에 있다는 상상의 궁전.

人生은 有限호디 시롬도 그지업다

無心호 歲月은 믈흐르 둧 호는고야

炎凉[58]이 쌔롤 아라 가는 둧 고텨 오니

듯거니 보거니 늣길 일도 하도 할샤

東風이 건듯 부러 積雪을 헤텨 내니

窓 밧긔 심근 梅花 두세 가지 픠여셰라

굿득 冷淡호디 暗香[59]은 므스 일고

黃昏의 돌이조차 벼마티[60] 빗최니

늣기는 둧 반기는 둧 님이신가 아니신가

뎌 梅花 것거 내여 님 겨신 디 보내오져

님이 너롤 보고 엇더타 너기실고

꼿 디고 새닙 나니 綠陰이 쎌렷는디

羅幃[61] 寂寞호고 繡幕[62]이 뷔여 잇다

芙蓉[63]을 거더 노코 孔雀[64]을 둘러 두니

굿득 시롬 한디 날은 엇디 기돗던고

鴛鴦錦 버혀 노코 五色線 플텨내여[65]

금자히 견화이셔[66] 님의 옷 지어내니

手品은 크니와 制度[67]도 フ줄시고[68]

---

58 염량. 무덥고 서늘함. 곧 계절을 의미함.
59 암향. 그윽이 풍겨 오는 향기.
60 베갯머리에.
61 나위. 비단으로 만든 휘장.
62 수막. 수를 놓아 만든 장막.
63 부용. 연꽃 무늬가 있는 비단으로 만든 방장. '부용장(芙蓉帳)'을 줄인 말.
64 공작. 공작의 그림이 있는 병풍. '공작병(孔雀屏)'을 줄인 말.
65 풀어내어.
66 재어서.
67 제도. 옷을 만드는 격식.
68 갖추어 있구나.

珊瑚樹 지게 우히 白玉函의 다마 두고

님의게 보내오려 님 겨신 디 브라보니

山인가 구름인가 머흐도 머흘시고

千里 萬里 길히 뉘라셔 초자갈고

니거든[69] 여러 두고 날인가 반기실가

ᄒᆞᄅ밤 서리김의 기러기 우러 녈 제

危樓[70]에 혼자 올나 水晶簾을 거든마리

東山의 돌이 나고 北極의 별이 뵈니

님이신가 반기니 눈물이 절로 난다

淸光[71]을 픠워 내여 鳳凰樓의 븟티고져

樓 우히 거러 두고 八荒[72]의 다 비최여

深山窮谷 졈[73] 낫ᄀ티 밍그쇼셔

乾坤이 閉塞[74]ᄒᆞ야 白雪이 ᄒᆞᆫ빗친 제

사룸은 ᄏᆞ니와 놀새도 긋처 잇다[75]

瀟湘南畔[76]도 치오미 이러커든

玉樓高處[77]야 더옥 닐러 므슴ᄒᆞ리

陽春을 부처 내여 님 겨신 디 쏘이고져

茅簷[78] 비쵠 ᄒᆡ롤 玉樓의 올리고져

---

69 가거든.
70 위루. 높은 누각.
71 청광. 맑은 달빛.
72 팔황. 팔방(八方). 온 세상.
73 조금.
74 폐색. 꽉 닫히고 막힘. 곧 겨울의 추위에 모든 것이 얼어 생기가 막혀 버린 것을 말한다.
75 날짐승의 날아다님도 끊겼다. 당나라 시인 유종원(柳宗元)의 〈강설(江雪)〉에 '모든 산에는 새한 마리 날지 않고 / 길마다 사람의 자취 끊어졌네'라는 시구가 있음.
76 소상남반. 중국 호남성에 있는 소수(瀟水)와 상수(湘水)의 남쪽 언덕.여기서는 전남 담양군 창평을 가리킴.
77 옥루고처. 옥으로 만든 높은 누각. 곧 임금이 계시는 곳.

紅裳을 니믜 ᄎ고[79] 翠袖롤 半만 거더
日暮脩竹의 혬가림[80]도 하도 할샤
댜론[81] 히 수이 디여 긴 밤을 고초 안자
靑燈 거론 겻티 鈿篌撞[82] 노하 두고
ᄭᅮᆷ의나 님을 보려 톡 밧고 비겨시니
鴦衾[83]도 ᄎ도 출샤 이 밤은 언제 샐고
ᄒᆞᄅᆞ도 열두 ᄣᅢ ᄒᆞᆫ ᄃᆞᆯ도 셜흔 날
져근덧 생각 마라 이 시롬 닛쟈 ᄒᆞ니
ᄆᆞᄋᆞᆷ의 미처 이셔 骨髓의 ᄭᅦ텨시니[84]
扁鵲[85]이 열히 오다 이 병을 엇디ᄒᆞ리
어와 내 병이야 이 님의 타시로다
출하리 싀어디여[86] 범나븨 되오리라
곳나모 가지마다 간 ᄃᆡ 죡죡 안니다가
향 므틴 ᄂᆞᆯ애로 님의 오시 올므리라
님이야 날인 줄 모르셔도 내 님 조ᄎᆞ려 ᄒᆞ노라

속미인곡

데 가는 뎌 각시 본 듯도 혼뎌이고
天上 白玉京[87]을 엇디ᄒᆞ야 離別ᄒᆞ고
히 다 뎌 져믄 날의 눌을 보라 가시ᄂᆞᆫ고
어와 네여이고 이 내 ᄉᆞ셜 드러 보오
내 얼굴 이 거동이 님 괴얌즉[88] 혼가마ᄂᆞᆫ
엇딘디 날 보시고 네로다 녀기실ᄉᆡ
나도 님을 미더 군ᄠᅳ디[89] 전혀 업서
이리야[90] 교ᄐᆡ야 어즈러이 ᄒᆞ돗썬디
반기시ᄂᆞᆫ 눗비치 녜와 엇디 다ᄅᆞ신고
누어 싱각ᄒᆞ고 니러 안자 혜여ᄒᆞ니
내 몸의 지은 죄 뫼ᄀᆞ티 빠혀시니
하ᄂᆞᆯ히라 원망ᄒᆞ며 사ᄅᆞᆷ이라 허믈ᄒᆞ랴
셜워 플텨 혜니[91] 造物의 타시로다
글란 싱각 마오 미친 일이 이셔이다
님을 뫼셔 이셔 님의 일을 내 알거니
믈ᄀᆞ튼 얼굴이 편ᄒᆞ실 적 멋날일고
春寒苦熱[92]은 엇디ᄒᆞ야 디내시며
秋日冬天[93]은 뉘라셔 뫼셧ᄂᆞᆫ고

---

87 백옥경. 도가(道家)에서 옥황상제가 산다는 하늘 위의 궁궐.
88 사랑받을 만. '괴얌'은 '괴이다'의 명사형.
89 딴 뜻이. 딴 마음이.
90 아양 떨며. 응석 부리며.
91 풀어내어 낱낱이 헤아려 생각해 보니.
92 춘한고열. 봄의 꽃샘추위와 여름의 삼복더위.
93 추일동천. 가을날과 겨울날.

粥早飯[94] 朝夕뫼[95] 녜와 ᄀᆞᆺ티 셰시ᄂᆞᆫ가[96]
기나 긴 밤의 ᄌᆞᆷ은 엇디 자시ᄂᆞᆫ고
님다히[97] 消息을 아므려나 아쟈ᄒᆞ니
오ᄂᆞᆯ도 거의로다 ᄂᆡ일이나 사ᄅᆞᆷ 올가
내 ᄆᆞ음 둘 ᄃᆡ 업다 어드러로 가샷말고
잡거니 밀거니 놉픈 뫼ᄒᆡ 올라가니
구름은 ᄏᆞ니와 안개ᄂᆞᆫ ᄆᆞᄉᆞ 일고
山川이 어둡거니 日月을 엇디 보며
咫尺을 모ᄅᆞ거든 千里ᄅᆞᆯ ᄇᆞ라보랴
ᄎᆞᆯ하리 믈ᄀᆞ의 가 ᄇᆡ길히나 보랴ᄒᆞ니
ᄇᆞ람이야 믈결이야 어둥졍[98] 된뎌이고
샤공은 어디 가고 ᄇᆡᆯ ᄇᆡ만 걸렷ᄂᆞᆫ고
江天[99]의 혼자 셔셔 디ᄂᆞᆫ ᄒᆡᄅᆞᆯ 구버보니
님다히 消息이 더욱 아득ᄒᆞᆫ 뎌이고
茅塹 ᄎᆞᆫ 자리의 밤 듕만 도라오니
半壁靑燈[100]은 눌 위ᄒᆞ야 ᄇᆞᆯ갓ᄂᆞᆫ고
오ᄅᆞ며 ᄂᆞ리며 헤ᄯᅳ며 바자니니[101]
져근덧 力盡ᄒᆞ야 픗ᄌᆞᆷ을 잠간 드니
精誠이 지극ᄒᆞ야 ᄭᅮᆷ의 님을 보니
玉ᄀᆞᄐᆞᆫ 얼구리 반이나마 늘거셰라

94 죽조반. 아침 식사 전에 조금 먹는 죽.
95 조석뫼. 아침저녁의 밥. '뫼'는 '밥'을 말함.
96 잡수시는가.
97 님의 쪽. 님의 편. 여기서는 선조대왕이 계신 곳을 말함.
98 어리둥절. 어수선하게.
99 강천. 넓은 강가.
100 반벽청등. 벽 가운데 걸린 청사초롱 등불.
101 허둥거리며 방황하니.

무움의 머근 말솜 슬ㅋ장 숣쟈 ᄒ니
눈물이 바라나니[102] 말솜인들 어이 ᄒ며
情을 못 다ᄒ야 목이조차 메여ᄒ니
오뎐된[103] 鷄聲[104]의 줌은 엇디 씨돗던고
어와 虛事로다 이 님이 어디 간고
결의 니러안자 窓을 열고 ᄇ라보니
어엿븐 그림재 날 조츨 ᄲ이로다
출하리 싀여디여 落月이나 되야이셔
님 겨신 窓 안히 번드시 비최리라
각시님 둘이야ᄏ니와 구즌 비나 되쇼셔

102 곁달아 나니.
103 방정맞은. 경망스러운.
104 계성. 닭의 울음소리.

열하일기

박지원
(朴趾源 1737~1805)

열하일기

박지원(朴趾源 1737~1805)

작가와 작품세계

박지원(1737~1805)

조선 후기의 문신이며 학자. 호는 연암(燕巖) 또는 연상(煙湘), 열상외사 (洌上外史)라 불린다. 그의 아버지가 포의(布衣)로 지냈기 때문에 할아버지 슬하에서 양육되었는데, 할아버지의 타계로 생활이 더욱 곤궁해졌다. 1765년에 처음 과거에 응시하였으나 낙방하자 그 이후에는 과거에 뜻을 두지 않고 오직 학문과 저술에만 전념하였다. 이후 박제가, 이서구 등과 학문적으로 깊은 교유를 가졌으며 홍대용, 이덕무 등과는 이용후생에 대하여 자주 토론하고 함께 서부지방을 여행하기도 하였다. 생활이 더욱 어려워져 황해도 금천 연암협으로 은거하게 되었는데, 그의 아호 연암은 여기에서 연유한 것이다.

1780년에 삼종형 박명원이 청의 사절단으로 북경에 갈 때 수행하여 돌아와 《열하일기》를 저술, 이로 인해 문원에서의 칭찬과 비난을 함께 받았다. 그의 저술 중 《과농소초》, 《한민명전의》, 《열하일기》 등은 이용후생의 사상을 바탕으로 그가 추구하던 현실 개혁을 위한 포부를 이론적으로 펼친 작업의 하나다.

그는 서학(西學)에도 관심을 가져 자연과학적 지식의 근원을 이해하려 하였으며 새로운 문물에의 애착을 드러내기도 하였다. 나아가 당시에 풍미하던, 사변적 세계에 침잠하는 주자학적 태도를 반성하면서 이론적 세계의 현실 적용, 곧 유학의 본질 속에서 개혁의 이론적 근거를 찾고자 하였으나 당시로서는 받아들여지지 않았다. 문학에서는 표현의 절제와 문장조직 방법의 운용, 사실적인 표현 등으로 당대의 현실과 문학과의 관계를 연결 짓고자 시도하였는데, 이는 그의 한문 단편들에서 구체적으로 형상화되었다. 문집으로 《연암집》이 있으며 저서로 《열하일기》, 작품으로는 〈양반전〉 등이 있다.

줄거리

《열하일기》는 청(淸)나라에 다녀온 견문을 적은 일기로 사실과 허구가 적절하게 배합되어 있으면서 모든 것이 대수롭지 않은 잡담처럼 열거되어 있다. 책은 두 부분으로 나눌 수 있는데 1~7권은 여행 경로를 기록하고 있고, 8~26권은 보고 들은 것을 기록했다.

〈도강록〉은 압록강에서 랴오양(遼陽)에 이르기까지 15일 동안을 기록한 것으로 이용후생에 대한 관심을 보여주고 있고, 〈성경잡지〉는 십리하(十里河)에서 소흑산(小黑山)에 이르는 5일 간에 겪은 일을 필담(筆談) 중심으로 엮고 있다. 〈일신수필〉은 신광녕(新廣寧)에서부터 산하이관(山海關)에 이르기까지 병참지(兵站地)를 중심으로 서술되어 있고, 〈관내정사〉는 산하이관에서 연경(燕京)까지의 기록으로, 백이·숙제에 대한 이야기와 〈호질〉이 실려 있는 것이 특색이다. 〈막북행정록〉은 연경에서 열하로 가기까지 5일 간의 기록이고, 〈태학유관록〉은 열하의 태학(太學)에서 머무르는 6일 동안의 기록으로 중국 학자들과 지전설(地轉說)에 관하여 토론한 내용이 들어 있다. 〈구외이문〉은 고북구(古北口) 밖에서 들은 이야기를 적은 것이고, 〈환연도중록〉은 열하에서 연경으로 다시 돌아오는 6일 간의 기록으로 교통제도에 대하여 서술하고 있다.

〈금료소초〉는 의술에 관한 이야기로 구성되어 있고, 〈옥갑야화〉는 역관들의 신용문제를 이야기하면서 허생(許生)의 행적을 소개하고 있는바, 뒷날 이 이야기를 〈허생전〉이라 하여 독립적인 작품으로 거론하였다.

〈황도기략〉은 황성(皇城)의 문물·제도에 관해 기록한 것이고, 〈알성퇴술〉은 순천부학(順天府學)에서 조선관(朝鮮館)에 이르는 동안의 견문을 기록하고 있다. 〈앙엽기〉는 홍인사(弘仁寺)에서 이마두총(利瑪竇塚)까지의 주요 명소를 기술한 것이고, 〈경개록〉은 열하의 태학에서 6일 간 있으면서 중국학자와 대화한 내용을 기록하였으며, 〈황교문답〉은 당시 세계정세를 논하면서 각 종족과 종교에 대하여 소견을 밝혀 놓은 기록이다. 〈행재잡록〉은 당시 청나라 고종의 행재소(行在所)에서 견문한 바를 적은 것인데, 그 중 청나라가 조선에 대하여 취한 정책을 부분적으로 언급하고 있다.

〈반선시말〉은 청나라 고종이 반선(班禪)에게 취한 정책을 논한 글이고, 〈희본명목〉은 다른 본에서는 〈산장잡기〉 끝 부분에 있는 것으로 청나라 고종의 만수절(萬壽節)에 행하는 연극놀이의 대본과 종류를 기록한 것이며, 〈찰십륜포〉는 반선이 살고 있는 지명으로서 그가 거처하는 호화로운 궁전 등에 대해 묘사하고 있다. 〈망양록〉과 〈심세편〉은 각각 중국학자와 음악에 대해 토론한 내용과 조선의 오망(五妄), 중국의 삼난(三難)에 대한 것을 기록한 것이다. 〈곡정필담〉은 주로 천문에 대한 기록이고, 〈동란섭필〉은 가악(歌樂)에 대한 잡록이며, 〈산장잡기〉는 열하산장에서의 견문을 적은 것이다. 〈환희기〉와 〈피서록〉은 각각 중국 요술과 열하산장에서 시문비평을 가한 것이 주요 내용이다.

작품해설

노론 계열의 인물 가운데 나라에 공이 많고 벼슬 경력이 많음에도 불구하고 특권을 누리지 못하고, 자신의 불우한 처지와 관련해서 이념과 체제의 모순을 절감하고 현실을 바로 인식하자는 비판적인 지식인이 있었다. 노론 실학이란 이렇게 해서 생겨났는데, 그 선두에 선 이가 홍대용과 박지원이다. 이들은 노론에 속해 있었던 만큼 친척들의 연경(燕京) 사신행차에 자제군관(子弟軍官)으로 동참하여 새로운 문물을 직접 경험하였고, 서울의 도시적 분위기에서 생활 기반을 마련함으로써 국내에서도 새로운 경험을 하게 되었다. 바로 이러한 경험들이 노론 실학자를 만들었다고 할 수 있다. 특히 홍대용은 새로운 사상을 개척하는 데 힘쓴 반면, 박지원은 이를 문학적으로 수용하여 새로운 표현방법을 가다듬는 데 힘썼다.

박지원의 이러한 사상적 기반 위에 써진 《열하일기》는 청(淸)나라에 다녀온 견문을 적은 일기다. 그런데 사실과 허구가 적절하게 배합되어 있으면서 모든 것이 대수롭지 않게 잡담처럼 열거되어 있다. 이렇게 삽입해 놓은 일화 가운데는 독립된 작품으로 볼 만한 것들이 많은데 특히 〈옥갑야화〉는 작가가 중국에 갔다가 돌아오는 길에 옥갑에 들러 여러 비장들과 나눈 이야기를 적은 것이다. 더러는 〈옥갑야화〉 전체를 한 편의 작품으로 보기도 하지만 작품의 짜임새나 소설적 표현을 고려할 때 단순히 들은 이야기로만 볼 수는 없고 한 편의 소설로 처리하는 것이 타당하다. 다만 이 작품이 당시의 정치적·경제적 현실을 적나라하게 비판하는 내용이기에 당대인들의 비난을 염려하며 이와 같은 액자 구성의 형식을 취했다고 볼 수 있다.

그 안에 수록된 〈허생전〉은 주인공의 행동 변화가 크고 넓으며 외국과의 교역을 주장하고 나라 안에서의 수레 운용 실시 등 작가의 실학적 입장을 대변하며, 북벌론자인 실존인물을 등장시켜 풍자한 문제작이다. 이야기 형식으로 이끌어 간 이 글은 총 2,247자로 된 짧은 것이어서 구성에 무리가 있다는 견해가 있으나 작가는 생략법으로 작품을 엮어나가면서, 허생이라는 인물을 부각시켰으며 매점매석에 의한 구체적인 돈벌이 방법이 제시되고 있어 사건은 비교적 명확한 인과관계를 지닌다.

한편 허생을 근대적 경제사상을 지닌 중상주의자로 보는 견해도 있으나 허생 스스로가 '나는 장사꾼이 아니다.'라고 하였으며, 자신의 장사하는 방법은 백성을 해치는 도리라 고백하며 번 돈을 바닷속에 버리고 가난한 옛집으로 돌아오는 등의 일련의 사건들은 사회사상의 변질을 정확히 관찰하면서도 작가의 의식이 보수적임을 나타내는 것이다. 일만 금의 돈으로 국가 경제의 허실을 시험하고 나름의 이상 국가를 건설하려다 그만두고 돌아와 이완에게 제시한 국가경륜의 방법은, 무능한 북벌론자를 통매하고 북학론을 고취시킨 수법으로 높이 평가되고 있다. 전기소설이 주류를 이루던 소설문단에서 이 작품은 현실 문제를 직시한 소탈한 영웅 허생을 창조하였다는 점에서 그 가치를 인정받을 만하다.

생각 나누기

실학자들은 기본적으로 당대 지배 계급인 양반들에 대한 비판의식을 가지고 있었다. 허생과 그의 아내가 대화하는 장면을 읽어 보고 무엇을 비판하고 있는지 알아보고, 어떤 사상이 그 배경이 되었는지 설명하시오.

모범 답안

허생의 아내가 허생을 비판하는 부분을 보면 그것은 당시 양반에 대한 박지원의 비판이요 실학자들의 비판이라 할 수 있다. 실학자들이 양반들을 비판한 것은 무엇보다도 그들이 현실성 없는 사고를 하고 있었기 때문이다. 성리학을 기본 이념으로 삼았던 사대부들은 먼저 현실을 보고 그것을 토대로 문제를 해결하려 하기보다는 선험적으로 주어진 관념에 따라 사고하고 문제를 해결하고자 하였으므로 현실에서 동떨어지기 쉬웠다. 중세적 보편주의에서 비롯된 이 같은 관념론적 사고는 그 자체로서 의의

가 없는 것은 아니지만, 조선 후기의 현실 문제를 제대로 파악하고 해결하기에는 어려웠다. 하나의 이데올로기가 그 역할을 다한 것이라고 보아도 좋겠다. 이렇게 되었을 때 기존의 이데올로기는 다만 보수적 지배 계급에게 허위의식을 제공하고 말며, 그러한 허위의식에 매몰된 당시 양반들은 경제적으로도 무능한 인간으로 남게 되었던 것이다. 결국 아내의 발언이 가능하였던 이면에는 실학자인 작가의 실사구시(實事求是)의 사상이 반영되어 있다고 할 수 있다.

읽기 전에

제시된 본문은 《열하일기》 중 〈옥갑야화〉에 해당하는 부분이다. 허생에 관한 이야기는 당대의 정치적·경제적 현실을 적나라하게 비판하고 있는데, 이러한 점을 고려하여 이 작품이 왜 액자구성을 취해야만 했는지 생각하며 감상해 보자.

옥갑야화(玉匣夜話)

옥갑(玉匣)에 돌아와서 모든 비장들과 더불어 머리를 맞대고 밤들어 이야기를 시작하였다.

옛날에는 연경의 풍속이 순후하여 역관배가 말하면 비록 만 금이라도 무난히 빌려주었는데, 이때에 이르러서는 그들이 모두 사기로써 능사[1]를 삼으니 이는 실로 잘못이 우리나라 사람들에게 있었던 것이다.

이제부터 서른 해 전에 한 역관이 아무것도 가진 것 없이 연경에 들어갔다가 돌아올 제 그 단골 주인을 보고서 울었다. 주인은 괴이하게 여겨서 그 이유를 물었더니 그는,

"강을 건널 때에 가만히 남의 은(銀)을 가지고 왔더니 일이 발각되자 제 것까지 마저 관(官)에 몰수되었습니다. 이제 빈손으로 돌아가려니 무엇으로도 생활할 수 없겠기로 차라리 이곳에서 죽고자 합니다."

하고는 칼을 빼어 자살하려 하였다. 주인이 놀라서 급히 그를 껴안고 칼을 빼앗으면서,

"몰수된 은은 얼마나 되는지요?"

하였더니 그는,

"3천 냥입니다."

---

1 자기에게 가장 알맞아 능히 감당해 낼 수 있는 일. 잘하는 일.

라고 하였다. 주인은,

"사내가 이 세상에 태어나지 않음이 걱정이지, 은쯤 없기로 무엇이 근심이오? 이제 이곳에서 죽어 돌아가지 않는다면, 당신의 처자는 어떻게 되는 거요? 이제 내가 당신에게 만 금을 빌려드릴 테니 다섯 해 동안 늘리면 아마 만 금은 남겠지요. 그때 가서 본전으로 나에게 갚아 주시오."

하고는 그를 돌보면서 위안하였다. 그는 만 금을 얻자, 곧 물건을 많이 사 가지고 돌아갔다. 그 당시에는 그 일을 아는 이가 없었으므로 모두들 그의 재능을 신기하게 여기지 않는 이가 없었다. 그는 과연 다섯 해 만에 큰 장자[2]가 되었다. 그는 곧 역원(譯院)[3]의 명부에서 자기 이름을 깎아 버리고는 다시 연경에 들어가지 않았다. 이윽고 그의 친구 하나가 연경에 들어가기에 그는,

"연경 저자에서 만일 아무 단골 주인을 만나면 그는 응당 나의 안부를 물을 테니 자네는 그의 온 집안이 몹쓸 유행병을 만나서 죽었다고만 전해 주게."

하고 가만히 부탁의 말을 던졌다. 그 친구는 이 말이 너무나 허황하므로 곤란한 빛을 보였다. 그는,

"만일 그렇게만 하고 돌아온다면 마땅히 자네에게 돈 백 냥을 바치겠네."

하고 단단히 부탁하였다. 그 친구가 연경에 들어서자 그 단골 주인을 만났다. 주인이 역관의 안부를 묻기에, 그 친구의 부탁대로 답하였더니, 주인은 곧 얼굴을 손으로 가리고 한바탕 슬피 울면서,

"아아, 하느님이시여. 무슨 일로 이다지 좋은 사람의 집에 이렇듯 참혹한 재앙을 내리셨나요?"

하고는 곧 백 냥을 그에게 주면서,

"그이가 처자와 함께 죽었다니 주장할 이도 없을 테니, 당신이 고국에

---

2 거부.
3 사역원.

돌아가시는 그날로 나를 위하여 50냥으로 재물을 갖추고, 또 나머지 50냥으로 재(齋)를 벌여서 그의 명복을 빌어 주시오."

하였다. 그 친구는 몹시 아연했으나 벌써 거짓말을 퍼뜨린지라 하는 수 없이 백 냥을 받아 가지고 돌아왔다. 그런데 그 역관의 온 집안은 이미 역질⁴을 만나서 몰사하였다. 그는 크게 놀라는 한편 두렵기도 하여 백 냥으로 그 단골 주인을 위하여 재를 드리고, 죽을 때까지 다시 연행(燕行)을 폐기하고는 말하기를,

"내 무슨 낯으로 그 단골 주인을 만나겠어."

라고 하였다.

어떤 이가 말하기를,

"이지사(李知事) 추(樞)는 근세에 이름 있는 통역관이었으나 평소에 입에는 돈 이야기를 한 적이 없었고, 40여 년을 변경에 드나들었으되 그 손에는 일찍이 은을 잡아 본 적이 없었으며, 근실한 군자의 풍도를 지녔다."

어떤 이는 또 다음과 같이 말하였다.

당성군(唐城君) 홍순언(洪純彥)은 명(明) 만력(萬曆) 때의 이름난 통역관으로서 명경(明京)에 들어가 어떤 기생집에 놀러 갔었다. 기생의 얼굴에 따라서 놀이채의 등급을 매겼는데, 천 금이나 되는 비싼 돈을 요구하는 자가 있었다. 홍(洪)은 곧 천 금으로써 하룻밤 놀기를 청하였다. 그 여인은 바야흐로 나이 16세요, 절색을 지녔다. 여인은 홍과 마주 앉아서 울면서 하는 말이,

"제가 애초 이다지 많은 돈을 요청한 것은 실로 이 세상에는 모두들 인색한 사나이가 많으므로 천 금을 버릴 자 없으리라 생각하고서 당분간의

---

4 천연두.

모욕을 면하려는 의도였던 것입니다. 그리하여 하루 이틀을 지나면서 관주인을 속이는 한편, 이 세상에 어떤 의기를 지닌 남자가 있어서 저의 잡힌 몸을 속(贖)하여 사랑해 주기를 희망하였던 것입니다. 그러나 제가 창관(娼館)[5]에 들어온 지 닷새가 지났으나 감히 천 금을 갖고 오는 이가 없었더니, 이제 다행히 이 세상에 의기 있는 남자를 만나게 되었습니다. 그러나 공은 외국 사람인만큼 법적으로 보아서 저를 데리고 고국으로 돌아가시기에는 어렵사옵고, 이 몸은 한번 물들인다면 다시 씻기는 어려운 일이겠습니다."

라고 말했다. 그러자 홍은 그를 몹시 불쌍히 여겨서 그에게 창관에 들어온 경로를 물었더니, 여인이 답하기를,

"저는 남경(南京) 호부시랑(戶部侍郎) 아무개의 딸이옵니다. 아버지께서 장물(贓物)에 얽매이으므로 이를 갚기 위하여 스스로 기생집에 몸을 팔아서 아버지의 죽음을 속하고자 하옵니다."

라고 했다. 홍은 크게 놀라면서 말하기를,

"나는 실로 이런 줄은 몰랐소이다. 이제 내가 당신의 몸을 속해 줄 테니 그 액수는 얼마나 되는지요?"

라고 했다. 여인이 말하기를 2천 냥이라고 하였다. 홍은 곧 그 액수대로 그에게 치르고는 작별하기로 하였다. 여인은 곧 홍을 은부(恩父)라 일컬으면서 수없이 절하고는 서로 헤어졌다. 그 뒤에 홍은 이에 대하여 괘념하지 않았다. 그 뒤에 또 중국에 들어갔는데, 길가에 사람들이 모두들 "홍순언이 들어오나요?" 하고 묻기에, 홍은 다만 괴이하게 여겼을 뿐이었더니, 연경에 이르자 길 왼편에 공장(供帳)[6]을 성대하게 베풀고 홍을 맞이하면서 "병부(兵部) 석노야(石老爺)께서 환영하옵니다." 하고는 곧 석씨의 사저[7]로 인도하였다. 석상서(石尙書)가 맞이하여 절하며,

5 창녀들이 있는 집.
6 연회를 베풀기 위하여 물건을 준비하고 막(幕)을 침.

"은장(恩丈)이시옵니까? 공의 따님이 아버지를 기다린 지 오래되었습니다."

하고는 곧 손을 이끌고 내실로 들었다. 그의 부인이 화려한 화장으로 마루 밑에서 절하자 홍은 송구하여 어쩔 줄을 몰랐다. 석상서는 웃으면서,

"장인께서 벌써 따님을 잊으셨나요?"

라고 하자 홍은 그제야 비로소 그 부인이 지난날 기생집에서 구출했던 여인인 줄을 깨달았다. 그는 창관에서 빠져나와 곧 석성(石星)의 계실(繼室)[8]이 되었던바, 석(石)이 귀하게 되었으나 그는 오히려 손수 비단을 짜되 군데군데 '보은(報恩)'이라는 두 글자를 무늬로 수놓았다. 홍이 고국으로 돌아올 때 그는 보은단(報恩緞) 외에도 각종의 비단과 금은 등을 이루 헤아리지 못할 만큼 행장 속에 넣어 주었다. 그 뒤 임진왜란이 일어나자 석이 병부에 있어서 출병(出兵)을 힘써 주장하였으니, 이는 석이 애초부터 조선 사람을 의롭게 여겼던 까닭이다.

어떤 이는 또 이렇게 말하였다.

조선 사람 장사치들이 가장 친한 단골 주인인 정세태(鄭世泰)는 연경에서 갑부다. 그러던 것이 세태가 죽자, 그 집은 곧 일패도지(一敗塗地)[9]가 되고 말았다. 그리고 그에게는 다만 손자 하나가 있었는데, 뭇 사내 중에 절색이었으나 어려서 극장(劇場)에 몸을 팔았다. 세태가 살아 있을 적에 회계를 보던 임가(林哥)는 이때에 와서 이름난 장자가 되었는데, 극장에서 어떤 미남자가 연극하는 것을 보고 마음으로 퍽 애처롭게 생각하던 차에 그가 정씨(鄭氏)의 손자인 줄을 알고는 서로 껴안고 울었다. 곧 천 금으로

그를 속해 집에 데리고 돌아와 집안사람들에게 타이르기를,

"너희들은 잘 대우하렴다. 이이는 우리 집 옛 주인이니 결코 배우의 몸이라 해서 천시하지 말라."

하고는 그가 자라난 뒤에 그 재산의 절반을 나눠서 살림을 시켰다. 그는 몸이 살지고 살결이 몹시 희며, 또한 얼굴이 아름답고도 화려하였다. 그는 아무런 일도 없이 다만 연 날리기로써 성 안을 노닐 따름이었다.

옛날 이곳에서 물건을 매매할 때는 봇짐을 풀어 검사하지 않고, 곧 연경에서 싸 보낸 그대로 갖고 와서는 장부와 대조해 보아도 조금도 그릇됨이 없었다. 어느 때인가 흰 털 감투로써 겉을 싼 것이 있었는데 돌아와서 풀어 본즉 모두 흰 모자였다. 그러나 저쪽에서 고의로 그러했던 것은 아니다. 그는 저곳에서 검사해 보지 못했던 것을 스스로 후회하였더니, 정축년[10]에 두 번이나 국상(國喪)을 당하자[11] 도리어 배나 되는 값을 받았다. 그러나 이는 역시 그네들의 일이 옛날과 같지 않다는 전조(前兆)인 것이다. 근년에 이르러서는 화물을 반드시 스스로 단속하고, 단골집 주인에게 맡기지 않는다 한다.

어떤 이는 또 다음과 같이 말하였다.

변승업(卞承業)이 중한 병에 걸리자 곧 변돈[12] 놀이의 총계를 알고자 하여 모든 과계(棄計) 장부를 모아 놓고 통계를 내어본즉, 은(銀)이 모두 50여만 냥이나 적립되었다. 그의 아들이 청하기를,

---

"이를 흩는다면 거두기도 귀찮을 뿐더러 시일을 오래 끌면 소모되고 말 테니 그만 여수(與受)[13]를 끊는 것이 옳겠습니다."

라고 했을 때 승업은 크게 분개하면서,

"이는 곧 서울 안 만 호(萬戶)의 명맥(命脈)이니 어째서 하루아침에 끊어 버릴 수 있겠느냐?"

하고는 곧 빨리 돌려보내게 하였다. 승업이 이미 나이 늙으매 그의 자손들에게 경계하기를,

"내 일찍이 공경(公卿)들을 섬겨 본 적이 많은데 그들 중에 나라의 권세를 잡고서 자기의 사사 이익을 꾀하는 이 치고 그 권세가 세 대를 뻗는 이가 없더란 말이야. 그리고 온 나라 사람 중에서 재물을 늘리는 이들이 으레 우리 집 거래를 표준삼아서 오르내리는 것도 역시 국론(國論)인 만큼 이를 흩어 버리지 않는다면 장차 재앙이 미칠 거야."

하였다. 그러므로 이제 그 자손이 번창하면서 모두들 가난한 것은, 승업이 만년에 재산을 많이 흩어 버린 까닭이다.

나도 역시 이에 대한 이야기를 했다. 나는 일찍이 윤영(尹映)이란 이에게 변승업의 부(富)에 관한 이야기를 들었다. 그의 부는 애초부터 유래가 있어서 승업의 조부 때에는 돈이 몇 만 냥에 지나지 않았더니, 일찍이 허성(許姓)을 지닌 선비의 은 십만 냥을 얻어서 드디어 일국의 으뜸이 되었던 것이 승업에게 이르러서 조금 쇠퇴된 셈이다. 그가 처음 재산을 일으킬 때에 역시 운명이 있는 듯싶었다. 이는 허생(許生)의 일을 보아서 이상스러움을 깨달았다. 허생은 끝내 자기의 이름을 드러내지 않았으므로 세상에서는 그를 아는 이가 없었다 한다. 이제 윤영의 이야기를 적으면 다음과 같다.

허생은 묵적골에 살고 있었다. 줄곧 남산(南山) 밑에 닿으면 우물터 위

---

13 주고받음.

에 해묵은 은행나무가 서 있고, 사립문이 그 나무를 향하여 열려 있으며, 초옥[14] 두어 칸이 비바람을 가리지 못한 채 서 있었다. 그러나 허생은 글 읽기만 좋아하였고, 그의 아내가 남의 바느질품을 팔아 겨우 입에 풀칠하는 셈이다. 하루는 그 아내가 몹시 주려서 훌쩍훌쩍 울며 하는 말이,

"당신은 한평생 과거도 보지 않사오니 이럴진대 글을 읽어서 무엇 하시려오?"

하였다. 그러자 허생은,

"난 아직 글 읽기에 세련되지 못한가 보오."

하고 껄껄대곤 했다. 아내는,

"그러면 공장이 노릇도 못하신단 말예요?"

하였다. 그러자 허생은,

"공장이 일이란 애초부터 배우지 못했으니까 어떻게 할 수 있겠소?"

하니 아내는,

"그러면 장사치 노릇이라도 하셔야죠."

한다. 그러자 허생은,

"장사치 노릇인들 밑천이 없고서야 어떻게 할 수 있겠소?"

하였다. 그제야 아내는 곧,

"당신은 밤낮으로 글만 읽었다는 것이 겨우 '어찌할 수 있겠소.' 하는 것만 배웠소 그려. 그래, 공장이 노릇도 하기 싫고, 장사치 노릇도 하기 싫다면, 도둑질이라도 해 보는 게 어떻소?"

라고 하고는 몹시 흥분하는 어조로 대꾸했다. 이에 허생은 할 수 없이 책장을 덮어 치우고 일어서면서,

"아아, 애석하구나. 내 애초 글을 읽을 제 10년을 채우려 했더니 이제 겨우 7년밖에 되지 않는군."

---

14 초가집.

하고는 곧 문밖을 나섰으나 한 사람도 아는 이가 없었다. 그는 곧장 종로 네거리에 가서 저자 사람들을 만나는 대로,

"여보시오, 서울 안에서 누가 제일 부자요?"

하고 물었다. 때마침 변씨(卞氏)[15]를 일러 주는 이가 있었다. 허생은 드디어 그 집을 찾았다. 허생이 변씨를 보고서 길게 읍(揖)하며,

"내 집이 가난한데 무엇을 조금 시험해 볼 일이 있어 그대에게 만 금을 빌리러 왔소."

라고 했다. 그러자 변씨는,

"그러시오."

하고는 곧 만 금을 내주었다. 그러나 그는 감사하다는 말 한 마디 없이 어디론지 가 버렸다. 변씨의 자제와 빈객(賓客)들은 허생의 꼴을 본즉, 한 개의 비렁뱅이였다. 허리에 실띠를 둘렀으나 술이 다 뽑혀 버렸고, 가죽신을 꿰었으나 뒷굽이 자빠졌으며, 다 망그러진 갓에다 검은 그을음이 흐르는 도포를 걸쳐 입었는데, 코에서는 맑은 물이 훌쩍훌쩍 내리곤 했다. 그가 나가 버린 뒤에 모두들 크게 놀라며,

"아버지, 그 손님을 잘 아십니까?"

하고 물었다. 변씨는,

"몰랐지."

"그러시다면 어찌 잠깐 사이에 이 귀중한 만 금을 평소에 면식도 없는 자에게 헛되이 던져 주시면서 그의 성명도 묻지 않음은 무슨 까닭이십니까?"

라고 하니 변씨는,

"이건 너희들이 알 바 아니다. 대체로 남에게 무엇을 요구할 때엔 반드시 의지를 과장하여 신의를 나타내는 법이다. 그리고 얼굴빛은 부끄럽고

---

15 변승업의 조부.

도 비겁하며, 말은 거듭함이 일쑤이니라. 그런데 이 손님은 옷과 신은 비록 떨어졌으나 말이 간단하고 눈가짐이 오만하고 얼굴엔 부끄러운 빛이 없는 걸로 보아서 그는 물질을 기다리기 전에 벌써 스스로 만족을 가진 사람임에 틀림없는 것이다. 아마 그가 시도하려는 방법도 적지 않거니와, 나 역시 그에게 시도함이 없지 않는 거다. 그리고 주질 않는다면 모르거니와 기왕 만 금을 줄 바에야 성명은 물어서 무엇 하겠느냐?"

라고 하였다.

이에 허생은 만 금을 얻어 가지고 다시 집으로 돌아오지 않고 언뜻 생각하기를,

'저 안성(安城)은 기(畿)·호(湖)의 어우름이요, 삼남(三南)의 어귀렷다.'

하고는 곧 이에 머물러 살았다. 그리하여 대추·밤·감·배·감자·석류·귤·유자 등의 과실을 모두 배 값으로 사서 저장했다. 허생이 과실을 도고(都庫)하자, 온 나라가 잔치나 제사를 치르지 못하게 되었다. 그런지 얼마 아니 되어서 앞서 허생에게 배 값을 받은 장사들이 도리어 열 배를 치렀다. 허생은,

"어허, 겨우 만 금으로 온 나라의 경제를 기울였으니 이 나라의 얕고 깊음을 짐작할 수 있구나."

하고는 곧 칼·호미·베·명주·솜 등을 사 가지고 제주도에 들어가서 말총을 모두 거두면서,

"몇 해만 있으면 온 나라 사람들이 머리를 싸지 못할 거야."

하였다. 얼마 되지 않아서 망건[16] 값이 과연 열 배나 올랐다. 허생은 늙은 뱃사공에게,

"영감, 혹시 해외(海外)에 사람 살 만한 빈 섬이 있는 것을 보았나?" 하고 물었더니 사공은,

---

16 상투를 튼 사람이 머리에 두르는 그물 모양의 물건.

"있습니다그려. 제가 일찍이 바람에 휩쓸려서 줄곧 서쪽으로 간 지 사흘 낮밤 만에 어떤 빈 섬에 닿았습니다. 그곳은 아마 사문(沙門)·장기(長崎) 사이에 있는 듯싶은데, 모든 꽃과 잎이 저절로 피며, 온갖 과실과 오이가 저절로 숙성되고, 사슴이 떼를 이루었으며, 노니는 고기들은 놀라지 않더이다."

라고 한다. 허생은 크게 기뻐 말했다.

"자네 만일 나를 그곳으로 이끌어 준다면 부귀를 함께 누릴 걸세."

사공은 그의 말을 좇았다. 이에 곧 바람 편을 타고 동남쪽으로 그 섬에 들어갔다. 허생이 높은 곳에 올라 바라보며,

"땅이 천 리가 채 못 되니 무엇을 하겠느냐? 그러나 토지가 기름지고 샘물이 달콤하니, 다만 이곳에서 부가옹(富家翁)의 노릇쯤은 하겠구나."

하고 섭섭한 표정을 지었다. 사공은,

"섬이 텅 비고 사람 하나 구경할 수 없으니 뉘와 함께 사신단 말씀이시오?"

라고 했다. 허생은,

"덕(德)만 있으면 사람은 저절로 찾아드는 거야. 나는 오히려 내 덕 없음이 걱정이지 사람 없음이 무슨 걱정이 될 건고?"

라고 했다. 이때 마침 변산(邊山)에 도적 수천 명이 떼를 지었다. 주(州)·군(郡)에서 군졸을 징발하여 뒤를 쫓아 잡으려 하였으나 잡지 못하였다. 그러나 뭇 도적 역시 밖으로 나와 노략질을 하지 못하여 주리고 곤한 판이었다. 허생이 도적의 굴속으로 뛰어들어서 그의 괴수(魁帥)를 달래기 시작했다.

"너희들 천 명이 합쳐 돈 천 냥을 훔쳐서 서로 나누어 갖기로 한다면 각기 얼마나 되겠는고?"

하고 물었다. 그는,

"하나 몫이 한 냥밖에 더 되나유."

라고 한다. 허생은 또,

"그럼 너희들의 아내는?"

하자, 뭇 도적은,

"없어유."

라고 한다.

"그럼 너희들의 밭은 있겠지?"

했더니, 이때에 뭇 도적은 웃으며,

"밭 있고 아내 있다면야 어찌 이다지 괴롭게 도둑질을 일삼겠수?"

라고 한다. 허생은,

"정말 그렇다면 아내를 얻고 집을 세우고 소를 사서 농사지어 살면 도둑놈이란 더러운 이름도 없을 뿐더러 살림살이엔 부부의 낙이 있을 것이며, 아무리 나와서 쏘다닌다 하더라도 체포당할 걱정이 없고, 길이 잘 입고 먹고 살 수 있지 않겠는가?"

라고 했다. 뭇 도적은,

"그야 정말 소원이겠지만 다만 돈이 없을 뿐이어유."

라고 한다. 허생은 껄껄 웃으며,

"너희들이 도적질한다면서 돈이 그렇게 그립다면 내 너희들을 위해서 마련해 줄 수 있으니 내일 저 바닷가를 바라보면 붉은 깃발이 바람결에 펄펄 날리는 배가 보일 텐데 그것이 모두 돈을 실은 배일 거야. 너희들 멋대로 가져가려무나."

라고 했다. 허생은 이렇게 뭇 도적에게 약속하고는, 어디로인지 가 버렸다. 뭇 도적은 모두 그를 미친놈으로 알고 웃었다. 그 다음날이었다. 그들은 시험 삼아 바닷가에 이르렀더니 허생은 벌써 30만 냥을 싣고서 기다리고 있었다. 그들은 모두 깜짝 놀라 나란히 절하며,

"이제부턴 오직 장군님 명령대로 따르겠소이다."

한다. 허생은,

"이것을 힘껏 지고 가는 것이 어때."

라고 했다. 이에 뭇 도적이 다투어 돈을 져 보려 했으나 백 냥을 채우지 못했다. 허생은,

"너희들 힘이 겨우 백 냥도 들지 못하면서 무슨 도둑질인들 변변히 할 수 있겠는가? 이제 너희들이 평민이 되고 싶다 하더라도 이름이 도적의 명부에 올랐으니 갈 곳이 없지 않나? 그러니 내 이곳에서 너희들 돌아오기를 기다릴 테니 각기 백 냥씩을 갖고 가서 하나의 몫으로 계집 한 사람과 소 한 필씩을 데리고 오렷다."

라고 했다. 뭇 도적은,

"예이."

하고 모두들 흩어져 버렸다. 그리고 허생은 스스로 2천 명이 1년 동안 먹을 양식을 장만하고 기다렸다. 뭇 도적은 과연 기일이 되자 다 돌아오되 뒤떨어진 자가 없었다. 이에 모두들 배에 싣고 그 빈 섬으로 들어갔다. 허생이 이렇게 도적을 몰아쳐서 도고하매 온 나라 안이 잠잠하였다. 이에 나무를 베어 집을 세우고 대를 엮어서 울타리를 만들었다. 지질(地質)이 온전하매 온갖 곡식이 잘 자라서 묵밭[17]은 갈지 않고 김을 매지 않아도 한 줄기에 아홉 이삭이나 달렸다. 3년 동안의 식량을 쌓아 놓고 나머지는 모두 배에 싣고 장기도(長崎島)에 가서 팔았다. 장기도는 일본의 속주(屬州)로서 호수(戶數)가 31만이나 되는데, 바야흐로 큰 흉년이 들었는지라 드디어 다 풀어먹이고는 은 백만 냥을 거두었다. 허생은 탄식했다.

"이제야 뭘 좀 해 본 것 같구나."

하고는 곧 남녀 2천 명을 불러 놓고 말했다.

"내 처음 너희들과 함께 이 섬에 들어올 때엔 먼저 부(富)하게 한 연후에 따로 문자를 만들고 옷·갓을 지으려 하였는데, 땅이 작고 덕이 부족하

17 오랫동안 내버려두어 거칠어진 밭.

니, 나는 이제 이곳을 떠나련다. 너희들이 어린애를 낳아서 숟가락을 잡을 만하거든 바른편 손으로 쥐기를 가르치고 하루라도 일찍 난 사람에게 음식을 양보하여야 한다."

하고 명령을 내렸다. 그리고 다른 배들을 모조리 불사르며,

"가지 않으면 곧 오는 이도 없겠지."

하고 또 돈 오십만 냥을 바닷속에 던지며,

"바다가 마를 때면 이를 얻을 자 있겠지. 백만 냥이면 나라 안에서도 써먹을 데가 없으리니 하물며 이런 작은 섬에서 어디다 쓰겠느냐?"

하고 또 그 중에 글을 아는 자를 불러내어 배에 태우고,

"이 섬나라의 화근을 뽑아 버려야지."

하고는 함께 떠나 왔다. 온 나라 안을 두루 돌아다니며 가난하고 하소연할 곳마저 없는 자에게 돈을 나눠 주고도 오히려 십만 냥이 남았다.

'이것으로 변씨에게 빌린 것을 갚아야지.'

하고는 곧 변씨를 찾아갔다.

"나를 기억하겠소?"

하고 물었다. 변씨는 놀란 어조로 말했다.

"자네 얼굴빛이 조금도 전보다 나아 보이지 않으니 만 냥을 잃어버린 모양이지?"

라고 한다. 그러자 허생은 깔깔 웃으며 말했다.

"재물로써 얼굴빛을 좋게 꾸미는 것은 그대들이나 할 일이지. 만 냥이 아무리 중한들 어찌 도(道)를 살찌게 한단 말이오?"

하고는 곧 돈 십만 냥을 변씨에게 주었다.

"내가 한때의 주림을 참지 못해서 글 읽기를 끝내지 못했으니, 그대의 만 냥을 부끄러워할 뿐이로세."

변씨는 크게 놀라서 일어나 절하며 사양하고는 십분의 일의 이자만을 받으려 했다. 허생은 그제야 크게 노하여,

"그대는 어찌 날 장사치로 대우한단 말인가?"

하고는 소매를 뿌리치고 가 버렸다. 변씨는 하는 수 없어 가만히 그 뒤를 따라 밟았다. 그는 남산 밑으로 향하더니 한 오막살이 집으로 들어가 버렸다. 마침 늙은 할미가 우물곁에서 빨래를 하고 있어서 변씨는,

"저 오막살이는 뉘 집인고?"

하고 물었다. 할미는,

"허생원 댁이랍니다. 그분이 가난하되 글 읽기를 좋아하더니 어느 날 아침 집을 떠나고는 안 돌아온 지 벌써 다섯 해가 된답니다. 그리고 다만 아내가 홀로 남아서 그가 집 떠나던 날에 제사를 드린답니다."

라고 한다. 변씨는 그제야 그의 성이 허(許)인 줄을 알고 탄식하며 돌아왔다.

다산 시선

정약용
(丁若鏞 1762~1836)

다산 시선

정약용(丁若鏞 1762~1836)

작가와 작품세계

정약용(1762~1836)

조선 후기 실학자. 호는 다산(茶山)·사암(俟庵), 당호는 여유당(與猶堂)이다. 어려서 아버지에게 경사(經史)를 배우고 1776년 상경, 이듬해 이익의 유고(遺稿)를 보고 경세치용(經世致用)의 학문에 뜻을 두었으며, 이벽을 통해 서양 서적을 읽기도 하였다. 청(淸)나라 신부 주문모(周文謨)의 잠입사건에 연루되어 금정도찰방(金井道察訪)으로 좌천되었다가, 부사직·곡산부사·형조참의 등을 역임하였으며, 유득공·박제가 등과 함께 규장각의 편찬사업에 참여하였다.

1801년 신유박해 때 경상도 장기(長鬐)로 유배되었다가 같은 해 황사영백서사건(黃嗣永帛書事件)이 일어나자 전라도 강진으로 옮겨져, 그곳에서 18년 간 경학과 저술에 전념하였는데, 대부분의 저술은 이 유배지에서 완성되었다. 1818년 이태순의 상소로 유배에서 풀려나 고향에서 저술생활로 여생을 보냈다.

성리학의 이념이 와해되면서 당대의 모순을 해결할 능력이 상실되자 이를 바로잡고자 한 것이 실학이다. 다산은 실학자로서 이러한 역할을 적극적으로 담당하고자 한 인물이다. 따라서 그의 문학적 경향은 당대 현실의 모순을 바로잡으려는 의도와 밀접하게 관련되어 있다.

성리학자들에게 시 정신(詩精神)의 연원은 대체로 공자에게서 찾을 수 있는데, 공자는 시로써 수기(修己)하여 군자의 인격을 도야하고 정서를 함양하려고 하였다. 그러나 다산은 이러한 유가의 시 정신을 이어받으면서도 거기에 만족하지 않았다. 민중의 삶이 담긴 현실을 사실적으로 파악하여 이를 순정 문학으로 순화하려고 했던 것이다. 결국 그의 문학세계는 수기를 위한 정서 함양이라는 소승적인 면모에서 현실 비판에 따른 치인(治人)을 위하여 대승적 면모를 보여줌을 알 수 있다. 또한 그의 시에는 무아의 경지를 노래한 서정시도 많으며, 이 밖에 서화에도 능통하였다.

줄거리

다산 정약용의 시 작품들은 현재까지 전하는 그의 시문집(詩文集) 1권부터 7권까지를 모두 합하여 2,500여 수가 전해진다. 개개의 작품이 자기 완결적인 이 시들로부터, 이야기 전체로서 하나의 소우주를 이루는 서사적 작품과 같은 맥락의 줄거리를 추출하기는 대단히 힘들다. 다만 그의 작품 세계가 지니는 대체적인 경향성을 살펴보면 다음과 같다.

실학자인 다산을 염두에 둔다면 그의 시들은 크게 사회시, 자연시, 우화시 등으로 나눌 수 있다. 사회시는 시인의 당대 사회에 대한 비판 의식을 드러내는 작품들을 가리키는 것으로 가장 중요하게 거론될 필요가 있다. 자연시는 자연을 제재로 하여 쓰인 것이면서도 시인의 현실관 내지 세계관을 뚜렷이 담고 있다. 대개 우리나라 한시 가운데 자연을 제재로 한 시들이 몰개성적(沒個性的)인 것과 비교하면 다산 시의 특징을 알 수 있다. 우화시는 신랄한 사회 풍자를 담고 있는 시로서, 다산은 다른 시인보다 많은 우화시를 남겨 다산의 풍부한 상상력을 엿볼 수 있다.

이 밖에 절구 또는 율시의 형식으로 된 짧은 서정시들이 많은데, 근엄한 경세가(經世家)가 아닌 인간 다산이 지닌 내적 면모를 드러내며 꾸밈없는 진실성으로 우리에게 감동을 준다.

〈장기농가〉, 〈탐진촌요〉 등 민요풍의 시를 보면 시인의 정서가 농민의 그것과 가까워져 있다는 것을 알 수 있다. '금년엔 넙치마저 구하기 어렵구나 / 잡는 족족 건어 말려 관청에 바쳤으니' 따위의 구절에서는 지방관에 대한 농민의 원망 소리가 시인의 목소리와 구분되지 않는다. 또 사또를 향하여 '승냥이여, 이리여'라고 부르짖는 소리는 바로 농민들의 절규이면서 다산의 절규이기도 하다. 그리고 일하는 농민을 '호걸(豪傑)'이라고 표현한 것을 볼 때 농민을 동정과 연민의 대상이 아니라 힘과 슬기를 지닌 존재로 파악하고 있음을 알 수 있다.

다산의 시 가운데 〈노인일쾌사〉에서 가장 주목해야 할 것은 이른바 '조선시 선언(朝鮮詩宣言)'을 통하여 강한 민족 주체 의식을 표출하고 있다는 점이다. '나는 본래가 조선 사람이라 / 즐겨 조선시를 쓰리라'라고 한 것은 당시의 상황에서는 가히 충격적이었다고 할 것이다. 중화주의(中華主義)의 절대적 권위 아래에 있었던 당시 상황을 생각해 볼 때 조선 사람이 조선 땅에서 조선인의 정서를 조선식으로 표현하면 훌륭한 시가 되는 것이지 중국시의 격(格)과 율(律)에 얽매일 필요가 없다고 한 다산의 생각은 매우 값진 것이다.

다산이 이러한 생각을 하게 된 배경에는 두 가지 측면이 있다. 첫째는 우리나라 사람들이 한자로 시를 쓰는 데서 오는 현실적인 어려움을 사실대로 인정한 결과라는 점이다. 우리나라 사람들이 아무리 어려서부터 한문을 공부하고 실제 생활에서 별 불편 없이 한문을 구사했다 하더라도, 중국인과 생활 습관이 다르고 중국어와 음운 체계가 달랐던 만큼 어려움이 있을 것이다. 특히 시의 경우 한시가 요구하는 까다로운 규칙을 지켜서 시를 쓰기란 여간 어려운 일이 아니었을 것이다.

그러나 이러한 측면에서만 '조선시 선언'을 설명하기에는 미흡한 감이 있다. 다산 자신은 최치원, 이제현, 박제가 등에 버금가는 당대 제일의 한문 구사 능력을 지닌 자였기 때문이다. 한자로 시를 쓰기가 어렵기로 하자면 오히려 당대의 다른 조선인들이 더 큰 문제였겠으나, 다른 이들에게서 그런 생각을 발견하기는 어렵다. 그러므로 또 다른 측면에서 이해해야 할 필요성이 제기된다. 다산은 모화사상(慕華思想)에서 탈피하고자 하는 주체적 사고를 했고 이를 주장했던 사람이다. 그는 "성인(聖人)의 법(法)은, 중국이라도 오랑캐의 짓을 하면 오랑캐로 대우하고, 오랑캐라도 중국의 짓을 하면 중국으로 대우하니, 중국과 오랑캐는 그 도(道)와 정치(政治)에 있는 것이지 강토에 있는 것이 아니다." 라고 하였다. 그는 전통적인 화(華)·이(夷) 개념을 부정하였고, 북위·여진·거란 등의 우수성을 들어 지역적으로 보면 이들이 오랑캐이지만 응당 중국으로 대우해야 한다고 주장하였다.

다산은 노론 집권층에서 여전히 견지하던 존명사상(尊明思想)을 정면으로 반박하여 청나라를 두둔하기도 하였다. 그의 이 같은 주장 속에는 동이(東夷)에 속해 있는 우리나라의 독자성을 내세우려는 주체적 사고가 밑받침된 것이다. 우리나라가 나름의 전통과 문화를 가진 민족국가라는 의식은 이익에서 싹터 다산에 이르러 확고해진 것으로 볼 수 있다. 다산은 중국 문화에 대해 열등의식을 느끼지 않았고 오히려 우리나라의 문화를 자랑스럽게 여겼다. 이 땅에 태어나 이 땅에 사는 것을 부끄럽게 여기지 않고 떳떳하게 생각한다면 구태여 중국 시의 흉내를 낼 필요가 없다. 필요가 없을 뿐 아니라 그럴 수도, 그래서도 안 된다는 것이 다산의 생각이었다.

생각 나누기

1. 아래 제시된 지문은 삼정이 문란해지는 등 조선 후기의 모순이 극심하였던 것을 잘 보여주는 시다. 옛날이나 지금이나 먹고사는 것은 가

장 큰 문제가 아닐 수 없는데, 작가는 이에 관해서 어떻게 생각하는지를 밝히시오.

집안에 남은 거란 송아지 한 마리요
쓸쓸한 귀뚜라미만 조문(弔問)을 하네

텅 빈 집안엔 여우, 토끼 뛰노는 데
대감댁 마구간엔 용 같은 말이 있네

백성들 뒤주에는 해 넘길 것 없는데
관가 창고에는 겨울 양식 풍성하다

궁한 백성 부엌에는 바람, 서리만 쌓이는 데
부잣집 밥상에는 고기, 생선 갖춰 있네

2. 다산의 시 〈노인일쾌사〉 중 다섯 번째 시는 이른바 자국어 선언으로 유명한 작품이다. 이 글을 통해서 드러나는 다산의 언어관 내지 문학관을 밝히고 이것이 근대의 성립과 어떤 관련이 있는지 각자의 견해를 밝히시오.

모범 답안

1. 농민들을 굶주리게 한 가장 큰 요인은 대토지 소유의 진전으로 인한 농민들의 토지 상실이다. 여기에다 농민들을 더욱 괴롭힌 것은 국가와 봉건 지주들의 가렴주구(苛斂誅求)였다. 그 가운데서도 환곡(還穀)과 군포(軍布)의 폐단이 가장 심했는데, 다산은 이를 두고 '백성들은 물과 불에서 울

부짖으며 뒹구는' 상태에 있다고 표현했다. 환곡 제도는 원래 진휼(賑恤)의 의도를 가지고 있었으나, 조세의 한 항목이 되고 말았던 것이다.

위 시를 보면 시인으로서의 다산이 이와 같은 현실을 개괄해서 구체적으로 형상화시키고 있음을 알 수 있다. 환곡 상환에 시달려 피폐한 농가의 모습과 농민들의 굶주림 위에서 살찌는 관리가 효과적으로 묘사되었고 과장도 허식도 없이 있는 현실 그대로를 사실적으로 드러내고 있다. 백성들의 굶주림은 전통적으로 나라의 허물이라 생각했는데, 그것을 막아보려고 생긴 환곡 제도가 오히려 그 굶주림을 가중시키는 아이러니를 보여준다 하겠다.

2. 다산은 모화사상에서 탈피하고 우리 민족의 독자성을 주장했다. 또 그는 노론 집권층에서 여전히 견지하던 존명사상을 정면으로 반박하여 청나라를 두둔하기도 하였다. 그의 이 같은 주장 속에는 동이(東夷)에 속해 있는 우리나라의 독자성을 내세우려는 주체적 사고가 밑받침되어 있다. 우리나라가 나름의 전통과 문화를 가진 민족국가라는 의식은 이익에서 싹터 다산에 이르러 확고해진 것이다.

〈노인일쾌사〉 다섯 번째 시에서 보는 것처럼 다산은 중국 문화에 대해 열등의식을 느끼지 않았고 오히려 우리나라의 문화를 자랑스럽게 여겼다. 이 땅에서 태어나 이 땅에 사는 것을 부끄럽게 여기지 않고 떳떳하게 생각한다면 구태여 중국 시를 흉내 낼 필요가 없고 또 그래서도 안 된다는 것이 다산의 생각이었다.

이처럼 다산은 전통적인 화(華)·이(夷) 개념을 부정하였는데, 이는 근대의 성립과 연관된다. 홍대용 같은 이도 〈의산문답〉에서 지전설(地轉說)을 주장하고 화이 개념의 상대성을 거론하였다. "중국의 입장에서 보면 우리가 오랑캐이지만, 우리의 입장에서 보면 중국이 오랑캐이다." 라는 것이다. 결국 다산을 포함한 실학자들의 생각은 각각의 민족이 모두 독자적인 존재 의의를 인정받는 근대적 이념과 궤를 같이하는 것이다.

읽기 전에

제시된 본문은 백성의 굶주림과 민족 자주성에 관한 시 두 편이다. 정치적·사회적 혼란이 극심했던 조선 후기에 작가의 현실 인식이 어떻게 시적 표현으로 형상화되었는지를 중심으로 감상해 보자.

다산 시선

백성은 굶주린다(飢民詩)

인생이 만약에 초목이라면
물과 흙으로만 살아가련만
허리 구부려 땅의 털을 먹으니
이것이 바로 콩과 조이렷다

콩과 조는 구슬보다 더 귀하거니
근들 어찌 넉넉히 먹었을소냐
마른 목은 여위어 따오기 모양이요
병든 살갗 주름져 닭살 같구나

우물이 있다마는 새벽동자 할 수 없고
땔감은 있다마는 저녁거리 바이 없네
사지는 아직도 움직일 때이런만
굶은 다리 제대로 걷기지 않네

해 저문 넓은 들에 부는 바람 서글픈데
슬피 우는 저 기러기 어디메로 날아가나
고을 원님 어진 정사 베풀기 위해
없는 백성 구한다며 쌀 준다 하네

가다가다 고을 문에 이르러 보면
웅기중기 입만 들고 죽 솥으로 모여 든다
개돼지도 버리고 거들떠 안 볼 텐데
굶주린 사람 입엔 엿보다도 달구나

어진 정사 한다는 말 당치도 않고
주린 백성 구한다니 당치도 않네
관가 마구간엔 마소들도 살찌는데
이건 바로 우리들의 살 일러라

슬피 울며 고을 문을 나서고 보니
눈앞이 캄캄하여 갈 길은 막연하다
잠시 발 멈추어 마른 잔디 언덕에서
무릎을 펴고 앉아 우는 애기 달래노라

고개 숙여 우는 애기의 서캐 이를 잡노라니
두 눈에선 폭포같이 눈물이 군두서네

유유히 흐르는 천지자연 큰 이치를
고금에 그 누가 알기나 했으랴
총총한 백성들이 살아가는 저 모습

여위고 병들어서 몰골이 말 아닐세

말라서 약한 몸이 가누지를 못하며
길가에 만나느니 유랑민뿐이로세
이고 지고 나섰으나 오라는 곳 어디메뇨
갈 곳을 모르니 어디로 향할소냐

골육(骨肉)도 보전치 못하겠으니
두려울손 천륜까지 끊기어지겠네
상농군도 이제는 거지가 되고
집집마다 문 두드리어 구걸을 하오

가난한 집 구걸 갔단 되려 슬프고
부잣집에 구걸 가면 더욱 피하네
날짐승 아니니 벌레 쪼아 못 먹고
물고기가 아니어서 헤엄칠 수 전혀 없네

얼굴은 부어올라 누렇게 뜨고
머리는 흩어져 어지러이 날리누나
옛날 성현 어진 정사 펴던 시절은
홀아비와 과부를 먼저 구해 주었는데

지금은 그들이 오히려 부러우니
굶어도 혼자서 굶고 지내어
아내도 지아비도 가솔조차 없었으니
그 어찌 살림 걱정 하였겠는가?

따스한 봄바람에 봄비가 뿌려지면
꽃 피고 잎이 피어 온갖 초목 자라난다
거룩한 생의 뜻이 온 천지에 가득하니
빈민구제 높은 정이 천지에 가득 찼었다

엄숙코 점잖은 관청의 높은 분네
나라의 운명은 오직 경세제민뿐이로세
모든 생명들 도탄에 빠졌는데
이를 구할 자 관리가 아니고 누구이겠는가?

누런 얼굴은 볼모양 없고
가을의 마른 버들가지 형상이로다
구부러진 허리에 걸음 옮길 힘이 없어
담벽을 부여잡고 간신히 일어선다

일가친척도 도울 길 전혀 없고
길 가는 나그네야 아는 체나 할까 보냐
제 살기에 얽매어 본래 마음 어기고
주려 병든 자를 보고 도리어 웃고 있네

이리저리 뒤치며 온 마을을 찾아가나
마을 인심 어찌 본래 이러하던가
부러워라, 저 들판에 날아가는 새떼들은
벌레나 쪼아 먹고 가지 위에 앉았도다

사또님네 집안에는 주육이 낭자하고

풍악 소리 울리면서 명기 명창 화려하다
희희낙락 즐겁게도 태평세월 모습이며
대감님네 그 모습은 우람하고 엄숙하다

간사한 인간들은 거짓말만 꾸며대고
우활[1]한 양반들은 걱정이라 하는 말이
"오곡이 풍성하여 흙더미로 쌓였으되
농사에 게으른 자 스스로 주리노라

초목같이 많은 백성 어찌 다 번영케 하리
요순 때 임금들도 백방으로 병 고쳐도
하늘에서 홍수같이 좁쌀이 쏟아진들
이 같은 대 흉년에 어찌 다 구원하랴"

두어라 술이나 또 한 잔 기울여라
대부 벼슬 깃발 아래 춘흥[2]이 가시겠다
강 언덕과 산골에는 묻힐 땅도 남았으리
사람이란 숙명으로 한 번은 죽기마련

제 아무리 오매초[3]를 가졌다 하더라도
조정에 이 사정을 알려서 무엇 하리
저들의 형장들이 서로 돕지 않는 것을
부모인들 그 어찌 자애를 베풀소냐

1 사정에 어두움. 실제와는 관련이 멂.
2 봄철에 일어나는 흥치.
3 흉년에 기근을 면하기 위해 먹는 식품의 일종.

늙은 사람 속 시원한 여섯 가지 일
(老人一快事 六首 : 백거이의 시체를 모방하여)

1

늙은 사람 속 시원한 그 한 가지는
머리 모두 빠졌기에 홀로 앉아 웃음 짓는 일
머리털은 원래가 군더더긴데
머리카락 처리 위해 제각기 규범 세웠으니

배우지 못한 사람 뒷머리 땋고
나머지 무리는 머리 잘라 없앤다네
어린 놈 자라면서 상투 틀 때면
상투 트는 법도로 의론[4]이 분분해져

그 절차 둘러싸고 논쟁은 높고 격해
비녀 꽂는 일로서 세상은 시끄럽다
망건은 머리의 혹이 되었고
고관(駱冠)은 어찌 또 헐뜯는 시비거리던가

지금 내 머리털 하나도 없으니
모든 병균 어찌 감히 붙을 것이며

---

4 서로 논쟁함.

씻고 빗고 하는 노고 이미 필요 없고
쇠해서 머리 희다 핀잔 말 면했구나

꼭뒤[5] 뼈 번쩍거려 박처럼 희고
둥근 뚜껑 같은 대머리는 발뒤축 같네
호탕하기는 북창의 구멍이요
솔바람은 불어서 뇌 속까지 씻는다

먼지 때에 절은 말총 망건은
접어서 상자 속에 넣어 두었으므로
평생에 사람 굽히는 일을 싫어했으니
지금 와서 이것이 속 시원한 선비로다[6]

2

늙은이의 속 시원한 한 가지는
이빨 없어 훤함이 차라리 나은 일
이빨 반쯤 빠졌을 땐 참으로 괴롭더니
전혀 없이 비었으니 마음 편하네

치아가 막 흔들릴 때에

5 뒤통수의 한가운데.
6 이 노인쾌사 6수는 ①대머리가 되는 일 ②치아 없는 일 ③눈이 어두워진 일 ④귀가 어두워
   진 일 ⑤조선시를 짓는 일 ⑥바둑 두는 일인데 역설적으로 풍자한 시다. 여기서 '속 시원하
   다'는 말은 서러운 일이나 차라리 잘됐다는 패러독스다.

바늘 끝 찌르듯 시리고 아파
침과 뜸도 소용이 없었고
송곳으로 뚫어낼 때 눈물이 났는데

지금 다 빠지니 백가지 근심 않고
편안한 기분으로 밤새껏 자네
음식 때 생선·고기 뼈만 발리면
물고기다 수육이다 꺼릴 것 없어

잘게 씹어 먹지는 못할지언정
큰 산적 어물거려 그냥 삼키네
이 없는 잇몸이 이미 굳어져
양 잇몸이 음식 끊어 능히 녹이네

이빨 없어 못하는 것 있다고 하면
좋아하는 음식을 못 먹는 허전함이네
산뢰(山雷)가 아래 위에서 움직이면서
합합(鉗鉗)⁷ 소리 내는 일 부끄러워할 뿐이로다

지금까지 알려진 사람 병명은
불과 4백하고 4종인데
속 시원한 건 의서 중에서
치통이란 구절은 빼어버린 일

---

7 원래는 말 많은 모양이나 깔깔 웃는다는 의미로 쓰이나 여기서는 입속에 물고 있는 형상을 말함.

3

늙은이 속 시원한 일 또 한 가지로
눈이 어두워진 일이 또한 다행해
다시는 고소장 같은 상소문일랑 안 쓸 것이고
다시는 주역 괘를 연구하는 일은 없을 것이다

평생에 글을 써서 누가 되어서
하루아침에 기름을 빼고 말았네[8]
세상에 미운 것은 옛 문헌 뒤지는 급고판(汲古板)[9]이니
파리머리같이 잔글씨 가늘고 작은 판각에 세월 보냈네

육경(六卿)이 성 밖으로 빠져 나갔으니
윤월(閏月)[10]을 어느 때에 다시 만날까
슬프다! 경주본(經注本)을 바라봄이여
후인이 그대로 베껴 내고는

오직 송(宋)나라 이학(理學)만 공박할 줄 알았고
한(漢)나라를 그대로 계승한 오류를 부끄러워하니
지금껏 안개 속의 꽃인 양 분간 못해
두 가지 허물을 번거롭게 보지 않겠으니
시(是)와 비(非) 모두 다 이미 잊어서

---

8 기름을 짜서 빼 버린다는 뜻으로 삭탈관직당하고 귀양가는 일을 말함.
9 '옛 문헌을 파고든다'는 뜻과 아울러 중국의 급고각(汲古閣)에서 펴내고 소장한 방대한 서적 (8만 4천 책이라 함)을 말하는 듯함.
10 남은 세월. 행여나 하고 바라보는 세월. 벼슬길.

나태해져 이제는 판별하기 어려우니 다행해
눈이 어두우니 물빛과 산 빛이 한가지로 보이나
이 역시 내 눈에 든 것이 아니겠는가

4

늙은 사람 속 시원한 한 가지 일은
귀가 어두운 게 또 하나이다
세상에서 떠도는 소리 좋은 말 없고
대개는 모두가 시비하는 말들이었네

허황된 찬양은 구름 타고 오르는 햇무리 같고
거짓으로 헐뜯는 말로 흙탕 못에 처넣는다
예와 악은 거칠어진 지 이미 오래고
약삭빠른 재주는 애들 장난 같아라

말개미 앵앵 울며 교룡을 침범하고[11]
새앙쥐는 찍찍 하며 사자코를 뚫는다[12]
귀에다 솜을 막는 법석을 떨지 않아도[13]
벽력소리 차츰차츰 가늘어져 가고 있네

---

11 말개미가 앵앵거림은 나라가 어지러워 백성이 소란스럽다는 뜻으로 큰 교룡을 해친다는 말
이다. 따라서 나라 어른을 해친다는 의미다.
12 보잘것없는 존재가 큰사람을 다치게 한다는 말.
13 임종 때 고운 솜으로 코나 귀에 대고 숨쉬는 모양을 측정함.

저절로 남은 시간 모두가 적막할 뿐
누런 잎 떨어지니 바람 부는 줄 알겠노라
파리가 운들 지렁이가 슬픈 노래 부른들
세상 어지럽게 움직이는 일 누가 또 알리요

아울러 집안 다스리는 노인의 일도
귀 막고 말 없으니 바보가 되누나
그 누가 자석탕(磁石湯)[14]이 좋다고 했던가
내 허허 웃으며 그놈 의원을 호통쳐준다네

5

늙은 사람 속 시원한 한 가지 일은
붓에 맡겨 멋대로 글 쓰는 일
까다로운 구속엘랑 매이지 않고
고치고 다듬는 데 늦지도 않아

흥이 나면 당장에 뜻을 이루고
뜻이 되면 당장에 글로 옮기네
나는 본래가 조선 사람이라
즐겨 조선시(朝鮮詩)를 쓰리라

그대들은 그대들 법 따르면 되지

---
14 명약을 의미함.

이러쿵저러쿵 말 많은 자 누구인가
구구하고 번거로운 그대들의 격과 율을
동방 먼 곳의 우리가 어떻게 알 수 있나

거만하고 혹독한 이반룡(李攀龍)[15]은
동쪽의 오랑캐라 우릴 조롱했는데
원씨(袁氏) 형제와 우씨(尤氏)가 설루(雪樓)를 쳤어도
제나라 안에선 두말하는 사람 없었네

등 뒤에서 총알이 겨누고 있는데
매미 껍데기 엿볼 겨를 있을까보냐[16]
좋을손 수식 없는 한유(韓愈)의 산석시(山石詩)[17]
여자들의 비웃음 살까 두려운 것은

구슬픈 말로써 꾸미고 치장하여
애간장 끊는 시를 애써 쓰는 일
배와 귤은 그 맛이 각각 다른 것
입맛 따라 저 좋은 것 고르면 되지

15 중국 명나라 때의 문학가. 시와 고문에 능하여 명나라의 7제자 중 한 사람으로 꼽힘.
16 사마귀는 매미를 노리고 새는 사마귀를 노리는데 그 뒤에는 총을 든 포수가 있다. 즉 작은
   이익을 얻으려다가 해를 입는다는 뜻.
17 한유의 산석시는 지나치게 꾸미지 않고 자연스럽게 씌어진 시임.

6

늙은 사람 기분 좋은 한 가지 일은
벗과 더불어 바둑 두는 일
반드시 가장 하수만 구해 대적할 뿐
강적일랑 머리 저어 피해 버린다네

그 무사 안일하게 행마[18]를 가려 하며
마음 넓은 듯 여력이 있어 보이네
기법과 기도를 배우려고 어진 스승 구하며
배워 익혀서 수술(數術)을 쌓아가네
실전에 걸맞게 붙잡고 기어오르다가도
거짓수로 기쁜 듯 여유를 보이네
어찌 강적과 대국하며 고생하리요
그것은 스스로가 곤액[19]을 취하는 일

세상 사람들 너무나 괴상도 하지
뜻과 취미도 괴벽하기도 하네
그 덕성에 있어서는 야비한 아첨 즐기고
어리석고 우둔함을 윗사람은 좋아 하네

노름에 빠지면 자랑[20]치 못하고
국수[21]와 상대하려 꿈을 꾸누나

18 바둑·장기 등에서 말을 쓰는 일.
19 곤란과 재액(災厄). 재난.
20 스스로 헤아림.

여름의 아침 햇빛 허송하고서
정진한들 그 무슨 소용 있으리

오직 바구미[22] 같은 적은 것만 생각하며
오히려 진 일이 없다는 공적에 자부 하네[23]
항상 수고로운 바둑수는 애써 피하고
즐거이 수순대로 두어서 어김이 없다네

---

21 바둑·장기 등의 예능이 한 나라에서 첫째가는 사람.
22 바구밋과에 속하는 아주 작은 곤충.
23 바둑에 있어서 소탐대실(小貪大失)을 말하는데, 이는 세상사와 같다는 뜻에서 풍자한 것임.

삼국지연의

나관중
(羅貫中 1330?~1400?)

삼국지연의

나관중(羅貫中 1330?~1400?)

작가와 작품세계

나관중(1330?~1400?)

중국 원나라 말기에서 명나라 초기의 소설가로 호는 호해산인(湖海山人), 자는 관중(貫中)이다. 산서 태원 사람이며, 한주 사람이라는 설도 있다. 경력은 불분명하나, 소설과 잡극에 뛰어났다. 항원(抗元) 운동에 참가했으며 시내암과 함께 전당(錢唐)에서 《수호전》을 지었다고 한다. 현존하는 소설로 《삼국지연의》, 《수호전》, 《평요전》, 《수당지전》, 《잔당오대사연의》 등이 있고, 잡극으로 《송태조용호풍운회》, 《비호자》, 《연환간》 등이 있다.

줄거리

후한(後漢) 말기, 정치가 혼란해진 틈을 타 신흥종교의 교조 장각(張角)은 181년에 황건적(黃巾賊)의 난을 일으킨다. 몰락한 한나라 왕실의 일족 유비(劉備)는 관우(關羽)·장비(張飛)와 도원에서 형제의 의를 맺고, 민병을 모아 싸움터로 나간다.

황건적의 반란은 겨우 평정되었지만, 지방관의 항거로 한 왕실은 또다시 위태로워지고, 연합군을 조직한 군웅은 권력을 휘두르던 동탁을 치고 해산된 후 서로 패권 다툼에 혈안이 된다. 그 중에서도 조조(曹操)가 차츰

세력을 얻어 군웅을 멸하고, 천하를 통일할 조짐을 보이며 강남의 손권과 대치한다.

한편 유비는 각지를 떠돌다가 형주(荊州)의 영주 유표에게 몸을 의탁하고, 그 사이에 남양에서 숨어 사는 제갈공명(諸葛孔明)을 삼고(三顧)의 예로써 맞아들여 군사로 삼는다. 그러나 유표가 죽자 그의 아들 유종은 조조에게 투항하고, 유비마저 조조의 군사에게 크게 패한다.

그때 형주의 함락 소식을 전해들은 손권 진영에서는 화전(和戰) 양파로 나뉘지만, 노숙과 제갈공명의 교묘한 유세(遊說)로 싸우기로 결의하고 유비와 손을 잡는다. 그리하여 연합군은 공명·주유 등의 뛰어난 계략으로 적벽(赤壁)에서 조조군의 선대를 화공으로 무찔러 대승한다.

유비는 그 사이에 형주를 점령하는데, 손권과의 관계가 원만치 않아 그곳을 지키지 못하고, 익주를 공격하여 근거지로 삼는다. 그런데 손권이 형주를 지키던 관우를 공격해 죽이고 이 지방을 빼앗는다. 이 무렵 조조가 병사하자 그 아들 조비(曹丕)는 한나라 헌제를 폐위시키고 위제(魏帝)의 자리에 오른다. 유비도 한의 뒤를 이어 성도에서 황제의 자리에 오르고 나라 이름을 촉(蜀)이라 하며, 손권도 오나라 초대 황제로 오르면서 중국은 위(魏)·촉(蜀)·오(吳) 삼국 분립이 이루어진다.

이후 유비는 공명의 반대를 뿌리치고 관우의 원수를 갚기 위해 군사를 일으키지만 도중에 장비가 암살되고, 자신도 오나라 장수 육손에게 패하여 백제성에서 병사한다.

유비가 죽고 국정의 책임을 맡은 제갈공명은 오나라와 화의를 맺고 오로지 위나라와의 싸움에 전력을 기울인다. 하지만 번번이 위나라에게 패하고, 결국 위에게 멸망당한다.

265년에 사마염이 위제를 폐하고 제위에 올라 나라를 진(晉)이라 하고, 280년에 오를 멸망시킴으로써 파란만장한 삼국의 분립은 끝이 난다.

작품해설

　《삼국지연의》는 진수(陳壽)의 역사서 《삼국지》를 토대로 민간에 전해지던 이야기에 몇몇 가공적인 인물을 가미하여 재미있게 엮은 작품으로, 《수호전》,《서유기》,《금병매》와 더불어 중국 4대 기서(奇書)로 일컬어진다. 이 소설이 성공을 거둔 것은 오대사(五代史) 이야기에 나오지 않는 강렬한 개성을 가진 유비·조조·손권·관우·장비·제갈공명 등의 인물 때문이라고도 할 수 있는데, 대표적인 인물들의 성격은 다음과 같다.

　유비는 주인공과 같은 위치를 차지하며 선량한 지도자의 전형으로 부각되어 있지만 노신이 위군자(僞君子)라고 평했을 정도로 선이 가늘다. 후한 왕조의 후예로서 삼국 중에서는 가장 약한 촉한(蜀漢)을 세웠다. 실제로 유비는 난세의 영웅이었지만, 소설은 의도적으로 인덕(仁德)을 겸비한 군자로 묘사하고 있다. 일례로, 유비의 아들이 조조의 공략을 받아 번성(樊城)을 도망쳐 나올 때, 뒤따르던 백성을 버리고 행군하다 전군괴멸(全軍壞滅)의 위기를 맞은 적이 있었다. 그러나 조운(趙雲)의 활약으로 위기를 벗어날 수 있었는데 이때 유비가 여러 장군 앞에서 자신의 아들을 땅으로 내던지며 '이 애송이 녀석 때문에 훌륭한 장군을 잃을 뻔했다.'라고 말한 기록이 전해진다. 그러나 이런 행동은 조작된 사실에 불과하다.

　조조는 악역으로 나오지만 지혜가 뛰어나고 실천력도 있으며, 인간으로서의 스케일도 커서 다른 인물들을 압도하고 있다. 위나라의 실질적인 건국자로 그가 죽은 뒤, 후한의 헌제(獻帝)를 폐위시키고 위나라의 문제(文帝)가 된 맏아들 조비에 의해 무제(武帝)라는 시호를 받았다.《삼국지연의》에서는 악인으로 설정되어 있다. 그의 인물형상은, 아버지와 의형제를 맺은 여백사의 가족을 오인하여 잘못 죽인 일화에 잘 나타나 있다. 조조는 여백사가 술을 사러 간 사이, 여백사 가족들이 돼지를 죽이기 위해 칼을 가는 것을 보고 자신을 죽이려는 것으로 오해해 그들 모두를 죽이게 된다. 곧바로 자신의 잘못을 깨닫지만 화를 입을까 염려한 마음에 술을 사온 여백사까지 칼로 베어 죽인다. 이때의 심정을 토로한 '나는 천하 사람들의 의를 배반해도 천하 사람들이 나를 배반하게 하지는 않겠다.'는 말에 조조의 성격이 집약적으로 표현되어 있다.

손권은 사람 쓰는 데에 용하고, 한편 우두머리로서의 관록을 가지고 있다. 천시(天時)를 얻은 위나라, 인화(人和)를 획득한 촉나라와 함께 강동(江東)이라는 지역적 이점을 가지고 오나라를 건국한 영웅으로, 《삼국지연의》에서는 유비의 선과 조조의 악 사이에서 그의 성격은 명확하게 부여되어 있지 않다.

관우는 제갈공명과 함께 《삼국지연의》의 상징이라고도 할 수 있는 인물이다. 지난날에 은혜를 입은 조조를 엄격한 군율을 어겨 가면서까지 도망치게 한 화용도의 이야기는 그의 의(義)를 잘 표현하고 있으며, 출중한 인품이라고 할 수 있다. 민중은 그의 한결같은 정신에 감동하여 관공·관성제라고 했으며, 신(神)이라고 하여 이를 찬양하였다.

장비는 단순하고 난폭한 사나이지만, 어진 사람을 존경해서 유비에 대한 사랑 또한 관우 못지않다. 관우와 항상 대비되었으며 《삼국지평화》에서는 오히려 관우 이상의 비중을 가지고 있는 인물이다. 교양이 없고 천박하지만 사랑해야 할 난폭자로 묘사된다. 《수호전》으로 비유하자면, 이규(李逵)에 해당될 것이다. 술을 마시고 부하를 마구 두들겨 팼는데, 그 때문에 밤에 목베임을 당했다고 하는 그의 비참한 죽음에서 그의 성격이 가장 잘 나타나 있다. 하지만 《삼국지연의》에서는 지식인의 손이 가해진 탓인지 활발한 기상을 잃고 있다. 유비, 관우와 함께 의형제를 맺었다는 것은 사실과 다르지만, 군신의 충의보다 의형제의 애정을 중요시하는 것은 송대 이후에 발전한 시민적인 사고방식 때문이다.

제갈공명은 초인적인 지혜를 갖춘 사람으로, 유비의 지우(知遇)에 보답하여 끝까지 충성을 다한다. 유비의 군사로서 이름은 양(亮)이다. 오나라의 주유(周瑜)·육손(陸遜), 위나라의 사마의 등 지모가 뛰어난 사람들 가운데서도 빼어난 인물로 묘사되고 있다. 적벽의 싸움에서는 안개가 낄 것을 미리 알고 하룻밤 사이에 십만 개의 화살을 얻어 주유의 허를 찌르고, 사마의 대군이 쳐들어오는 성안에서는 태연자약하게 성문을 다 열어놓고 거문고를 타 오히려 사마의가 의심하여 대군을 물리게 했다는 등의 지략을 펼쳤다는 일화가 많다. 하지만 남동풍이 불기를 칠성단(七星壇)에서 빌기도 하고, 오장원(五丈原)에서 자기 자신의 생명을 연장하기 위하여 죽음을 관장하는 북두칠성에게 빌기도 하여 '지(智)는 많지만 요(妖)에 가깝다.'는 평을 받기도 했다. 그럼에도 불구하고 관우와 장비가 죽은 뒤《삼국지연의》를 지탱해온 공적은 간과할 수 없다. 적벽대전 전후부터는 사실상 소설의 주인공은 공명의 독무대인 듯한 느낌이 있으며, 가을바람 부는 오장원에서 유성과 함께 낙명(落命)하는 부분은 적벽대전 다음가는 제2의 클라이맥스이기도 하다.

이 작품의 문체는 문어에 가까운 간결함으로 구성이 잘 되어 있으며, 특히 '출사표(出師表)'는 가슴을 울리는 충절로 널리 인용된다. 때로는 믿기 어려운 부분도 작품 곳곳에 등장하지만 대체로 역사적 사실에 충실하려는 자세가 엿보인다.

생각 나누기

1. 유비는 제갈공명을 군사로 맞아들이기 위해 두 번이나 그를 찾아가지만 만나지 못한다. 결국 세 번째 만에 제갈공명을 찾아가 만날 수 있었지만, 제갈공명은 낮잠을 자고 있고 유비는 장비의 성화에도 불구하고 그가 깨기만을 기다린다. 이 부분에서 유비의 성격이 잘 드러나고 있다. 그러나 잠에서 깨어난 제갈공명은 유비의 제의를 거절한다. 여러분이 유비의 입장이라면 어떻게 제갈공명을 설득시킬 것인

지 논하시오.

2.《삼국지연의》에는 다양한 인간형이 나타난다. 특히 유비와 조조의 인간형이 크게 부각되는데, 전체적인 작품에 나타난 두 사람의 인간형을 살펴보고, 여러분이 생각하는 유비와 조조에 대해 논해 보시오.

모범 답안

1. 유비는 제갈공명을 군사로 맞아들이기 위해 무려 세 번이나 그를 찾아간다. 세 번의 방문에도 낮잠을 자고 있던 제갈공명이 깰 때까지 기다렸다가 그를 설득한다. 그렇지만 제갈공명은 자신의 재주가 미천하다 하며 계속 제의를 거절한다.

당시의 시대 상황은 그야말로 난국이었다. 특히 한조의 정통을 회복하려는 유비에게 이것은 너무나 가슴 아픈 일이었다. 일단, 그는 난세를 구하기 위해 뛰어든 몸이었으므로 정말로 재주가 뛰어난 군사가 필요했는데, 진실로 원했던 사람이 바로 눈앞에 있었던 제갈공명이었다.

여러분이 만약 당시의 유비였다면 이러한 상황 인식 속에서 어떠한 말로 제갈공명을 설득할 수 있을 것인가? 제갈공명을 설득하기 위한 여러분의 생각을 정리해 보자.

2. 작품 속 등장 인물 가운데 유비와 조조는 그 인간적인 면에서 많은 유사점과 차이점을 보인다. 부하를 다스리는 요령, 전투를 이끌어가는 지략, 백성을 대하는 태도 등에서 두 사람은 각기 다른 태도를 보인다.

작품 속 유비는 주인공과 같은 위치를 차지하며, 인자하고 선량한 지도자의 모습으로 그려져 있다. 또한 의형제의 의리를 중시하고 신하를 아끼는 인물로 나와 있다. 반면, 작품에서 조조는 악역으로 나온다. 그러나 객관적으로 보았을 때 조조는 지혜가 뛰어나고 실천력도 있으며, 인간으로서의 스케일도 커서 다른 인물들을 압도한다.

노신이 유비를 위군자라고 평한 것은 무슨 이유에서일까? 모든 덕목을 두루 갖춘 유비지만 그 나름대로의 단점이 있기 때문일 것이다. 또한 조조는 꾀가 많고 작품에서는 유비의 상대역 혹은 악역으로 나오지만 장점도 많다. 두 사람을 비교하여 여러분이 생각하는 것을 정리해 보자.

읽기 전에

삼국지연의는 유비·관우·장비 등 세 인물의 무용(武勇)과 제갈공명의 지모(智謀)와 활약상을 중심으로 후한(後漢) 말부터 위·촉·오 삼국의 정립시대(鼎立時代)를 거쳐 진나라에 의한 천하통일에 이르는 역사를 그리고 있다. 제시된 본문에서는 유비가 남양에 숨어사는 제갈공명을 삼고의 예로써 맞아들여 군사로 삼는 내용이 들어 있다.

삼국지연의

유비·관우·장비가 신야로 돌아온 지 며칠이 지났다. 현덕이 사람을 보내 공명(孔明)[1]의 소식을 알아보게 했더니, 그 사람이 돌아와서 아뢰었다.

"와룡 선생께서 돌아오셨습니다."

그 말을 들은 현덕은 지체하지 않고 말을 준비시키는데, 장비가 나서서 떠들었다.

"그까짓 촌놈 하나 만나려고 형님께서 직접 가실 필요가 있겠소? 사람을 시켜 불러오면 그만이지."

"아우는 맹자께서, '어진 이를 보려 하면서 그 도(道)대로 행하지 않으면 이는 그가 들어오기를 원하면서도 문을 닫는 것과 같으니라.'라고 하신 말씀을 들어보지 못했는가? 와룡 선생은 당대의 대현(大賢)[2]인데 어찌 불러다 보겠는가?"

현덕은 장비를 꾸짖고 즉시 말에 올라 다시 공명을 만나러 떠났다. 관우와 장비도 말을 타고 그 뒤를 따랐다. 때는 마침 한겨울이라 날씨가 매섭고 하늘에는 검붉은 구름이 드리웠는데, 몇 리를 못 가서 돌연 북풍이 몰아치더니 함박눈이 펑펑 쏟아져 내렸다. 산은 마치 구슬을 깎아 세운 듯하고, 숲은 은장식을 해놓은 것 같았다. 장비가 또 투덜거렸다.

---

1 제갈공명. 중국 삼국시대 촉한(蜀漢)의 재상. 유비를 도와 촉한을 세움.
2 아주 뛰어나게 어질고 지혜로운 사람.

"싸움도 하기 어려운 이 엄동설한에 아무런 도움도 안 되는 사람을 만나려고 이렇게 멀리까지 갈 게 뭐요? 차라리 신야로 돌아가서 눈보라가 그치기를 기다리는 편이 낫겠소."

"나는 공명에게 내 정성을 알리고자 이러는 것이니 추위가 두렵거든 먼저 돌아가게."

"죽음도 두렵지 않은데 추위쯤 어떻겠소! 단지 형님께서 이토록 정성을 쏟는데 헛수고 하실까 봐 그러오."

"그럼 아무 말 말고 그냥 따라오기나 하게."

어느 정도 초려(草廬) 가까이에 이르렀을 때, 문득 길가의 주막에서 누군가 노래를 부르는 소리가 들려왔다. 현덕은 말을 세우고 노랫소리에 가만히 귀 기울여 보았다.

장사가 아직도 공명을 이루지 못하니
아아, 봄은 언제나 오려는가!
그대는 보지 못했는가? 동해의 한 늙은이 뒤늦게 운수 틔어
수레 뒤에 몸을 싣고 문왕과 돌아간걸
8백 제후 기약 않고 한곳에 만나서
맹진나루 건널 때 백어가 날뛰는걸!
목야벌의 전투에서 적군을 무찌를 때
그가 떨친 용맹이 장수 가운데 제일인걸

그대는 보지 못했는가? 고양땅의 한 술꾼이 초야에서 일어나
망탕산의 융준공³께 절하여 헌신한걸
왕패지업 논할 때 고담준론(高談峻論)⁴ 놀라워서

---

3 한나라 고조 유방의 별호. '융(隆)'은 높다는 뜻이고 '준(準)'은 코를 말하는데, 유방의 코가 매우 커서 이런 별호가 붙었다고 함.

발을 씻다 청해 들여 그 위풍을 흠모한걸
제나라의 일흔두 성 한 번에 함몰하니
그 공적을 따를 사람 하늘 아래 더 있겠는가?
두 사람이 세운 공적 이렇듯 높으니
이제 와서 누가 즐겨 영웅을 논하겠는가?

이 노래가 끝나자, 또 한 사람이 일어나 노래를 불렀다.

고조 황제 칼을 치켜들어 천하를 평정하고
기업을 세우신 지 4백 년이 지났구나
환제·영제 2대에 화덕(火德)이 쇠진하매
간신적자 제멋대로 권세를 희롱하는구나
징그러운 청구렁이 용상에 내려오고
요사스런 무지개가 옥당에 비켜섰네
곳곳에서 도적떼 개미처럼 모여들고
도처에서 간웅들이 매처럼 활개치는구나

우리는 소리치며 장단이나 맞추세
갑갑한 촌 주막에 술 마시러 나왔다네
이 한 몸 보전하여 온종일 편안하니
부질없이 천추에 이름 전해 무엇 하겠는가!

노래를 부르고 난 뒤 두 사람은 손뼉을 치며 큰 소리로 웃었다.
"혹시 와룡 선생이 이 안에 계시지 않을까?"

4 고상하고 준엄한 말.

현덕은 곧 말에서 내려 주막 안으로 들어갔다. 들어가 보니 두 사람이 술상을 가운데 놓고 마주 앉아 대작하고 있는데, 안쪽에 앉은 사람은 얼굴이 희고 수염이 길며, 바깥쪽에 앉은 사람은 풍모가 깨끗하고 준수하여 기이하였다. 현덕이 절하고 물었다.

"두 분 가운데 어느 분이 와룡 선생이신지요?"

수염 긴 사람이 현덕을 바라보며 말했다.

"공은 누구신데 와룡을 찾습니까?"

"저는 유비라는 사람으로 선생을 찾아뵙고 세상을 구제하여 백성을 편안히 할 계책을 구하고자 합니다."

"우리는 와룡의 친구로 나는 영주 석광원이고, 이 분은 여남 맹공위입니다."

그러자 현덕은 매우 반가워하며 말했다.

"제가 두 분의 높은 이름을 들은 지 오래 전인데, 우연히 여기서 뵙게 되니 참으로 다행입니다. 마침 데려온 말들도 있으니, 저와 함께 와룡 선생의 장원으로 가셔서 이야기를 나누시지요."

"우리는 산과 들에 사는 게으른 사람들로, 백성을 편안히 하고 나라를 구하는 일은 알지 못하니 구태여 묻지 마시고, 서둘러 와룡이나 찾아가 보십시오."

두 사람의 말에 현덕은 그들과 작별하고 말을 몰아 와룡강으로 갔다. 장원에 도착한 현덕은 말에서 내려 문을 가벼이 흔들고 동자에게 물었다.

"오늘은 선생께서 댁에 계시냐?"

"예! 지금 안에서 책을 보고 계십니다."

현덕은 매우 기뻐하며 동자를 따라 안으로 들어갔다. 중문에 이르니 문짝에 연시(聯詩)가 쓰여 있었다.

욕심이 없으니 마음이 밝아지고

조용히 있으니 앞일이 환하도다

현덕이 잠깐 걸음을 멈추고 그 연시를 보는데, 홀연 안에서 시가를 읊는 소리가 들려왔다. 문 옆으로 가서 가만히 안을 들여다보니, 초당 안에서 한 젊은 사람이 화로 앞에 앉아 노래를 부르고 있었다.

봉황이 하늘을 날 때는
오동나무 아니면 깃들지 아니하고
선비가 숨어서 살 때는
제 주인이 아니면 섬기지 않는다네
내 손으로 밭을 가니 그 취미 즐거우며
나는야 내 집을 사랑하네
오로지 책을 보며 거문고를 희롱하고
하늘이 정해준 그 때를 기다리네

현덕은 노래가 끝나기를 기다렸다가 인사를 했다.
"제가 선생을 우러러 사모한 지 오래되었건만 그동안 연분이 없어서 뵙지 못했소이다. 저번에 서원직이 선생을 천거하기 위해 댁을 찾아왔었는데 뵙지 못하고 돌아갔습니다만, 오늘은 풍설을 무릅쓰고 온 보람이 있어서 이렇게 존안을 뵙게 되니 정말 천행이로소이다!"
젊은이가 황급히 일어나 답례를 하였다.
"장군께서는 가형⁵을 만나러 오신 유 예주가 아니십니까?"
현덕이 적이 이상하여 되물었다.
"아니, 그럼 선생도 와룡이 아니십니까?"

5 남에게 대하여 '자기 형'을 이르는 말.

"그렇습니다. 저는 와룡의 아우 제갈균입니다. 저희는 삼형젠데, 큰형님 제갈근은 지금 강동 손중모의 막료로 계시고, 공명은 바로 저의 둘째 형님입니다."

"그럼 와룡께서는 지금 댁에 안 계시오?"

"어제 최주평과 약속이 있어 놀러 나가셨습니다."

"어디에서 만나는지 아시오?"

"배를 타고 강에 나가시거나 산으로 승려를 찾아뵈러 가시기도 합니다. 또 마을로 친구를 만나러 가시거나 마을에 가셔서 거문고도 타고 바둑도 두니, 다니는 곳이 일정하지 않아 어디로 가셨는지 모르겠습니다."

"내가 이렇게 연분이 박한가? 두 번이나 찾아왔는데도 뵙지를 못하니……."

"잠시만 앉아 계십시오. 차를 올리겠습니다."

장비가 참지 못하고 재촉하며 말했다.

"와룡 선생이 안 계신 바에는 어서 말에 오르시오."

"내가 여기까지 왔는데 어떻게 말 한 마디 없이 그냥 돌아갈 수 있단 말인가?"

현덕은 장비의 말을 막고 다시 제갈균에게 물었다.

"영형⁶ 와룡 선생께서 병법에 정통하시고, 항상 병서를 본다는 말을 들었는데 과연 그렇습니까?"

"저는 잘 모르겠습니다."

이때, 성질 급한 장비가 또 한 마디 불쑥 내뱉었다.

"그 사람에게 무얼 물어보시오? 눈보라가 이렇게 매서운데 어서 집으로 가는 게 좋겠소."

---

6 남을 높이어 그의 형을 이르는 말.

현덕이 장비를 또 꾸짖으며 막으니, 제갈균이 현덕을 보고 말했다.

"가형이 계시지 않아서 수레와 말을 오래 머무르게 하지 못하겠습니다. 며칠 내로 가형이 돌아오시면 곧 찾아뵈라고 말씀 여쭙겠습니다."

"어찌 감히 선생께서 직접 오시기를 바라겠소. 내가 며칠 후에 다시 뵈러 오리다. 지필을 좀 빌려주시면 선생께 편지나 한 장 남겨서 저의 간곡한 뜻을 표할까 합니다."

제갈균이 곧 지필을 내주었다. 현덕은 언 붓을 녹여 종이를 펼쳐놓고 편지를 썼는데 그 내용은 다음과 같다.

제가 선생의 높으신 성화를 우러러 사모한 지ʼ오래며, 두 차례나 만나 뵈러 왔다 뵙지 못하고 돌아가니 그 섭섭한 마음을 무엇에다 비하오리까! 저는 한조의 묘예(苗裔)[7]로 외람되이 명예와 작위를 받고 있어 엎드려 살피건대, 지금 조정은 쇠약해지고 기강은 무너졌으며 군웅이 나라를 어지럽히고 간신들이 임금을 속이고 있으니, 이 가슴이 그대로 찢어지는 듯하오이다. 나에게 비록 이를 바로잡아 보려는 뜻은 있으나 이를 경륜할 계책이 없으니, 바라건대 선생께서는 어진 마음과 충의의 뜻으로 개연히 여망(呂望, 강태공)의 큰 재주를 펼치시고, 자방(子房, 장량)의 깊은 계책을 베푸신다면 천하에 그보다 더 큰 다행이 없고, 사직에도 그보다 더 큰 다행이 없으리다. 우선 몇 글자 적어 이 마음을 표하고 다시 목욕재계한 후에 찾아와서 존안을 뵙고 하정(下情)[8]을 말씀 올리려 하오니 선생은 미루어 살펴 주십시오.

쓰기를 마친 후 현덕은 제갈균에게 편지를 주며 잘 전해줄 것을 부탁한 다음 인사를 한 뒤 문을 나왔다. 제갈균이 그를 배웅하러 문 밖까지 따라 나오니 현덕은 다시 은근한 뜻을 표하며 작별을 고했다.

7 여러 대를 걸친 먼 후대(後代)의 자손.
8 어른에게 대하여 자기의 마음이나 뜻을 낮추어 이르는 말.

그런데 그가 막 말에 올라 떠나려 하는데 별안간 동자가 울 밖을 향하여 손을 흔들며 소리쳤다.

"노(老) 선생께서 오십니다."

현덕이 바라보니 작은 다리의 서쪽에서 한 사람이 방한모에 여우털 갖옷을 입고 나귀 등에 앉아 오는데, 그 뒤로 푸른 옷을 입은 동자가 술 담는 호로병(葫蘆瓶) 하나를 들고 눈을 밟으며 따라오고 있었다. 보고 있으려니, 노 선생은 다리를 지나오면서 시 한 수를 읊조렸다.

지난 밤 북풍이 차더니
만 리에 붉은 구름이 덮였구나
구만리 창공에서 흰 눈이 어지럽게 휘날려
강산의 옛 모습을 새롭게 단장했네
허공을 쳐다보니
옥룡이 다투는가
비늘이 흩날려 온 세상을 덮는구나

나귀를 타고 다리를 지나올 때
나 홀로 탄식하네, 매화꽃 여위는 것을

"저분이 바로 와룡 선생이로구나!"

현덕은 그 노래를 듣고 이렇게 말한 뒤 곧장 말에서 뛰어내려, 앞으로 다가가 인사를 하였다.

"선생께서 이 추위에 어떻게 오셨습니까? 유비 일행이 기다리고 있은 지 오래되었습니다."

그러자 노인은 황망히 나귀에서 내려 답례를 하였다. 이때 제갈균이 뒤에서 일러주었다.

"그 어른은 가형 와룡이 아니라, 가형의 장인 황승언(黃承彦)이십니다."

그러나 현덕은 태연히 칭찬의 말을 하였다.

"방금 읊으신 글귀가 무척 고묘(高妙)⁹합디다."

"늙은 사람이 사위한테서 〈양보음〉을 듣고 그 중 한 편을 외웠는데, 방금 다리를 건너다가 우연히 울 사이의 매화를 보고 감흥이 일어 읊었더니 뜻밖에도 손님께서 듣고 계셨군요."

"사위를 어디서 보셨습니까?"

"이 늙은이도 그 사람을 보러 오는 길입니다."

현덕이 그 대답을 듣고 난 뒤 그와 작별하고 다시 말에 올라 돌아오는데, 갑자기 또 바람이 크게 일며 눈이 펑펑 쏟아졌다. 현덕은 고개를 돌려 와룡강을 쳐다보며 울울한 심사를 억누르지 못하였다.

후세 사람들은 현덕이 눈보라를 헤치며 공명을 찾아갔던 그 날의 이야기를 다음과 같은 시로 남기고 있다.

바람 불고 눈 오던 날 어진 이를 찾아갔다가

만나지 못하고 돌아오는 그 심사 애달퍼라

시내의 돌다리는 얼어붙어 미끄럽고

말안장엔 차가운 기운이 스미는데 갈 길은 머네

머리 위로 송이송이 배꽃은 내리고

버들가지 훨훨 날아 얼굴에 부딪히는데

말고삐 잡고 서서 고개 돌려 바라보니

와룡강 언덕에는 은 더미 쌓여 있구나

현덕이 신야로 돌아온 뒤 세월은 빨리도 지나가, 어느덧 또 새봄이 왔

---

9 고상하고 미묘함.

다. 현덕은 점쟁이에게 일러 시초(蓍草)를 갈라[10] 길일을 택하게 해서 3일간 재계하고 목욕한 후 새 옷으로 갈아입고, 다시 와룡강으로 공명을 찾아가려 하였다. 이 소식을 들은 관우와 장비는 마음이 언짢아져서 함께 현덕에게 간했다.

어질고 지혜로운 사람이 영웅의 뜻에 복종하지 않으니
지나친 겸손이 호걸들의 의심을 사는구나

현덕이 공명을 두 번이나 찾아갔다가 만나지 못하고 이제 세 번째로 찾아가려 하니, 관공이 만류했다.

"형님이 두 번이나 몸소 찾아가셨으니 그 예가 지나쳤다고 봅니다. 아마 제갈량이 허명만 있지 실상 학문은 보잘것없는 까닭에 일부러 몸을 피하고 감히 만나지를 않는 것 같은데, 형님은 어찌하여 그 사람에게 그렇게 현혹되십니까?"

"그렇지 않네. 옛날 제나라 환공(桓公)은 동곽야인(東郭野人)을 만나러 다섯 번이나 찾아가서 겨우 한 번 만났을 뿐인데, 하물며 나는 대현(大賢)을 만나려는 것이니 자꾸 가야겠네[11]."

장비가 현덕의 말을 받았다.

"형님, 그건 당치도 않은 말씀이오. 그까짓 촌놈이 무슨 대현이란 말이오? 이제 형님은 가실 것 없고 내가 밧줄 한 오라기를 들고 가서 묶어오겠소!"

---

10 점을 치는 방식의 하나. 49대의 시초(톱풀)를 두 부분으로 갈라 4대를 1수(數)로 하여, 음효(陰爻)와 양효(陽爻)를 정하고 길흉화복을 점쳤다.
11 춘추시대 제나라 환공이 관직이 낮은 신하를 만나러 네 번을 갔다가 못 만나니, 좌우에서 다시 가지 말라고 권했지만 듣지 않고 다섯 번째 찾아가서 겨우 만났다는 이야기가 있다. 유비는 공명을 세 번째 방문에서 만나게 되었으므로, 이후로 인재를 찾아 여러 번 가는 것을 '삼고초려(三顧草廬)' 또는 '삼고(三顧)'라고 말하게 되었다.

현덕은 장비를 꾸짖었다.

"자넨 주나라 문왕께서 강자아를 찾아가신 이야기도 듣지 못했는가? 문왕 같으신 분도 어진 이를 그처럼 공경하셨는데, 자네가 어찌 무례하게 굴 수 있단 말인가? 이번에는 자네야말로 그만두게. 나는 운장하고만 갔다 오겠네."

"두 형님께서 가시는데 어찌 나만 빠지겠소?"

"자네가 만약 같이 간다면 절대로 무례한 짓을 해서는 안 되네!"

현덕의 다짐에 장비는 마지못해 약속하였다.

이윽고 세 사람은 말에 올라 종자를 데리고 융중으로 갔다. 초려를 반 리쯤 앞두고 현덕이 말에서 내려 걸어가는데, 마침 중도에 제갈균을 만났다. 현덕이 얼른 반갑게 인사를 하고 물었다.

"형님께서 댁에 계시오?"

"어제 저녁에 돌아오셨으니 오늘은 만나보실 수 있을 것입니다."

대답을 마친 제갈균은 표연히 저 갈 길로 가버렸다.

"이번에는 요행으로 선생을 만나 뵙게 되는구나!"

현덕이 다행스러워하자 장비는 또 투덜거렸다.

"저자가 꽤나 무례하오! 저의 집까지 데려다 주어도 무방할 텐데 그냥 가버리다니!"

현덕이 또 다시 장비를 타일렀다.

"그 사람도 제 볼일이 있을 텐데 어찌 바란단 말인가."

세 사람이 초려 앞에 이르러 문을 가볍게 흔드니 동자가 나와서 용건을 물었다.

"유비가 선생을 뵈러 왔다고 좀 여쭈어다오."

그러자 유비의 말을 들은 동자는 고개를 갸웃거렸다.

"오늘 선생님께서 댁에 계시기는 하지만, 지금 초당에서 낮잠을 주무시고 계시는데요."

"그러면 아직 여쭙지 말아라."

현덕은 관우와 장비에게 문밖에 서서 기다리라고 분부한 다음, 혼자 조용히 안으로 들어갔다. 선생은 초당 안 평상 위에 번듯이 누워서 자고 있었다.

현덕은 섬돌 아래로 가서 두 손을 맞잡고 섰다. 그러나 반나절이 지나도 선생은 잠에서 깨지 않았다. 이때 관우와 장비는 밖에서 오랫동안 서 있어도 아무 소식이 없자 안으로 들어가 보았다. 그때까지도 현덕은 두 손을 맞잡고 서 있었다. 장비는 화가 머리 꼭대기까지 치밀어 올라 관우를 보고 투덜거렸다.

"저 선생이란 자는 어쩌면 저리 거만하단 말이오? 우리 형님을 섬돌 아래 세워두고 저는 편안히 드러누워 자는 체하니! 내가 집 뒤로 돌아가서 불을 콱 지르겠소. 그래도 안 일어나나 한번 볼 테요!"

관우는 얼른 장비를 만류했다. 현덕은 또다시 그들 두 사람에게 문밖으로 나가 있을 것을 분부하고 당상을 바라보는데, 선생은 몸을 뒤척이며 일어날 듯하다가 벽을 향해 돌아누우며 다시 잠들어버렸다. 동자가 보다 못해 사정을 고하려 하자 현덕은 만류하였다.

"아직 깨우지 말아라."

그러고는 그대로 서 있었다. 그로부터 다시 한 시각이나 지나서야 공명은 잠에서 깨며 시 한 수를 읊었다.

세상에서 큰 꿈을 누가 먼저 깨칠까?
평범한 인생을 나 스스로 아노라
초당에 봄잠이 족한데
창문 밖의 해는 길기도 하여라

시를 다 읊고 난 공명은 몸을 뒤척이며 동자에게 물었다.

"어디서 손님이 오시지 않았느냐?"

"유 황숙께서 오셔서 아까부터 한참을 서서 기다리고 계십니다."

공명은 깜짝 놀라 자리에서 몸을 일으키며 말했다.

"왜 진작 말하지 않았느냐? 잠시 옷을 좀 갈아입어야겠다."

그러고는 서둘러 후당으로 들어가 한참이 지나서야 의관을 정제하고 나와 현덕을 맞았다.

현덕이 살펴보니 공명은 8척 신장에 얼굴이 관옥 같고 머리에는 윤건 (綸巾)[12]을 쓰고 몸에는 학창의를 입었는데, 표표한 기상이 신선과도 같았다. 현덕은 공명에게 공손히 절을 하였다.

"한실의 묘예인 탁군의 우부(愚夫)가 선생의 대명을 들은 지 오랩니다. 그간 두 번을 뵈러 왔었으나 한 번도 뵙지 못하고 천한 이름을 적어두고 갔었는데 보셨습니까?"

"남양의 야인이 게으른 버릇이 있어서 여러 차례나 장군께서 왕림하시도록 하였으니 부끄럽습니다."

두 사람이 인사를 마치고 자리를 잡고 앉자 동자가 차를 올렸다. 차를 마시며 공명이 말했다.

"전에 남기고 가신 편지를 보고 백성과 나라를 걱정하시는 장군의 마음을 잘 알았습니다만, 제 나이가 어리고 재주가 얕아 하문하시는 바를 그르칠까 두렵습니다."

"사마덕조와 서원직의 말씀이 어찌 헛된 말씀이겠습니까? 바라건대 선생께선 이 몸을 비천하다 마시고 가르침을 베풀어주십시오."

"덕조와 원직은 천하의 높은 선비요, 저는 일개 농부에 불과한데, 어찌 감히 천하 대사를 논할 수 있겠습니까? 그 두 분이 사람을 잘못 천거하셨습니다. 장군께서는 어찌하여 아름다운 옥을 버리시고 쓸모없는 막돌을

---

12 비단으로 만든 두건으로, 후에는 '제갈건'이라고 불렸다.

구하려 하십니까?"

"대장부가 세상을 다스릴 만한 뛰어난 재주를 품고 있으면서 어찌 숲 속에 파묻혀 헛되이 늙는단 말씀입니까? 선생께선 천하의 창생을 생각하셔서 저의 우둔함을 깨우쳐 주시기바랍니다."

공명은 미소를 지으며 말했다.

"그럼 장군의 뜻을 한번 들려주십시오."

이백 시선

이백
(李白 701~762)

이백 시선

이백(李白 701~762)

이백(701~762)

중국 문학에서 시의 원천은 6세기경에 공자가 펴낸 《시경》으로부터 시작된다. 하지만 《시경》은 사언으로 된 민요조의 노래이고, 그 뒤에 《초사(楚辭)》가 나왔으나 운율을 붙인 산문과 같은 '부(賦)'의 형식이었다. 그러므로 좁은 의미에서 시의 형식이 성립된 것은 한의 오언시가 나오면서부터였다. 이백은 주로 한나라와 위나라의 옛 시를 부활시켜 중국 시의 전통을 세우려고 했다. 더불어 그의 시적 특성은 낭만적이고 환상적인 주제를 가졌다는 데 있다.

종래의 이백 시집은 내용별로 편찬했다고 되어 있으나 그 원칙이 지켜지지 않았다. 즉 여정(旅情), 풍류(風流), 한적(閑適) 등의 내용별 부분과 고풍(古風), 악부(樂府), 가음(歌吟)과 같은 양식별 부분이 병렬되어 있다.

방랑의 생애를 보낸 이백에게 있어서 여정은 특별한 감정이었으며 향수를 수반하는 특수한 체험이었다. 이백은 야망을 안고 출발한 방랑객이었으나 안녹산의 난을 계기로 실망과 좌절의 쓴맛을 보면서 방랑하는 나그네가 되었다. 즉 청소년 시절에는 야망을 안고, 자신만만하게 주유천하

하는 등 득이 만면한 웅대한 뜻을 안고 출발하였으나 전란에서의 체포와 감금, 유형과 방면 등 계속되는 불행과 역경, 노쇠와 병약이 겹쳐 자기 몸을 편안하고 안전하게 둘 곳이 그립게 되었다. 이러한 그의 환경의 격변이나 그에 따르는 심정의 변화를 음미하고, 그의 시의 독특한 맛을 체득하는 일은 이백의 시를 감상하는 데 많은 도움을 준다.

아름다운 경치를 보면 마음이 평온해지고 멋진 경관을 대하면 홀로 감동하거나 시 한 구절이라도 읊고 싶은 심정에 사로잡히는 것은 너무도 당연한 일일 것이다. 형형색색의 자연이 보여주는 여러 가지 양상, 장대하고 우아하고 그리고 고요함과 쓸쓸함을 보여주는 여러 고장의 풍경, 그것을 쳐다보고 그 속에 파묻힐 때 이백의 감정은 유난히 생생하게 반응하였다.

이렇게 자연에 대해 읊은 것 이외에도 달과 술을 노래한 시도 많이 있다. 달과 술은 이질적인 소재임에도 불구하고 이백은 자연스럽게 그것들을 연결시켜 자신의 감정을 토로하고 있다.

방랑객인 이백에게 있어서 달은 둘도 없는 벗이었다. 그는 혼자서 떠돌아다니면서 하늘의 달을 쳐다보고 외로움을 달랬다. 그래서 그의 시 속에는 달을 소재로 끌어온 시가 전체 시의 4분의 1을 차지한다.

중국 시인들 중에는 술을 좋아하는 세 사람의 시인이 있다. 진나라의 도연명, 당나라의 이백, 그리고 백낙천 등이다. 이 중에서도 이백은 당연히 선두 주자로서, 언제 어디서나 마음 내키는 대로 마시는 시인이었다. 두보가 '이백은 술 한 되를 마시고 시 백 편을 쓴다.'고 읊은 것은 과장된 표현이지만, 그에게 있어서는 음주가 오히려 감정을 고양시켜 시를 짓지 않을 수 없게끔 하였다. 이백 자신도 '백년은 3천 6백일, 하루에 모름지기 3백 배를 기울여야 한다.'했으니 유한한 인생에 있어서 음주의 가능성을 극한화한 표현이다. 그는 술을 마시면 마음이 호방하고 쾌활해졌으며 아무리 만취된 상태에서도 이성과 각성을 잃지 않았는데, 그것은 그의 음주시 어디에서도 잘못되거나 비뚤어진 생각을 찾아볼 수 없는 것으로 나타나고 있다.

작품해설

이백의 시집에는 다양한 내용의 시가 수록되어 있다. 이백이 유랑 생활을 하면서 그 심정을 읊은 시, 술과 달에 취해 흥을 드러내며 지은 시, 옛일을 그리워하며 회상하는 시 등 실로 다양하다.

이백의 시는 두보의 시가 조탁(彫琢)의 극에 이르는 데 비하여, 흘러나오는 말이 그대로 시가 되는 시풍이며 두보의 오언율시(五言律詩)에 반하여 악부(樂府)와 칠언절구(七言絶句)에 능했다. 예를 들어 '양인대작산화개(兩人對酌山花開) 일배일배부일배(一杯一杯復一杯)' 등은 규범에 관계없이 자유스러운 발상과 리듬을 구사한 좋은 예다. 또 성당(盛唐)을 대표하는 시인으로서의 이백은 인간, 시대, 자신에 대한 큰 기개와 자부심 등을 시로 노래했다. 가령 〈고풍(古風)〉 가운데의 한 구절인 '대아(大雅) 오래 생기지 아니하고 내가 쇠하면 마침내는 누가 말할 것이다.', 〈장진주(將進酒)〉 가운데 한 구절인 '하늘이 나에게 재능을 주었으니 반드시 쓰일 데가 있으리라.' 등이 있다.

그러나 그 기개와 자부심의 시대는 개원(開元)에서 천보(天寶)로 이행되어 감에 따라 전제 독재 밑에서 더해가는 부패한 현실로 인해서 깨졌다. 그는 '만고지수(萬古之愁)', 즉 살기 위해 생기는 걱정을 항상 마음에 지니고 살았다. 또한 즐겨 술·달·산을 노래했고, 여정(旅情)·이별·규정(閨情)을 노래했으며, 수심을 격조 높게 표현하거나 때로는 잔잔하게 펼쳐보였다.

한편 이백은 시를 하는 사람이나 시를 하지 않는 사람이나 상관없이, 유명한 명구 '백발삼천장(白髮三千丈)'이니 '장안일편월(長安一片月)'이니 하는 따위의 시구와 함께 우리에게 매우 친근하게 알려져 있다. '달아 달아 밝은 달아, 이태백이 놀던 달아!'라는 민요와 더불어 우리나라 사람들에게 이백의 이름은 귀에 매우 익숙하다.

청대에 와서 왕기는 이백에 관한 시문과 기사를 모으고 연보를 만들어 《이태백문집》 36권을 집대성하였다. 왕기본의 시 배열은 분류보주본(分流補注本)에 따라 했다. 그러나 분류의 명목을 일일이 쓰지 않고 단지 고근체시, 고시, 악부로 나누었다. 고시는 분류보주본의 고풍에 해당되고, 악부는 그대로 악부, 고근체시는 '가음(歌吟)' 이하 '애상(哀傷)'까지에 해당된다.

근체시라 함은 율시를 지칭하는 것으로 절구(絶句)·사율(四律)·배율(排律) 등의 종류가 있다. 당에서 율시가 시작되었으므로 당 이후에 생긴 말이고, 당 이전에 생긴, 율시가 아닌 시를 고시 또는 고체시라 하는데, '고근체시'란 이백의 시가 율시로서는 정(精)하지 않기 때문에 붙여진 말이다.

생각 나누기

1. 이백의 시 〈산중여유인대작(山中與幽人對酌)〉은 속세를 떠나 숨어 사는 사람과 마주 앉아 마음껏 술을 마시는 이백의 감흥을 노래하고 있다. 이 시를 살펴보면 술·꽃·거문고 등의 소재를 등장시켜 시의 흥을 한결 돋우고 있는데, 이러한 세 개의 시어가 시 전체에서 차지하는 역할과 기능에 대해 생각해 보시오.

2. 이백은 성격이 호방하고 초탈하여 무엇에 얽매이기 싫어하는 사람이었다. 그래서인지 집안일은 전혀 돌보지 않고 오로지 유랑 생활을 하며 자신의 뜻을 시로 표출하곤 했다. 그가 방랑을 하는 동안 만약, 아내나 자식에게 편지를 썼다면 어떠한 내용으로 자신의 심정을 드

러냈을지 그의 시들을 감상하며 직접 써 보시오.

모범 답안

1. 이 시는 이백이 산장에서 유인(幽人)과 마주 앉아 마음껏 술을 마시던 때를 그리고 있다. 눈앞에 전개되는 경물과 쉬운 말, 꾸밈없는 이 한 편의 시는 천진난만하기까지 하며, 이백이 아니면 이룰 수 없는 아름다운 시다. 꽃과 술과 거문고를 등장시켜 적소에 활용하니 그 배합이 또한 깨끗하고 고아하다. 거문고 탄주는 중국 고대의 문화인에게 필수적인 교양의 하나였다. 누구나 탈 수 있고 들을 수 있어야 했다. '나는 취해 자고 싶으니 그대 그만 돌아가게.'는 육조 시대 《도연명전》에 나오는 말을 그대로 인용하였다.

이 시는 꽃과 술과 거문고 등의 소재를 이용하여 지은이의 세속에서 떠난 삶의 경지를 자연스럽게 드러내고 있다. 시 전체의 주제와 연관시켜 이 시어들이 쓰이고 있는 양상을 살펴본다면, 이 시를 감상하는 데 또 다른 즐거움을 줄 것이다.

2. 이백은 어릴 때부터 방랑 생활을 하며 자연과 더불어 즐기며 살아왔다. 그는 네 번이나 아내를 바꿀 정도로 가정에는 충실하지 못했던 인물이다. 아마 세속의 삶에 얽매이기 싫어서 그랬을까? 그러나 이백 또한 그리움의 시를 많이 지었으며 옛 것에 대한 그리움의 정서를 드러내곤 했다. 그가 아무리 세속의 삶에서 벗어나려고 했더라도 그에게도 처와 자식이 있었다. 방랑하는 도중에 그가 가족을 그리워하여 편지를 쓴다면 어떤 식으로 내용이 전개될까? 이백의 시를 읽어 보면서 그의 마음을 추측해 편지를 써보도록 하자.

이백의 시들은 대개 그가 방랑 생활을 하면서 지은 것들로서, 유랑자의 기백과 흥취가 잘 드러나 있고, 자연을 벗 삼아 살아가는 그의 정서가 표출되어 있다. 제시된 본문은 이백의 작품 중에서 〈월하독작〉·〈산중여유인대작〉·〈파주문월〉·〈춘일취기언지〉·〈우인회숙〉·〈장진주〉·〈우인회숙〉·〈산중문답〉·〈자야오가〉 아홉 편의 시다. 아래의 작품을 통하여 그들의 삶과 사상이 시에 어떻게 반영되어 있는지를 음미하여 보자.

이백 시선

월하독작(月下獨酌)

꽃밭에서 술병을 사이에 놓고
벗도 없이 혼자 마시노라
잔을 들어 달빛을 맞으니
달과 나와 그림자 모두 셋이더라
달은 본시 마실 줄 모르고
그림자는 건성으로 내 몸짓을 따라 할 뿐
잠시 달과 그림자와 짝을 이루어
모름지기 봄철을 즐기어 보는 구나
내가 노래하면 달도 따라 벌써 서성거리고
내가 춤추면 그림자도 함께 춤을 추는구나
깬 후엔 서로 어우러져 즐겨 보건만
취한 뒤엔 각기 흩어져 가야 하느니
영원히 부담이 없는 인연을 맺어
아득한 은하에서 다시 만나고저

삼월 함양성(咸陽城)¹에

백화가 만발하여 비단 같구나

누가 이 봄을 홀로 서글피 생각하나

모름지기 봄맞이 술잔을 들어 올리네

인생의 궁하고 통하고 길고 짧은 것이

일찍이 조화로 마련된 것이거니

한 잔 술은 삶과 죽음을 동일하게 하고

세상만사는 본디 가리기 어렵도다

거나하게 취하여 천지를 모르고

홀연히 베개를 높게 베고 누워

내 몸이 있는 줄을 나도 잊었으니

이 즐거움이 더할 나위 없도다

하늘이 술을 사랑하지 않는다면

하늘에는 주성(酒星)이 없으리라

땅이 술을 사랑하지 않는다면

땅에는 마땅히 주천(酒泉)이 없으리라

천지가 한결같이 술을 사랑하였으니

애주야말로 하늘에 부끄럽지 않도다

청주는 성인(聖人)에 비겼고

탁주는 현인(賢人)에 비겼도다

현인과 성인을 이미 마셨으니

하필 신선이 되길 원할쏘냐

석 잔 술이면 큰 길로 통하고

---

1 당나라 때의 수도 장안을 가리킴.

한 말 술이 자연과 합치되는도다
오직 술에서 멋을 찾을지니
못 마시는 자들에게는 이를 전하지 마라

산중여유인대작(山中與幽人對酌)

두 사람이 대작하니 산에 꽃이 피네
한 잔 들고, 한 잔 드세, 또 한 잔 들게
나는 취해 자고 싶으니 그대는 그만 돌아가게
내일 아침에 또 생각이 나면 거문고 안고 오게

파주문월(把酒問月)

푸른 하늘에 솟은 저 달아, 어느새 네 왔던고
잠시 술잔을 멈추고 한마디 묻노라
사람은 밝은 달에 오를 수 없지만
밝은 달은 어디든 떠가며 사람을 좇아가네
환하게 밝아 나는 거울처럼 붉은 궁궐처럼 다가오고
밤안개 다 사라지고 맑은 빛깔 더욱 피어난다
간밤에 바다 위로 떠오르는 것을 보았건만
날이 밝자 구름 속에 묻혀 간 곳을 모르겠노라
흰 토끼 봄가을로 약을 찧고
혼자 사는 상아[2]는 누구와 같이 벗을 할까
요즘 사람들이야 옛 달을 보지 못하였지만

오늘의 달은 일찍이 옛 사람 다 비추었네
예나 지금이나 모두 유수와 같이 흘러
저 밝은 달을 함께 보기는 마찬가지
노래 부를 때나 술을 마실 때나
달빛은 황금 술통을 비추길 바라네

춘일취기언지(春日醉起言志)

세상살이야 꿈과 같으니
어찌 삶을 괴롭히리오
그러므로 온종일 취하여
기둥 앞에 질펀히 누웠노라
술이 깨어 뜰을 바라보니
한 마리 새가 꽃 속에서 지저귀네
묻노라 지금이 어느 때이뇨
봄바람 불고 꾀꼬리 우는 때라
감상하고 탄식하고자 하고
다시 술잔을 기울여 또 취한 후
큰 소리로 노래하며 밝은 달 기다리니
노래 끝나자 정취도 잊어버렸네

---

2 중국 신화(神話)에 나오는 선녀로 달 속에 산다고 함. 항아.

장진주(將進酒)

그대는 보지 않았는가, 하늘에서 내린 황하의 물이

바다로 흘러가 다시 돌아오지 못함을

그대는 보지 않았는가, 명경 속에 늙음을 슬퍼하는 고대광실 주인을

아침에는 푸른 실, 저녁때는 눈(雪)이어라

인생을 득의양양 마음껏 즐기니

황금 술잔을 비운 채로 달 앞에 놓지 마라

하늘이 나에게 재능을 주었으니 반드시 쓰일 데가 있으리라

천금을 다 써버려도 다시 또 오리라

양을 삶고 소를 잡아 한바탕 즐겨보자꾸나

모름지기 단번에 삼백 잔씩을 마시리라

잠부자(岑夫子)[3], 단구생(丹丘生)[4]

술을 올리니 그대들 놓지 마시오

그대에게 한 곡조 읊어 보이리라

그대는 나를 위하여 귀 기울여 들어 주오

좋은 음악과 맛있는 음식도 귀할 것 없지만

다만 취하기만 하고 깨지 않기 바라오

예부터 성현들은 한결같이 적막하였으나

오로지 술꾼만이 이름을 남기었네

진왕(陳王)[5]은 그 옛날 평락관(平樂觀)에서 잔치를 할 때

말술 일만 잔으로 마냥 즐겼더라

---

3 시인 잠삼(岑參)을 지칭하는 설이 있음.
4 원단구(元丹邱). 이백의 친한 친구.
5 조조(曹操)의 아들 식(植)을 일컬음.

주인이여 어찌 돈 타령 하는가
모름지기 술을 사서 그대와 마시리라
오화마(五花馬)⁶와 천금(千金)⁷의 털옷을
아이를 시켜 빛 좋은 술로 바꾸어
그대와 더불어 마시며 온갖 수심을 풀어 보리라

우인회숙(友人會宿)⁸

천고의 시름을 씻기 위해
백 항아리의 술을 줄곧 마시리라
청담(淸談)⁹하기 좋은 밤인데다
밝은 달이라서 잠들지 못하여라
취하여 텅 빈 산에 누우니
천지가 곧 베개와 이불이더라

산중문답(山中問答)

어찌하여 깊은 산에서 사느냐고 내게 묻지만
미소만 보일 뿐 대답하지 않으니 마음이 한가롭다
복숭아꽃을 띄운 물은 아득히 흘러가

---

6 털빛 좋은 훌륭한 말.
7 전국시대 맹상군(孟嘗君)이 흰 여우 가죽으로 만든 옷을 입고 있었는데 천금의 값이 있었다고 함.
8 친구와 함께 잠을 잠.
9 세속을 떠난 풍류적인 담화.

인간 세상이 아닌 별천지에 있구나

자야오가(子夜吳歌)

장안 하늘에는 허허 달빛이 마냥 퍼지고
거리에는 집집마다 밤새 다듬이 소리 요란하다
소슬한 가을바람은 멈추지 않으니
옥문관 넘나드는 애타는 정 아니던가
어느 날 북쪽 오랑캐 무찌르시고
싸움터 가신 그리운 님 돌아오리

두보 시선(杜甫詩選)

두보
(杜甫 712~770)

두보 시선(杜甫詩選)

두보(杜甫 712~770)

작가와 작품세계

두보(712~770)

두보는 중국 당나라 시대의 시인으로, 자는 자미(子美), 호는 두릉(杜陵)·소릉(少陵)·초당 선생(草堂先生)·노두(老杜)·대두(大杜)다. 현재의 하남성 공현에서 조부 두심언의 피를 받은 학자 집안에서 태어났으나 매우 가난하였다. 어려서 어머니를 여읜 그는 낙양에서 자랐으며, 20세 무렵에는 사마천의 장유를 본받아 견문을 넓히려고 강동으로 떠났다. 24세 때 진사시에 응시했으나 탈락하고, 36세 때 현종의 소명으로 장안으로 갔으며, 40세에 〈삼대예부(三大禮賦)〉를 지어 조정에 바쳐 인정을 받았다. 이 무렵 현종이 양귀비를 사랑하여 정치를 게을리 하면서 국운이 날로 쇠퇴해 갔는데, 이런 감회를 읊은 〈봉선현(奉先縣)으로 가면서〉는 매우 유명하다.

동란의 소용돌이 속에서 갖은 신산을 맛본 두보는 이 무렵부터 작품도 큰 변모를 보였는데, 행궁이 있는 봉상에서 부루에 있는 자기 집으로 돌아가는 도중에 지은 〈북정(北征)〉은 그의 대표작이다. 이 무렵 도둑이 날뛰고 생활이 곤란하여, 그는 스스로 땔나무를 하러 가고 나무 열매를 구워서 연명했다. 이때 작품 〈진부잡시〉 20수를 지었다.

764년 그는 성도(成都)로 돌아와 공부원 외랑이 되었으나, 이듬해 다시 방랑의 길을 떠났다. 전란을 피해 양자강으로 배를 타고 내려가다가 호남의 남주에서 병으로 고생하며 생을 마감했다.

줄거리

두보가 산 시대는 안녹산의 반란과 함께 당조가 번영에서 쇠망으로 향하던 시기라 두보의 생애 역시 고난에 찬 것이었다. 그는 젊어서부터 정치·사회에 대한 관심이 컸으며, 특히 안녹산의 난 이후의 전란기에 쓴 작품은 대부분 사회 정세를 반영하고 있다. 즉 전란의 상황과 그 비참, 멀리 있는 가족의 안부, 약육강식의 세태에서 허덕이는 백성들의 심정을 토로하였다.

그의 시에는 독특한 구성법이 있으며, 장중한 언어로 민중의 고뇌를 호소한 힘은 비길 데가 없다. 특히 자율율격의 5언·7언 고시에 있어 생생한 묘사로써 시대의 고통과 민중의 고뇌를 여실하게 노래한 것이 많으며, 후세의 비평가들이 시로 쓴 역사란 뜻에서 '시사(詩史)'라 불러 높이 평가하였다.

그의 작품 중에서도 걸작이라 일컬어지는 것은 〈봉선현(奉先縣)으로 가면서〉와 〈북정(北征)〉이다. 앞의 것은 안녹산의 난이 일어나기 직전, 장안에서 가족이 있는 봉선현으로 여행했을 때의 작품인데, 현종(玄宗)이 귀비들과 주연을 베풀며 사치한 생활을 하는 것을 보고 박두한 시국의 불안과 우국우민의 충정이 뼈저린 서술로 표현되어 있다. '붉은 칠을 한 귀족의 문전에는 술과 고기가 썩어 나돌건만, 길바닥에는 굶주려 얼어 죽은 시체가 나뒹구네(朱門酒肉臭 路有凍死骨).'는 그 시 속에 나오는 절구이다.

또 〈북정〉은 난이 일어나 봉상(鳳翔) 행재소(行在所, 임시로 설치한 황제의 처소)에서 주(州)에 있는 처자에게로 귀성했을 때 쓴 작품으로, 혹은 장중한 말로 여행의 목적을 말하고, 혹은 경쾌한 표현으로 도중의 광경을 서술했으며, 혹은 진정이 넘치는 말로써 처자와의 재회를 그리고, 혹은 당당한 언어로 시국을 논하는 일대 웅편(雄篇)이라 할 수 있다.

작품해설

두보는 장편 고시와 짧은 5언·7언 율시에 대단한 재능을 드러내고 있다. 한정된 자수와 엄격한 규칙 속에 여타의 어떤 시인도 흉내 낼 수 없는 내용을 담았으며, 종래 대개가 상투적인 반복에 불과했던 대구의 표현을 유기적인 대비 혹은 결합시켜, 처음으로 이 시형에다 높은 예술성을 부과했다.

또 가장 짧은 시형인 5언·7언 절구에도 140수 남짓의 시를 남기고 있다. 성도로 가는 도중에 읊은 5언고시 24수는 숭고한 비장미의 극치를 보여주는 걸작이다. 성도 시절에는 생활이 다소 안정된 탓인지 자연의 조용한 관조가 보이나, 성도를 떠난 이후의 유랑 시절의 작품에는 어릴 때와 친구에 대한 추억, 고인에 대한 추모 등의 애수가 깃든 시풍이 드러나 있다.

그의 시가 보여주는 사상적 배경은 유교적 현실주의며, 이백의 낭만적·이상적·귀족적 시풍과는 대조가 되면서 서로 당대 쌍벽을 이루고 있다.

두보는 그의 시 가운데서 '천추만세(千秋萬歲)의 이름은 적막신후(寂寞身後)의 일', 즉 자신이 위대한 시인으로서 명성을 얻게 되는 것은, 생전이 아니라 죽은 다음의 일이라 말하고 있다. 과연 그의 시를 최초로 발견한 이들은 당나라 중기의 시인들인데, 한유는 '이두(李杜)에 문장(文章) 있으니, 그 광염(光炎)이 만장(萬丈)이나 길다.'라 했고, 원진은 '시인이 있어온 이래, 아직 자미(子美, 두보의 호)와 같은 이는 없다.'라고 말했다. 또 백거이는 두보의 시가 가진 사회성을 의식적으로 발전시켜 '풍유(諷諭)', 즉 현실을 비판하는 시를 썼다.

두보의 시가 중국 최고의 시로 평가받게 된 것은 11세기, 북송의 시인

왕안석·소식 등이 칭찬한 데서부터 비롯된다. 왕안석은 말하길 '내가 예전의 시를 생각건대, 두보의 시를 가장 사랑한다.'고 했고, 소식은 '고금에 시인은 많으나, 두자미(杜子美)를 앞설 사람이 없다.'고 말하며 두시를 적극 배우기에 힘썼다고 한다.

생각 나누기

1. 두보의 시 〈숙직〉과 〈고향 생각〉은 모두 부중에서 숙직하는 동안 고향을 그리워하며 지은 시다. 만일 여러분들이 고향을 떠나 두보와 같은 처지에 있다면 그와 같이 외롭고 쓸쓸한 마음이 들 것이다. 여러분이 직접 고향을 그리워하며 시를 쓰듯이 부모님들에게 편지를 써 보시오.

2. 두보의 시 〈숙직〉과 〈고향 생각〉은 고향을 그리워하며 읊은 시인데, 이렇게 고향을 그리워하며 지은 시는 오랫동안 시인들에게 하나의 제재가 되어 왔다. 한국의 현대시 중에도 고향을 그리워하며 지은 시들이 많이 있는데, 그 중 정지용의 〈향수〉는 대표적이다. 이 두 시인의 작품을 비교하면서 고향에 대한 정서는 어떠한 것인지 논해 보시오.

넓은 벌 동쪽 끝으로
옛이야기 지줄대는 실개천이 회돌아 나가고,
얼룩백이 황소가
해설피 금빛 게으른 울음을 우는 곳

—— 그곳이 차마 꿈엔들 잊힐리야

질화로에 재가 식어지면

비인 밭에 밤바람 소리 말을 달리고

엷은 졸음에 겨운 늙으신 아버지가

짚베개를 돋아 고이시는 곳

—— 그곳이 차마 꿈엔들 잊힐리야.

흙에서 자란 내 마음

파아란 하늘빛이 그리워

함부로 쏜 화살을 찾으려

풀섶 이슬에 함추름 휘적시던 곳

—— 그곳이 차마 꿈엔들 잊힐리야

전설 바다에 춤추는 밤 물결 같은

검은 귀밑머리 날리는 어린 누이와

아무렇지도 않고 예쁠 것도 없는

사철 발벗은 아내가

따가운 햇살을 등에 지고 이삭 줍던 곳

—— 그곳이 차마 꿈엔들 잊힐리야

하늘에는 성근 별

알 수도 없는 모래성으로 발을 옮기고

서리 까마귀 우지짖고 지나가는 초라한 지붕

흐릿한 불빛에 돌아앉아 도란도란거리는 곳

──그곳이 차마 꿈엔들 잊힐리야

── 정지용, 〈향수〉

모범 답안

1. 고향을 떠나 방랑 생활을 하다 보면 고향은 커다란 안식처다. 그리고 그곳에는 언제나 자신을 반겨주는 부모님이 있다. 이 시에서도 화자는 자신의 처지를 생각하고 끊임없이 고향을 그리워한다. 어지러운 전쟁에 고향 소식은 끊겼고, 또한 변방의 길은 멀어 사람들의 발길이 끊겨 길을 떠나기가 쉽지 않다.

만일 여러분이 이 시의 화자처럼 어쩔 수 없이 고향을 떠나와 있다면 어떠한 심정이 들까? 그리고 거기에 여러분들을 반겨줄 부모님이 있다면 어떠한 내용의 편지를 쓸 수 있을까? 이 시를 감상하면서 고향의 부모님들에게 자신의 심정이 잘 드러나도록 직접 편지를 써 보도록 하자.

2. 예로부터 고향을 그리워하며 시를 짓는 것은 하나의 시 제재로 널리 쓰여 왔다. 이 두 작품도 두보가 고향을 그리워하며 지은 시다. 우리나라의 시인 중 정지용도 고향을 그리워하며 〈고향〉·〈향수〉 등의 작품을 남겼다. 그 중 정지용의 〈향수〉는 고향에 대한 추억을 선명히 되살려주는 시다. 두보가 지은 〈숙직〉·〈고향 생각〉도 고향을 떠난 화자의 심정을 감각적으로 잘 드러내고 있다. 정지용의 〈향수〉는 고향의 자족적이고 현실적인 모습을 그대로 보여 주면서 더불어 쓸쓸함과 허전함을 짙게 드러낸다. 결국 두보와 정지용의 시는 고향에 대한 아련한 그리움을 표출하고 있는 것이다.

두보 시의 주제는 괴로움 많은 인생 속에서 그것을 극복해 내는 의지와 성실성의 추구라 할 수 있다. 제시된 본문은 두보의 작품 중에서 〈성중 담 벼락에〉·〈숙직〉·〈고향 생각〉·〈초당을 짓고서〉·〈집터를 잡고서〉·〈봉선 현으로 가면서〉·〈북정〉 일곱 편의 시다. 아래의 작품을 통하여 그들의 삶 과 사상이 시에 어떻게 반영되어 있는지를 음미하여 보자.

두보 시선

성중 담벼락에

대로 엮은 액문(掖門)¹ 울안에
길 넘게 자란 오동나무
잔설(殘雪)이 쌓인 문은
늘 어둑어둑하다

떨어지는 꽃잎 휘늘어진 버들가지
고요한 한낮
울어대는 비둘기 새끼 치는 제비둥지에
푸른 봄은 깊어만 가는 구나

못난 선비 늘그막에야
어찌하여 벼슬자리 얻어
다 늦게서야 퇴청²하는 까닭은

---

1 성중(省中) 좌우에 있는 작은 문.
2 근무 시간을 마치고 관청에서 물러나옴.

뜻을 이룰 길이 안 보이기 때문이다
중책을 맡고서도
상소 한 마디 올리지 못하니,
쌍남금(雙南金)³에 비겼던 이 내 신세가
부끄럽기만 하다

숙직⁴

막부(幕府)⁵에도 맑은 가을은 찾아와
우물가 오동나무에 찬 기운 감돈다
홀로 강성(江城)을 지키는 이 밤
타다 남은 촛불만 이 밤을 태운다

긴긴 밤 피리소리는
내 마음을 슬프게 하고
중천에 솟은 달은 저리 아름다운데
그 누가 있어 쳐다볼 것인가

전쟁이 계속되어
고향 소식 끊기었고
쓸쓸한 국경지대엔

---

3 남방에서 생산되는 금. 고시(古詩)에 '아름다운 그이가 나에게 푸른 비단 거문고를 주었는데
  무엇으로 보답할까? 쌍남금(雙南金)을 보내리라.'는 구절이 있음.
4 두보가 숙직하면서 자신의 회포를 서술하여 읊은 시.
5 국경지대의 관원.

돌아갈 길이 막막하기만 하다

십년 세월 온갖 모진 일
다 참아왔건만
굳이 옮겨 깃들고 싶은
한줄기 편안한 나뭇가지가 아쉽다

고향 생각[6]

막부(幕府)의 가을바람은
언제나 맑구나
엷은 구름 가는 비가
성(城) 위를 스쳐가네

잎 사이 붉은 열매는
자꾸만 떨어져도
섬돌 위의 이끼들은
앞서 절로 자라나네

높다란 누대에
석양이 어린다
날씨 맑으리라는 범종 소리는
아예 소용이 없네

6 부중에서 숙직하면서 고향을 그리며 지은 시.

완화계(浣花溪)[7]의 꽃잎들은
미소를 가득 머금어
숨어 사는 이의 맑은 마음을
저리도 잘 알아주는구나

초당을 짓고서

성 밖에 집을 지어
흰 띠풀로 지붕을 엮었네
강가의 길도 낯익어 가고
푸른 들판을 쳐다보네

오리나무 숲이 햇빛을 가리고
나뭇잎마다 바람이 머무네
마디 긴 대나무에 안개 어려
댓잎마다 이슬이 맺히네
잠시 머물던 까마귀도
새끼들을 다 몰아오고
자주 오던 제비도 마침내
새 둥지를 틀고 있네

사람들은 잘 모르면서
양웅(楊雄)[8]의 집에 비기기도 하지만

---

7 두보가 사는 마을에 있는 시내.

구태여 그 조롱을 해명하지 않고
그저 게으른 탓으로 여기네

집터를 잡고서

완화계 강가의
서편에,
숲과 연못이 그윽한 곳에
집터를 잡았네

성(城)을 벗어나 있어
고요함 가득하고
맑은 강도 흘러내려
나그네 시름을 삭이네

잠자리 떼들이 줄지어
아래위로 날아다니고
물닭 한 쌍이 짝을 지어
떴다 잠겼다 노니네

동편 만리교로 가서

---

8 대대로 농사와 잠업으로 생계를 꾸려오던 양웅은 애제(哀帝)때 정부(丁傅)·동현(董賢)이 정권
을 장악하자, '경전은 역보다 더 큰 것이 없다.'라고 하며 태현경(太玄經)을 짓고 담백한 생활
을 했다. 그런데 어떤 사람이 양웅을 보고 '흰 것 위에 검은 것을 올려놓은 격이다.'라고 비웃
자, 그는 이에 대해 해명의 글을 썼고 그것이 〈양웅해조(楊雄解嘲)〉다.

흥을 돋우며
다만 산음(山陰)으로 흘러가는
작은 배를 띄우고저

봉선현으로 가면서

더운 김 무럭무럭 피는 온천에
금군들의 창검이 절겅거리네　·
임금 신하 여기 와서 즐겨 노는데
풍악소리 하늘가에 울려퍼지네

온천욕은 고관께만 하사하셨고
연회에는 서민이 하나도 없네
중당에선 신선들이 춤을 추는가
향 연기 피는 속에 미인이 보이네

손님들은 돈피 가죽옷 따뜻하게 차려입고
피리와 거문고 소리 흥겹게 듣네
손님에게 낙타 족탕 드시라 권하고
쟁반에는 유자와 향귤 쌓여있구나

궁궐에서 나눠주는 그 비단필은
가난한 여인들이 짠 것이건만
그 집 남편 붙잡아다 곤장 치며
긁어모아 대궐에 바치라 하네

붉은 칠을 한 귀족의 문전에는 술과 고기가 썩어 나돌건만
길가에는 굶주려 얼어 죽은 시체가 나뒹구네
부귀빈천 지척 두고 판이하거니
슬픔에 겨운 이 마음을 더는 쓸 수 없어라

북정

열다섯에 황하 서쪽 지키러 갔다가
마흔이 되었어도 둔전을 다줬다오
떠날 때 이정이 머리 수건 싸주었건만
백발 되어 돌아와도 수자리 산다오
아들을 낳으면 정말 나쁘고
딸을 낳으면 좋은 줄 이제 알았네
딸이면 이웃에 시집가련만
아들이면 싸우다 풀밭에 묻힌다네
그대 듣지 못 했는가
한대 화산 이동 이백여 고을에
수천수만 마을이 가시덤불 되었음을
건장한 부녀들이 호미, 쟁기 잡았대도
밭이랑에 자란 곡식 여물지 않아 못 거두었네

현관은 조세 내라 볶아대지만
조세를 어디서 낸단 말이오?

서유기

오승은
(吳承恩, 1500?~1582?)

서유기

오승은(吳承恩, 1500?~1582?)

작가와 작품세계

오승은(1500?~1582?)

중국 명나라 때 사람으로 자는 여충(汝忠), 호는 사양산인(射陽山人)이다. 중국 강소성 출신으로, 어릴 적부터 글·그림·글씨 분야에서 천재로 이름을 날렸으나 과거시험에서는 여러 번 낙방했다. 61세 때 겨우 장흥현의 속관이 되었으나 6년 후에 그만두고 만년을 불우하게 보냈다.

봉건 벼슬아치들의 부패성과 사회의 암흑성 그리고 세상인심의 각박함을 꿰뚫어보던 그는 워낙 대가 바르고 굳세 남에게 아부할 줄을 몰랐다. 만년에는 벼슬을 버리고 고향으로 돌아와 술을 벗 삼아 방랑하면서 문학 창작에 몰두해 불교 구도 소설인 《서유기(西遊記)》를 썼다. 그는 또 박학다식하고 재치와 해학이 있어 여러 종류의 잡기류를 발표했으며, 대표작인 《서유기》 외에도 후인이 엮은 《사양존고(射陽存稿)》 4권, 《속고(續稿)》 1권이 전해져 내려오고 있다.

줄거리

이 작품은 주인공 손오공의 탄생을 비롯하여 삼장법사 현장의 탄생과 당태종의 지옥 편력 및 천축(天竺, 인도)으로 경전을 구하러 가는 여행으로 구성되어 있다. 작품의 줄거리는 미후왕 손오공이 72가지 둔갑술을 부리며 근두운을 타고 단번에 10만 8천 리를 비행하는 대활약에 힘입어, 삼장법사 일행이 차례로 악의 상징인 수많은 요괴들을 물리치고 경전을 가져온다는 기상천외한 내용이다.

이야기는 전 삼 부로 구성되어 있는데 첫 번째는 손오공이 천궁에서 심술궂게 행동하는 부분이고, 두 번째는 당태종이 지옥을 순례하는 이야기, 세 번째는 삼장법사와 손오공·저팔계·사오정 등 세 종자가 인도를 향해 가는 도중에 만난 81가지 대란이다.

화과산의 바위에서 태어난 원숭이는 신선 밑에서 수업을 쌓은 뒤 손오공이라는 이름을 받는다. 그는 잠깐 사이에 10만 8천 리를 날아간다는 근두운의 술법이나 자기 몸을 여러 개로 분산시키는 신외신의 술법 등 72가지 도술을 터득한 뒤, 바다 밑 용궁의 용왕으로부터 금테를 두른 무게 1만 3천5백 근짜리 여의봉을 얻는다. 이 여의봉은 크기를 마음대로 늘렸다 줄였다 할 수 있으며 일격에 상대방을 쓰러뜨리는 막대기다.

신통한 힘을 얻은 손오공은 천궁으로 달려가 제천대성이라 자처하며 심통을 부린다. 이를 말리지 못하고 골치를 앓고 있던 천궁에서는, 마침내 서방정토의 석가여래의 법력으로 손오공을 오행산 밑에 눌러서 가두어 버린다. 그 후 5백 년이 지나 대당(大唐)의 삼장법사는 태종 황제의 명령을 받고 서방 인도로 불경을 구하러 떠나게 된다. 법사는 오행산 기슭을 지나다가 그 산 밑에 깔려 있는 손오공을 구해 주고 오공은 삼장의 제자가 되어 인도까지 따라간다. 그리고 이어서 저팔계라는 돼지의 영물과 사오정이라는 물귀신의 영물이 법사의 제자가 된다.

이들은 모두 천상계에서 쫓겨나 요괴의 무리 속에 숨어 있던 자들이다. 그리고 백마 한 마리, 이것 역시 천상에서 추방당한 용의 화신이다. 삼장법사는 이 용마를 타고 세 종자를 거느리며 인도를 향해 가는 도중, 81가지의 크고 작은 난(難)을 만나게 되어 온갖 요괴의 화신들과 싸운다. 그런데 이때마다 손오공은 눈부신 활약을 보이며, 그다지 도움이 못 되던 저팔계나 사오정과 힘을 합쳐 스승인 삼장법사를 지킨다.

마침내 일행은 인도에 도착하여 많은 경전을 얻어 가지고 무사히 중국으로 돌아온다. 그 공으로 삼장법사, 손오공, 저팔계, 사오정, 백마는 모두 불과(佛果)를 얻어 윤회의 괴로움에서 해탈할 수 있게 된다.

작품해설

중국 문화의 진수를 보여주는 《서유기》는 천당과 지옥은 물론 극락세계까지 얼핏 보기에는 매우 신성하고 위엄 있어 보이지만, 실제로는 그 허울 속에 부패와 타락이 감추어져 있음을 신랄하고 통쾌하게 들추어내고 있다. 이 점에서 중국의 사회주의 문학자들은 《서유기》를 최고의 신화소설, 풍자 우화소설로 극찬하며 손오공을 노동 인민의 이상적 영웅으로, 저팔계를 노동 인민의 대변자로 부각시켰다. 그러나 그들은 문화혁명 기간에, 손오공이 옥황상제가 내려준 벼슬인 제천대성에 만족하고 여래에게 귀의한 데 대해 봉건주의 부르주아 정신에 영합한 반동적 작품이라고 《서유기》를 매도하기까지 했다.

작품의 역사적 배경을 살펴보면 《서유기》가 오승은에 의해 100회본으로 완성되기까지는 7백여 년의 준비 과정이 있었다. 이 이야기는 당나라 때 탄생했는데, 당승(唐僧) 현장(596~664)이 정관년간(627~664)에 고난을 극복하고 천축에 가서 불경을 얻어온 역사적 사실에 근거를 두고 있다.

이 작품은 크게 세 부분으로 나뉘어져 있다. 첫 번째는 손오공의 성장(제1~8회) 이야기로 화과산 선석(仙石)에서 태어난 오공은 변신하는 기술을 몸에 지니고, 근두운을 타고 여의봉(如意棒, 일격에 상대방을 쓰러뜨릴 수 있는 몽둥이)을 무기삼아 천지를 어지럽힌다. 그래서 천제(天帝)에게 붙잡힐 뻔했지만, 반도(蟠桃)를 걸신들린 듯이 먹고는 또다시 천궁을 어지럽히고, 천제 쪽 신들과 싸움을 되풀이한다. 최후에는 여래의 다섯 손가락 밑에 눌리고 만다.

두 번째는 현장의 성장(제9회)과 당태종의 지옥 순방(제10~12회) 이야기다.

세 번째는 인도로 취경 여행(제13~99회)을 떠나는 이야기로, 현장은 오행산 밑에 있는 오공을 구출해 주고 함께 여행길에 나선다. 도중에 백마가 된 용을 타고 전진하며, 인간의 집에 사위로 들어가 있던 돼지의 괴물인 저팔계를 종자로 삼는다. 그리고 유사하(流沙河)에서 강물에 잠기는 사오정을 구해내 종자로 삼는다. 이리하여 일행은 81가지의 사건을 만나 가지각색의 요괴와 싸운다. 금각(金角)·은각(銀角)을 표주박 속으로 빨아들이고, 나찰녀(羅刹女)·우마왕(牛魔王)으로부터 파초선(芭蕉扇)을 훔쳐내어 화염산(火焰山)의 불을 끄고, 무사히 서방(西方)의 낙토(樂土)에 당도한다. 그리고 경문을 가지고 돌아온 일행은 훌륭하게 성불(成佛)한다(제100회).

《서유기》의 매력 중 하나는, 삼장법사와 세 종자를 절묘하게 취합시켰다는 점이다. 천의무봉(天衣無縫)하고 난폭한 손오공, 둔중하며 식탐 많고 여색에 눈이 먼 저팔계, 무뚝뚝한 사오정, 명색만 앞세우고 무능한 삼장법사 등 각자의 성격을 선명하게 묘사해낸 점은, 정채(精彩) 있는 묘사임과 동시에 긴 이야기를 다채롭게 만든다.

유머와 풍자를 섞어가면서 요괴에까지 인간성을 가미한 《서유기》는 명나라 이후 다른 신마소설(神魔小說)의 추종을 불허한다. 결국 천궁에 반항한 요괴와 싸우는 손오공의 활약은 사람들의 마음을 사로잡으며, 경극에서도 인기를 끌고 있다. 이 소설은 또한 중국 민간설화의 보고로 불리는 귀중한 작품이다.

더불어 불교 소설의 대표적 걸작으로도 손색이 없는데, 공(空)의 세계와 공상과학 세계의 만남을 탁월한 구성과 묘사력을 통해 보여주고 있다. 이 공의 세계는 도교의 신선 사상과 유교의 음양오행설의 원류임을 밝히고 있으며, 공은 다함없는 깨달음으로 석가여래가 깨우친 진여(眞如)를 가리킨다. 그 깨달음은 윤회와 인과응보라는 두 수레바퀴에 따라 과거·현재·미래의 시공 세계를 뛰어넘어 모든 인연이 끊긴 극락세계에 도달한다. 이것이 바로 불교에서 말하는 공의 세계를 뜻한다. 여기서 《서유기》의 공상과학 세계가 전개된다. 공상과학소설의 핵심은 초월적 상상력과 초능력 세계의 과학적 추리로 대표된다.

예를 들어 마음대로 줄었다 늘어나는 1만 3천5백 근의 여의금고봉, 저팔계의 쇠갈퀴, 사오정의 항요장, 나타태자의 여섯 가지 하늘의 무기들, 태상노군의 금강탁, 관음보살의 정병과 버들가지, 요괴를 비추면 정체가 드러나 변신이 불가능한 조요경과, 핵우산보다 범위가 크고 레이더 기능을 가진 각종 천라지망 등의 무기를 가지고 요괴를 잡는, 동양 특유의 과학적 추리 세계로 입증된다. 특히 광년이 짧은 천궁의 빛은 지상에서보다 빠르다. 그래서 천궁의 하루는 지상의 1년이며, 극락세계의 하루는 속세의 몇 천 년에 해당되는 시간이다. 이를테면 프로메테우스의 형벌처럼, 천궁을 떠들썩하게 한 죄로 석가여래가 금목수화토의 기를 모아 만든 오행산 밑에 깔려 있던 오공이 부처님의 자비로운 법력으로 5백 년 뒤에 현장을 만나 풀려나는 인연의 전 과정 등은 이미 정해진 불교적 운명의 굴레인 윤회를 뜻한다.

생각 나누기

1. 주인공 손오공은 화과산 꼭대기의 바위가 갈라지면서 탄생하는데, 이러한 비정상적인 탄생 과정은 우리나라 고대국가의 건국 신화에도 잘 드러난다. 손오공은 후에 왕으로 추대되어 스스로를 미후왕이라 부르는데, 이를 통해 건국 신화적인 요소가 강함을 알 수 있다. 손오공의 탄생 과정과 우리나라 고대국가의 건국 신화에 등장하는 건

국주들을 비교하여, 기괴하고 비정상적인 탄생 과정이나 성장이 설화에서 갖는 의미를 논해 보시오.

2. 명나라 작가 오승은이 민간 전설을 바탕으로 쓴《서유기》는 초현실주의 소설의 결작으로 일컬어진다. 작품에 묘사된 사건들을 중심으로《서유기》를 초현실주의 소설로 볼 수 있는 근거를 생각해 보시오.

모범 답안

1.《서유기》에 나오는 주인공 손오공은 그 탄생 과정이 건국 신화의 주인공과 유사하다는 것을 알 수 있다. 우선 화과산 꼭대기의 바위가 갈라지면서 태어났고, 그 능력이 다른 인물에 비해 신이하고 기이하기까지 한데, 이러한 요소들은 건국 신화 속 주인공의 행적과 유사하다. 건국 신화의 주인공들은 대개 비정상적인 탄생 과정과 성장 과정을 겪는다. 그리고 그들이 나라를 세우기까지의 과정에 대한 이야기가 건국 신화의 주된 내용이다.

이렇게 볼 때 손오공의 출생 과정과 성장 과정 그리고 국가를 세우기까지의 모습들은 건국 신화의 진행 과정과 비슷하며, 이런 탄생이나 성장 방식들은 건국주들의 신비로움을 더욱 돋보이게 해주는 효과를 갖는다.

2. 오승은의《서유기》는 중국의 대표적인 초현실주의 소설로 일컬어진다. 이 작품은 공상과학소설의 시작인 쥘 베른이 쓴《기구를 타고 5주일》(1863)보다 무려 3백 년이나 앞서며, 신선이 되어 하늘을 날고 싶은 인간의 꿈을 실현시켰다는 점에서 공상과학소설의 효시로 볼 수 있다.

예를 들어 마음대로 줄었다 늘어나는 1만 3천5백 근의 여의금고봉, 저팔계의 쇠갈퀴, 사오정의 항요장, 나타태자의 여섯 가지 하늘의 무기들,

태상노군의 금강탁, 관음보살의 정병과 버들가지, 요괴를 비추면 정체가 드러나 변신이 불가능한 조요경과, 핵우산보다 범위가 크고 레이더 기능을 가진 각종 천라지망 등의 무기를 가지고 요괴를 잡는 동양 특유의 과학적 추리 내용은 현실을 뛰어넘어 초현실주의적인 요소가 드러나는 대목이다.

읽기 전에

《서유기》는 대담한 환상과 낭만적인 수법을 동원하여, 위선과 허위로 가득 찬 사회의 부패와 타락을 신랄하게 비판하고 있다. 제시된 본문은 전 3부 중, 첫 번째 부분에 해당하는 내용이다.

서유기

혼돈 속에 천지가 뒤섞여

망망한 우주에 인간조차 없더니

반고(盤古)¹가 천지를 개벽한 뒤로는

맑은 기운과 흐린 기운이 갈라지고

중생을 담아 어짊을 따를 제

만물은 알맞게 창조되었네

회원(會元)의 모든 조화 알려거든

권하노니, 이 《서유석액전》²을 보라.

까마득한 태고의 전설에 의하면 우주의 역수는 대체로 12만 9천6백 년을 1원으로 한다. 그 1원을 12회(會)로 나누는데 자(子)·축(丑)·인(寅)·묘(卯)·진(辰)·사(巳)·오(午)·미(未)·신(申)·유(酉)·술(戌)·해(亥)의 십이지가 바로 그것이다. 매 1회는 1만 8백 년이 된다.

그것을 하루의 시각으로 본다면 자시에 양기(陽氣)³가 일기 시작해 축시에는 닭이 홰를 치며 운다. 인시엔 아직 어두컴컴하지만 묘시가 되면

---

1 중국에서 천지개벽 때 처음으로 세상에 나왔다고 하는 전설상의 천자(天子) 이름.
2 서유기 최초의 유전본 중 하나. 오늘날까지 알려지고 전해져온 판본으로는 《대략당(大略堂)》과 《서림유연대재(書林劉蓮臺梓)》 판본 등이 있다. 여기서 '석(釋)'은 당승을, '액(厄)'은 재난을 말하는 것으로, 당승이 경을 얻으러 가는 도중에 겪게 되는 온갖 액운과 재난을 나타낸다.
3 만물이 움직이거나 또는 살아나려고 하는 기운.

해가 뜨기 시작한다. 진시엔 사람들이 아침을 먹고 사시부터는 일을 시작한다. 오시에는 해가 중천에 높이 솟고 미시엔 해가 서쪽으로 기울기 시작한다. 신시에는 날이 어두워지고 유시가 되면 해가 진다. 술시엔 황혼이 들고 해시엔 사람들이 잠자리에 든다.

이를 다시 천지의 운수에 비추어 말하면, 술회(戌會)가 거의 끝나갈 무렵에 우주는 온통 어둠 속에 묻혀 만물이 아직 생겨나지 않았다. 그로부터 5천4백 년이 지나 해회(亥會)에 접어들어서도 하늘땅은 여전히 어두워 인간도 만물도 존재하지 않았다. 그래서 혼돈이라고 이른다. 다시 또 5천4백 년이 지나 해회가 끝나갈 때에는 정덕(貞德)[4]에서 원기가 일어나 자회(子會)에 가까워지면서 점차 밝아지기 시작했다. 소강절(邵康節)[5]이 말한 '겨울이 자회의 중간에 이르렀을 때는 천심(天心)에 움직임이 없었다. 해가 처음 움직이기 시작한 곳에는 만물이 아직 생겨나지 않았다.'고 한 이때에 와서 하늘은 점차 근본이 있게 되었다. 그로부터 다시 5천4백 년이 지나 자회에 완전히 이르러서는 가볍고 맑은 기운이 위로 떠올라 일·월·성·신이 되었는데, 그것을 일러 사상(四象)이라고 한다. 그래서 하늘은 자회에서 열렸다고 한다. 또 이어서 5천4백 년이 지나 자회가 거의 끝나고 축회(丑會)가 가까워질수록 우주는 점점 실해졌다. 《주역》[6]에서 이른바 '끝없을손 하늘이여! 지대할손 대지여! 만물이 생겨남은 하늘에 순응함

---

4 《주역(周易)》에서 말하는 건(乾)괘의 4덕(德)인 원(元), 형(亨), 이(利), 정(貞)의 하나. 원은 만물이 시작되는 시기인 봄에 속하고 그 덕을 인(仁)이라 하며, 형은 만물이 늘어나는 시기인 여름에 속하고 그 덕을 예(禮)라고 한다. 또 이는 만물이 성숙되는 시기인 가을에 속하고 그 덕을 의(義)라 하며, 정은 만물이 종식되는 시기인 겨울에 속하고 그 덕을 지(智)라 한다. '정덕에서 원기가 일어나'라는 것은 만물의 종식에서 다시금 만물의 재생이 일어남을 말한다.
5 소옹(邵雍)의 시호. 북송 때의 관념론 철학가로 수술학자(數術學者)다. 여기서 말하는 '회(會)', '원(元)'은 이른바 그의 《원회운세(元會運世, 30년을 1세, 12세를 1운, 30운을 1회, 12회를 1원으로 함)》의 역리 성명학(性命學)을 바탕으로 한 경세서(經世書)의 하나다.
6 중국 고대의 점술책. 도합 64괘의 괘사 부분과 그 괘사에 대한 해석 부분으로 되어 있다. 인용문은 '건위천(乾爲天)'과 곤위지(坤爲地)'의 괘사로서 덕의 위상을 비유, 상징적으로 설명한 부분이다.

에 있다.'라고 한 이때에 이르러 땅은 엉키기 시작했다. 다시 또 5천4백 년이 지나 축회에 이르러서는 무겁고 탁한 것이 아래로 가라앉아 수(水) · 화(火) · 산(山) · 석(石) · 토(土)가 되었다. 그것을 일러 오형(五形)이라고 한다. 그래서 땅은 축회에 생겼다고 이른다. 그로부터 또 5천4백 년이 지나 축회가 끝나고 인회(寅會)에 접어들면서부터 만물이 생겨나기 시작했다. 《역서(曆書)》에 이르기를 '하늘의 기운이 아래로 내려앉고 땅의 기운이 위로 솟구쳐 하늘과 땅이 한데 어울리면서 만물이 생겨났다.'라고 한 이때에 이르러 하늘은 맑고 땅은 밝아 음과 양이 서로 어울리기 시작했다. 다시 5천4백 년이 지나 인회에 이르러서는 인간 · 짐승 · 새들이 생겨나 하늘과 땅과 인간, 3재(三才)의 위치가 정해지게 되었다. 그래서 인간은 인회에 생겨났다고 한다.

　바로 이렇게 반고가 천지를 개벽해 삼황(三皇)이 세상을 다스리고 오제(五帝)[7]가 윤리를 정하던 그 옛날, 세계는 동승신주(東勝神州) · 서우하주(西牛賀洲) · 남섬부주(南贍部洲) · 북구로주(北俱蘆洲) 등 네 개의 큰 대륙으로 나뉘어져 있었다. 그런데 여기서는 순전히 동승신주에서 벌어진 이야기만을 적어 놓았으니, 이제부터 그 이야기를 읽어보기로 하자.

　동승신주의 바다 저쪽에 오래국(傲來國)이라는 나라가 있었다. 오래국은 넓은 바다를 끼고 있었는데, 그 바다 한가운데 화과산(花果山)이라는 유명한 산이 우뚝 솟아 있었다. 이 산은 이른바 10주(洲)[8]의 조종(祖宗)[9]이요, 3도(島)의 기원으로서 또한 천지가 개벽되고 맑은 기운과 흐린 기운이 갈라진 뒤에 생겨났다.

---

7 삼황과 함께 중국 고대의 전설에 나오는 임금들. 이들에 대한 명칭은 저서마다 서로 다르지만 《사기보삼황본기(史記補三皇本紀)》에는 삼황을 천황(天皇) · 인황(人皇) · 지황(地皇)이라 했다.
8 신선들이 살고 있다는 조주(祖洲) · 영주(瀛洲) · 현주(玄洲) · 염주(炎洲) · 장주(長洲) · 원주(元洲) · 유주(流洲) · 생주(生洲) · 봉린주(鳳麟洲) · 취굴주(聚窟洲) 등을 말한다.
9 제왕의 조상.

화과산은 언뜻 보기에도 무척 신비로운 산이었다. 많은 시문이 이를 뒷받침해준다. 한 편의 부(賦)에서 살펴보면 다음과 같다.

허허 드넓은 바다 위에
우뚝 솟았구나
푸른 파도 넘실넘실
은빛 산을 둘러쌌네
우뚝 솟은 산정 위에
봉황새가 깃을 치고
깎아지른 벼랑 꼭대기엔
금 기린이 누웠는데
이따금 들리느니
금계들의 울음소리
언뜻언뜻 보이느니
창룡들의 그림자일세
숲속에는 사슴, 여우
나무 위에는 산새, 현학
기화요초 현란하고
송백나무 검푸른데
무르익은 복숭아가
사시장철 주렁주렁 열렸네
푸른 대숲 구름 일제
골짜기에는 자등덩굴
양지바른 시냇가에는
금잔디가 깔렸어라
일만 물길 모인 곳에

하늘기둥 높이 솟아

천만 겁이 지나도록

뿌리박혀 드팀없네

 이 화과산의 꼭대기에는 높이가 3장 6척 5치, 둘레가 2장 4척이나 되는 기괴한 바위 하나가 우뚝 서 있었다. 높이가 3장 6척 5치로 된 것은 하늘의 둘레가 365도인 때문이요, 둘레가 2장 4척인 것은 음력이 24절기로 나누어진 연유라. 그리고 바위에 9규(竅) 8공(孔)이 나 있는 것도 9궁(宮) 8괘(卦)¹⁰를 따른 것이리라. 바위의 근처에는 햇볕을 가려줄 만한 나무 한 그루 서 있지 않았지만 그 좌우에는 용케도 영지와 난초가 곱게 피어 있었다.

 하늘과 땅이 열리자 이 바위는 언제나 천지의 정수와 일월의 정화(精華)¹¹에 젖어 오다가 오랜 세월이 흘러가는 동안에 영기가 통해 선기(仙氣)를 잉태하게 되었다.

 그러던 어느 날 별안간 바위가 쩍 갈라지면서 공만 한 크기의 둥근 돌 하나가 툭 튀어나왔다. 그 돌은 바람과 부딪치자 이내 한 마리의 돌원숭이로 변했다. 돌원숭이는 오관(五官)과 손발이 온전하게 갖추어져 기는 법과 걷는 법을 금방 배우더니 사방을 향해 넓죽넓죽 절을 해댔다. 그런데 이상하게도 그의 눈에서는 두 줄기의 금빛 광선이 뿜어져 나왔다. 그 빛은 하늘에까지 뻗치더니 마침내 하늘나라를 다스리는 거룩한 옥황상제를 놀라게 했다.

 그날 옥황상제는 금궐운궁(金闕雲宮)의 영소보전으로 나가 여러 대신들과 자리를 같이하고 있던 중에 번갯불같이 번쩍거리는 금빛 광선을 보고

---

10 9궁은 태일·섭제·헌원·초요·천부·청룡·함지·태음·천일 등 아홉 성신들이 있다는 곳이고, 8괘란 여덟 가지 점괘로서 건(乾)·태(兌)·이(離)·진(震)·손(巽)·감(坎)·간(艮)·곤(坤)을 말한다.
11 물건 속의 깨끗하고 아주 순수한 부분.

는 곧 천리안(千里眼)과 순풍이(順風耳) 두 장수를 시켜 남천문(南天門)을 열고 까닭을 알아보게 했다.

명을 받고 남천문으로 나갔던 두 장수가 돌아와 아뢰었다.

"금빛 광선이 일고 있는 곳은 동승신주의 오래국에 있는 화과산입니다. 그 산꼭대기에 신비로운 바위 하나가 있었는데, 조금 전에 그 바위에서 알 하나가 튀어나와 돌원숭이로 변했습니다. 그래서 그 돌원숭이가 동서남북을 향해 절을 할 때 눈에서 뿜어져 나온 금빛 광선이 우리 천계에까지 비쳤던 것이며, 지금은 몸을 구부린 채 물을 마시고 열매를 따먹고 있기 때문에 그 광선이 사라져 버렸습니다."

옥황상제는 고개를 끄덕이며 어진 목소리로 말했다.

"하계(下界)의 만물은 모두가 천지의 정화를 타고난 거야. 그렇다면 그리 걱정할 건 없겠다."

한편 산속의 돌원숭이는 마음대로 걸을 수 있을 뿐만 아니라 뜀박질도 곧잘 할 수가 있어 배가 고프면 풀잎과 꽃과 나무 열매를 따먹고, 목이 마르면 개울물과 샘물을 마시며 자유로운 나날을 보냈다. 그리고 승냥이·호랑이·표범·노루와 사슴 그리고 다른 원숭이 무리들과 어울려 다니면서 밤이 되면 벼랑 밑에서 잠을 자고 낮이면 동굴 속을 쏘다니며 자유롭게 살아갔다. 그야말로 '산속에 갑자(甲子)[12]가 없으니 세월 가는 줄 모르더라.'는 식이었다.

어느 날, 아침부터 날씨가 찌는 듯이 무더웠다. 원숭이들은 더위를 피해 소나무 그늘을 찾아가 장난을 치며 놀았다. 나무 위로 기어 올라가 열매를 따먹기도 하고, 조약돌을 집어서 던져 보기도 하고, 모래밭을 뒤지며 보탑(寶塔)을 쌓아도 보고, 메뚜기를 잡고 잠자리를 뒤쫓다 풀썩 무릎을 꿇고 부처님께 기도도 하고, 칡덩굴을 뜯어서는 모자를 만들기도 했

---

12 옛날 사람들은 갑·을·병·정 등 10개의 천간(天干)과 자·축·인·묘 등 12개의 지지(地支)를 서로 엇물려 60을 하나의 주기로 삼아 연·월·일을 기록했다. 여기서는 역서(달력)를 말한다.

다. 그러다간 이를 잡아 입에 넣고 씹기도 하고 몸 털을 다듬고 손톱 때를 튕겨내기도 하면서 푸른 소나무 그늘과 개울가에서 쉴 새 없이 서로 밀치고 덮치는 장난을 했다.

한동안 실컷 놀고 난 그들은 목욕을 하러 개울로 내려갔다. 개울물은 골짜기를 따라 세차게 흘러내리고 있었다. 옛말에 '새는 새 말을 하고 짐승은 짐승 말을 한다(禽有禽言, 獸有獸語).'는 속담처럼 시원한 개울물을 본 원숭이들은 일제히 떠들기 시작했다.

"도대체 이 물은 어디서 흘러내려 오는 걸까? 우리 오늘 별로 할 일도 없는데 이 물줄기를 따라 올라가 수원(水源)을 찾아보지 않겠어? 장난삼아 한번 올라가 보자구!"

원숭이들은 "와아!"하고 함성을 지르며 물줄기를 거슬러 올라갔다. 그렇게 한참을 올라갔더니 물줄기 끝에서 폭포수가 우렁차게 쏟아지고 있지 않은가!

한줄기 흰 무지개 골 안에 서렸는가
천길 만길 물안개 하늘에서 날아 내려
바닷바람 불어와도 흩어짐이 없이
강물 위의 달빛인 양 눈에 부셔라
차가운 기운이 푸른 벼랑에 감돌고
눅눅한 습기 녹음에 스며드네
소리치며 떨어지는 이름난 폭포
정녕 이것은 높이 걸린 주렴일세

원숭이들은 손뼉을 치며 기뻐했다.

"야, 정말 장관이다! 저 물을 좀 봐라! 원래 물이 여기서부터 흘러내렸었구나!"

이때 원숭이들 속에서 누군가가 큰소리를 쳤다.

"누구든지 자신이 있거든 저 물속에 들어가서 깊이가 얼마나 되는지 알아보고 나오라구! 그래서 무사히 살아 나오면 우린 그를 왕으로 모실 테야!"

이렇게 계속 세 번이나 소리쳤지만 아무도 선뜻 나서지 않았는데 별안간 잡목 우거진 숲 속에서 돌원숭이가 뛰쳐나왔다.

"내가 들어가 볼 테다! 내가 들어가!"

오늘 그 명성을 떨침은
때가 되어 대운이 열림이요
인연 있어 이곳에 오게 되니
하늘이 선궁에 들게 함이라

돌원숭이는 눈을 꼭 감고 몸을 구부렸다가 훌쩍 폭포 속으로 뛰어들었다. 그런데 이게 웬일인가? 그가 물속에서 고개를 들고 보니 거기엔 소용돌이치는 물결은 온데간데없고 생각지도 않은 다리 하나가 놓여 있었다. 다시 정신을 차리고 자세히 살펴보니 그것은 철판으로 엮어진 다리였다. 원래 그 밑으로 흐르는 물이 반대편 바위에 부딪혀 거꾸로 떨어져 내리면서 다리 어귀를 가리고 있었다. 조심조심 다리 위로 올라가 보니 다리 너머 맞은편은 황홀할 정도로 아름다운 곳이었다.

그곳에는 녹음방초가 우거지고 흰 구름이 유유히 떠다녔다. 또 창문 없는 굴속에는 정적이 깃들고 반드러운 걸상 위에는 꽃무늬가 피어 있었다. 종유동굴의 군데군데에는 진주 보석이 주렁주렁 매달렸고 구석구석에는 희귀한 꽃들이 망울을 터뜨리고 있었다.

벼랑 밑 부뚜막엔 불 땐 자국이 역력하고 술독 옆 돌상 위엔 남은 음식이 지저분하게 널려 있었다. 돌걸상과 돌침대는 볼수록 탐스럽고 돌소래기와 돌사발을 만든 솜씨는 기차다. 듬성듬성 대나무가 푸르고 점점이 매화꽃이 피어 있다. 몇 그루 푸른 솔이 둘러선 그 모습은 완연히 아담스런 인가(人家)로구나!

돌원숭이는 한참을 멍하니 바라보고 있다가 다시 정신을 가다듬고 다리 중간을 지나 주변을 두리번거렸다. 문득 한복판에 비석 하나가 우뚝 서 있는 것이 눈에 띄었다. 비석에는 '화과산복지수렴동동천(花果山福地水簾洞洞天)'이란 글자들이 큼직큼직하게 새겨져 있었다.

돌원숭이는 좋아서 어쩔 줄을 모르며 급히 다리 어귀로 달려갔다. 그러고는 눈을 꼭 감고 폭포수 밖으로 뛰쳐나왔다. 그는 애타게 기다리고 있는 원숭이들을 향해 너털웃음을 터뜨리며 외쳤다.

"정말 조화 속이야! 엄청난 조화 속이라구!"

그러자 원숭이들은 돌원숭이에게 몰려들어 중구난방으로 물었다.

"그 안은 어때? 물은 얼마나 깊어?"

돌원숭이는 어깨를 으쓱하며 말했다.

"물이 다 뭐야! 물은 없고 철다리 하나가 있더라고. 그 다리 저쪽엔 아주 근사한 살림집이 마련돼 있고."

"뭐, 살림집이?"

더욱 의기양양해진 돌원숭이는 미소를 띠며 설명을 했다.

"원래 이 물줄기는 다리 밑으로 흐르다가 맞은편 바위에 부딪혀 거꾸로 쏟아져 내리면서 그 다리와 입구를 막아 버린 거야. 다리 저쪽에는 한 채의 큰 석실이 무성한 꽃나무에 둘러싸여 있더라구. 방 안에는 돌로 만들어진 살림살이들이 몽땅 갖춰져 있었고 돌가마, 돌부뚜막, 돌사발, 돌소래기, 돌침대, 돌의자 따위 등 없는 게 없더라. 그리고 그 복판에 비석 하나가 세워져 있는데 거기엔 '화과산복지수렴동동천'이란 글자까지 새겨져 있었어! 정말이지 거긴 우리가 들어가 안심하고 살아도 될 곳이야!
그 안이 얼마나 넓은지 천여 명 식구쯤은 충분히 들어갈 수 있을 것 같아.
그러니 우리 아예 모두들 그 속에 들어가 살자꾸나. 더구나 비바람 따위
에도 문제없다고. 자, 모두 그리로 가자꾸나.

비바람 불어쳐도 근심이 없고
찬 서리 눈보라 우레도 두렵지 않네
언제나 노을 비껴 상서로운데
소나무, 대나무 푸르르고 기괴한 화초 만발하네

"어때, 이정도면 들어가 살 만하지 않아?"
원숭이들은 그 말을 듣고 저마다 발을 동동 구르며 기뻐 날뛰었다.
"너 그럼 앞에서 우릴 안내해. 우리도 함께 들어갈게."
돌원숭이는 아까처럼 눈을 감고 남보다 먼저 물속으로 뛰어들었다. 그
리고는 안에서 소리쳤다.
"자, 빨리들 들어오라구! 어서!"
담이 큰 원숭이들은 돌원숭이를 따라 물속으로 뛰어들었다. 담이 작은
것들은 목을 잔뜩 움츠리고 귀뿌리만 만지작거리며 한참을 망설여대다
가 마침내 크게 마음을 먹고 일제히 소리를 지르며 하나씩 안으로 뛰어들
었다.
하지만 역시 제 버릇 개 못 준다는 말도 있듯이 원숭이들은 다리를 건
너자마자 달려들어서는 주발을 빼앗는다, 사발을 가로챈다, 부뚜막에 올
라가고 침대를 차지한다 하면서 소란을 벌였다. 그들은 워낙 장난을 즐기
는 족속이라 물건들을 이리저리 옮기느라 기진맥진해질 때까지 잠시도
가만히 있지를 않았다.
이때 돌원숭이가 상좌에 올라앉아 무게를 잡으며 점잖게 말했다.

"여러분! 예로부터 신의를 모르면 착함을 잃는다고 했소. 그런데 방금 여러분은 뭐라고 했소? 누구든지 이 속에 들어왔다 나가면 그를 왕으로 받들어 모시겠다고 했소. 난 지금 이 속에 들어왔다 나갔을 뿐만 아니라, 이와 같이 훌륭한 보금자리까지 발견해 여러분 모두들 편안히 살도록 해 주었단 말이오. 그런데도 왜 나를 왕으로 추대하지 않는 거요?"

그 말을 들은 원숭이들은 곧 돌원숭이 주위로 몰려들었다. 그들은 이빨이 많고 적은 순서에 따라 줄을 짓고 차례차례 절을 했다.

"천세대왕(千歲大王)님!"

이때부터 돌원숭이는 왕의 자리에 올랐고 원숭이들은 돌원숭이의 '돌' 자를 없애 버리고 미후왕[13]이라고 불렀다. 그것을 노래한 시가 있는데 그 시에 이르기를 이렇게 노래하고 있다.

삼양(三陽)이 서로 통해 중생이 태어나고
신선바위에 일월의 정기 잉태하였다가
돌알이 변해 마침내 원숭이 되고
그 이름 빌려서 대업을 끝마쳤네
타고난 속내는 전혀 알 수가 없지만
허울만은 온전히 갖추고 태어났구나
예로부터 인간이란 다 이런 족속이건만
제 딴엔 왕이라고 성인이라 놀아나네

그리하여 미후왕은 원후·미후·마후 등 여러 원숭이 무리들을 거느리고 군신의 순서와 안팎 관원들의 서열을 정했다. 왕은 낮이면 화과산에서 지내고 밤이면 수렴동에서 잠을 자면서, 더는 새나 짐승들과도 어울리지

13 아름다운 원숭이 왕.

않고 위엄 있는 왕으로서의 향락을 누렸다. 그 먹새만 보더라도 다음과
같다.

  봄이면 여러 꽃을 뜯어 먹고
  여름이면 모든 과일을 따 먹고
  가을이면 토란을 캐어 먹고
  겨울이면 황정(黃精)[14]을 찾아 먹네

미후왕이 이렇게 향락에 빠져 있는 동안 어느 틈에 몇 백 년이란 세월
이 흘렀다. 어느 날 미후왕은 원숭이들과 함께 잔치를 베풀다가 갑자기
주르르 눈물을 흘렸다. 깜짝 놀란 원숭이들은 황급히 왕 앞에 무릎을 꿇
으며 여쭈었다.

"대왕님께선 무슨 연유로 그처럼 괴로워하십니까?"

"내가 지금은 이렇게 즐거운 나날을 보내고 있지만 먼 앞날을 생각하
니 여간 근심스럽지 않구나. 그래서 슬프구나."

그제야 원숭이들은 비로소 안도의 숨을 내쉬며 웃었다.

"대왕님도 원! 우리가 매일 이렇게 신선의 땅에서 누구한테도 구속받
지 않고 자유롭게 먹고 놀면서 마음껏 복을 누리고 있는데, 무엇 때문에
먼 앞날을 걱정하고 슬퍼하신단 말입니까?"

"오늘날은 비록 인간의 통제도 짐승들의 위협도 받지 않는다 하겠지만
앞으로 우리가 늙게 되는 날엔 결국 염라대왕의 지배를 받지 않을 수가
없단 말야. 그러니 한번 목숨이 끊어지면 세상에 태어난 보람도 없이 영
원토록 극락의 명부에 이름을 남길 수 없게 되는 것 아니겠어?"

원숭이들은 왕의 이야기를 듣자 저마다 손으로 얼굴을 가리고 훌쩍훌

---

14 죽대 뿌리.

쩍 울기 시작했다. 그들도 이 세상의 덧없음을 함께 느꼈기 때문이었다.

이때 무리 속에서 한 늙은 원숭이가 벌떡 일어나 큰 소리로 아뢰었다.

"대왕님! 그처럼 앞날이 근심스러우시다면 이는 대왕님께서 도심이 싹트기 시작하는 조짐입니다. 제가 알기로는 이 세상의 5충(五蟲)[15] 가운데서 세 부류만이 염라대왕의 지배를 받지 않는다고 합니다."

"그 세 가지 부류란 무엇이냐?"

"그것은 불(부처)과 선(신선)과 신(귀신)을 말하는데, 이들은 윤회[16]를 벗어나 불생불멸하며 천지와 수명을 같이한다고 합니다."

"그렇다면 그들이 살고 있는 데가 어디인지 아느냐?"

"염부 세계(閻浮世界)[17]의 오랜 동굴이나 신선의 산에 살고 있는 줄로 압니다."

미후왕은 그 말을 듣고 무척 기뻐했다.

"음, 난 내일부터 너희들과 헤어져 산을 내려가야겠다. 그래서 온 세상을 다 돌아다니는 한이 있더라도 기어코 그들을 만나 장생불로법을 익혀 염라대왕의 손에서 벗어나야겠다."

이 한마디의 말이 미후왕으로 하여금 홀연 윤회의 그물에서 벗어나 제천대성(齊天大聖)이 되게 했으니 그것은 아주 훗날의 이야기다.

원숭이들은 손뼉을 쳐 가면서 미후왕의 전도를 축복했다.

"참으로 지당한 말씀입니다. 저희들은 내일 산에 올라가 맛있는 과일들을 따다가 대왕님을 위해 송별연을 준비하겠습니다."

---

15 옛날 사람들은 동물을 다섯 가지 종류로 나누었는데 인류를 나충(裸蟲), 길짐승을 모충(毛蟲), 날짐승을 우충(羽蟲), 어류를 인충(鱗蟲), 곤충을 개충(介蟲)이라고 했다.

16 불교에서는 이 세상의 모든 생령들은 하늘·인간·아수라·귀·축생·지옥 등 6도에서 생사를 거듭하게 된다고 믿었다. 그것은 마치 수레바퀴가 돌아가듯이 영원토록 끊임없다는 인과응보의 불교 사상으로 대표되는 고대 인도인의 사상과 세계관에서 나왔다.

17 불교에서는 신·불·망령·인간의 세계가 서로 다르다고 보는데, 인간 세계를 일러 염부 세계라고 한다. 범어로서 '남섬부주'의 준말, '섬부'의 다른 말로 염부제(閻浮提)라고도 한다.

다음 날 원숭이들은 미후왕을 위해 선도(仙桃), 희한한 과일, 참마, 황정, 영지, 난초, 기화요초 등을 구해다가 송별연을 차렸는데, 그 성대하고 화려한 연회상은 온갖 선주(仙酒)와 각종 특별 안주까지 곁들여 돌탁자가 부러질 만큼 실로 이만저만 풍요로운 게 아니었다.

수호전

시내암
(施耐庵 1296?~1370?)

수호전

시내암(施耐庵 1296?~1370?)

시내암(1296?~1370?)

《수호지》는 중국 4대 기서 중의 하나로 지은이는 나관중 또는 시내암이라고도 한다. 또는 시내암 원작, 나관중 편수라고도 하며 70회까지는 시내암이 짓고 그 속편을 나관중이 지었다고 하는 등 일정하지 않다. 그러나 오늘날에는 시내암이라고 보는 것이 정설로 되어 있다.

시내암은 중국 원나라 말기의 사람이다. 강소성 회안 출생으로 《수호전》의 지은이로 알려져 있다. 강음에서 서씨 집안의 숙사(塾師)가 되었고, 전당(항주)에서 관원을 지냈다. 장사성 전란 때 75세로 사망하였다고 전해 내려온다. 그러나 그가 실존 인물인지 《수호전》의 작가인지도 의심스럽다. 다만 명나라 때 고유의 《백천서지》, 《충의수호전》 항목에 《수호전》의 작자로 적혀 있을 뿐, 달리 고증할 길이 없다.

줄거리

북송(北宋) 인종(仁宗)시대, 전염병이 돌고 백성들은 도탄에 빠지는 등 천하가 어지러웠다. 이때 호보의(呼保義) 송강(宋江)을 필두로 노준의(盧俊義), 오용(吳用), 이규(李逵), 노지심(魯智深), 무송(武松), 임충(林沖) 등 108명이라는 많은 호걸들이 산동 지방의 양산박(梁山泊)으로 모여든다.

그들은 운성현의 하급관리를 지낸 검고 왜소한 사나이 송강을 '가뭄에 단비와 같은 존재'로 우러러보며 자신들의 수령으로 받들고 의를 맹세한다. 그리고 정벌 나온 관군을 계속 무찔러 그 위력을 과시한 후 조정에 귀순한다. 그 후 이 양산박의 무리들은 북방을 압박하고 있던 요나라를 제압하는 데 큰 공을 세우고, 이어서 하북의 전호(田虎), 회서의 왕경(王慶), 나아가 강남의 방랍 등 잇따른 반란군의 진압에 나선다.

이렇게 해서 108명의 호걸들은 3분의 1로 줄어들지만 그들은 난세를 무대로 강자를 무찌르고 약자를 돕는 의협심과 반골 정신으로 활약하는 등 개선하여 충의의 실적을 올린다. 그러나 조정에 깃든 간신의 음모로 송강이 음독 살해당하자, 의를 맹세했던 형제들은 흩어지지 않으면 안 될 불우한 상황에 처한다.

《수호전》제1회는 이야기의 발단으로 태위(太尉) 홍신(洪信)이 용호산(龍虎山)의 복마전(伏魔殿)을 열고 갇혀 있던 36천강성과 72지살성 등 도합 108마왕을 달아나게 한 경위가 기록되어 있다. 제2~71회에는 수호설화에서 사람들이 가장 좋아하는 부분으로 노지심·무송·양지(楊志) 등이 양산박에 올라갈 때까지의 이야기와, 조개(晁蓋) 등에 의한 생신강(生辰綱, 생일선물)의 사취(詐取), 그리고 이어지는 송강의 염파석(閻婆惜) 살해 등 108명의 영웅이 모두 양산박에 모여들기까지의 이야기로, 이 부분이 《수호전》의 중심이 된다.

제72~82회는 송강이 동경(東京)에서 휘종(徽宗)이 총애하는 명기(名妓) 이사사(李師師)를 만나고 그녀의 인도로 죄를 용서받고 귀순하는 이야기가 담겨 있고, 귀순한 송강 등의 요(遼)나라 정벌이 제83~90회에, 반란군 전호·왕경 토벌이 제91~110회에 실려 있다. 이 사이에 송강의 무리는 단 한 사람의 전사자도 없었으나, 제111~119회의 방랍(方臘) 토벌에 이르러서는 여러 장군들이 차례로 쓰러졌으며, 살아남은 사람들도 출가(出家)·출분(出奔)하여 동경에 귀환한 사람은 27명뿐이었다. 마지막

제120회에서는 이 27명의 결말이 실려 있다.

작품해설

《수호전》은 1120년 양산박을 근거지로 송(宋) 왕조를 위협했던 '송강 봉기'의 이야기가 민간에 전해 내려오다가 문인들의 손을 거쳐 탄생한 작품으로, 관료 중심적 사고형식에 도전하여 기존 질서의 모순을 지적하고 인간 본연의 자유와 권리를 추구하고 있다.

'수호(水滸)'란 물가란 뜻으로, 송강 등이 양산박이라는 호수를 근거지로 삼았다는 데서 유래하고 있다. 중국 4대 기서의 하나로, 판본은 70회본·100회본·120회본 등 세 종류로 크게 나뉜다. 이 가운데에서도 120회본이 수호 설화(水滸 說話)의 가장 발전된 모습이다.

《수호전》은 장편소설의 형식을 취하고 있지만 사실은 단편을 묶은 것에 불과하다. 《취옹담록(醉翁談錄)》은 송나라의 박도(朴刀)·간봉(桿棒) 만담책의 공연 순서를 담은 자료집으로 〈청면수(青面獸)〉, 〈화화상(花和尙)〉, 〈무행자(武行者)〉, 〈이종길(李從吉)〉, 〈서가낙초(徐家落草)〉 등이 있다. 이 작품들을 씨줄로, 《선화유사(宣和遺事)》에 나오는 조개·송강설화를 날줄로 하여 구성하였다. 여기에 그때의 원곡(元曲)으로 공연한 수호극(水滸劇)도 도입, '관핍민반(官逼民反)'의 대의명분을 임충에게 체현(體現)시켜 초기 《수호전》이 성립된 것으로 짐작된다. 그 시기는 원나라 말기와 명나라 초기 사이며 편자는 시내암이고 협력자 또는 후계자는 나관중으로 짐작된다. 근래에 와서 시내암의 묘비명(墓碑銘)과 가보(家譜)가 발견되었지만 진의가 확실하지 않다. 그 뒤 1522~1566년까지 요나라 정벌 부분을 포함한 100회본이, 명나라 말기에는 전호와 왕경의 삽화를 더한 120회본이 간행되었다. 그러나 《수호전》은 도적의 이야기일 뿐만 아니라 지배자, 특히 정복 왕조(征服王朝) 청나라에게는 사실상 바람직한 내용이 아니었기 때문에 종종 금서가 되었다.

《수호전》의 판본에 대하여 말할 때 청나라 초기의 문호 김성탄(金聖嘆)이 평주(評註)한 70회본에 관한 이야기를 하지 않고 넘어갈 수가 없다. 김성탄은 많은 고문서를 풀이한 고문학자로 해박한 지식과 출중한 문재로서 널리 알려진 사람이다. 그렇기 때문에 그에 의해 다듬어진 평주본은 후세 독자들의 흥미를 모으고 있다. 한걸음 더 나아가 《수호전》에 대한 그의 평주는 나름대로의 주관성을 보여주고 있다. 하지만 자기 견해와 다르다는 이유로 70회분 이후의 뒷부분을 몽땅 삭제했다는 점, 임의로 새로운 결말을 조작했다는 점은 결과적으로 《수호전》을 요참(腰斬)시킨 것이 되었다.

북송(北宋) 선화년간(宣和年間, 1119~1124)에 송강 등 36명이 산동에서 반란을 일으켜, 일시적으로 관군을 크게 괴롭혔다는 간단한 기술이 《송사(宋史)》 세 곳에서 보인다. 이러한 사실이 영웅 설화로 전설화되어 민중 사이에 크게 찬양되었고, 이 설화가 눈덩이처럼 불어나 방대해진 것으로 보아 송강 등의 행동에 대한 민중의 커다란 공감이 있었음을 알 수 있다.

수호 설화가 발생한 것은 북송 말기에서 남송 초에 걸쳐서다. 각종 화본, 희곡으로 이루어지면서 이야기는 이야기를 낳아 처음 36명 외에 다수의 영웅호걸이 등장하게 되었다. 또 이 수호 설화의 영웅호걸이 108명으로 최종 마무리되면서 다양한 설화가 취사되어 현재의 형태인 《수호전》으로 완성된 것은 원나라 말기에서 명나라 초기에 이르러서다.

그리고 《수호전》의 연작이라 할 수 있는 작품이 계속 나왔는데, 일명 《후수호(後水滸)》라고 불리는 《정사구(征四寇)》와 유만춘의 《탕구지(蕩寇志)》가 있다. 우리나라에서는 허균이 그 영향을 받아 《홍길동전》을 썼으며, 그 뒤에 《임꺽정전》도 영향을 받은 것으로 알려져 있다.

1. 《수호전》은 임충이 하늘의 도움으로 목숨을 구한다는 내용으로, 이러한 요소는 현대 소설에서는 잘 드러나지 않는다. 이 내용에서 드러나는 비현실적인 모습을 찾아보고, 작품 전체에서 차지하는 비중을 생각해 보시오.

2. 《수호전》은 중국이 혁명과 전쟁을 거듭하는 동안 위대한 고전 문학으로 재평가받았으며, 더불어 그 속에 그려진 호걸들의 모습은 중국 남성의 이상적인 이미지로 등장했다. 그리고 이 작품은 주변 국가의 문학에도 영향을 주었다. 우리나라의 《임꺽정전》도 이 《수호전》의 영향을 받은 작품이라 한다. 두 작품을 비교하여 그 상관성에 대해 논해 보시오.

모범 답안

1. 임충은 마초장에 있다가 추위를 견디기 위해 술을 사러간다. 그 사이 눈보라가 몰아쳐 마초장의 벽이 무너졌다. 만약 임충이 계속 마초장에 있었더라면 죽음을 면하지 못했을 것이다. 또한 임충은 무너진 벽을 헤치고 이불을 꺼내어 근처의 산신당으로 몸을 피하게 된다. 그 동안에 육 우후 일당이 들이닥쳐 임충을 죽이기 위해 마초장에 불을 지르지만 자리를 피한 임충은 또다시 목숨을 구하게 된다.

이러한 모습은 사건 진행상의 인과성이 결여된 상황이다. 즉 우연성의 개입으로 인물의 생사를 조절하고 있다. 이 우연성의 개입은 《수호전》 전체에서 조금씩 드러나서 작품의 사실성을 떨어뜨린다.

2.《수호전》에 등장하는 호걸들을 먼저 살펴보자. 기막힌 꾀를 써서 탐욕스러운 고관이 긁어 모은 불의의 재물을 탈취한 일당, 체포 직전의 호걸을 의로써 구해냈으나 그것이 원인이 되어 첩에게 시달리다가 죽이고 달아나는 하급관리, 살인 등 온갖 횡포를 다 부리다가 도적의 무리 속으로 몸을 피하는 호걸, 못된 상관으로부터 괴롭힘을 당하자 양산박 산채로 몸을 피하는 무관, 관군의 신분에서 벗어나 도적떼에 가담하는 용장, 근본이 도적인 자, 거기에 여자 호걸까지 그 출신과 성격 등이 매우 다채롭게 묘사되어 있다.

이러한 내용은 우리나라의 고전 소설《임꺽정전》에도 드러난다. 임꺽정을 비롯한 의형제들과 그의 무리들은 청석골에 모여 도적이 된다. 즉 여러 지역에 흩어져 살던 사람들이 특정한 계기를 통해 맺어지고 도적이 되며, 마침내 형제의 의를 맺고 청석골에 자리 잡기까지의 과정을 그리고 있는《임꺽정전》의 초반부 이야기는 인물 편으로 설정되어 있다. 하지만 근거지가 마련되고 하나의 조직체로서 일사불란한 질서를 갖춘 이후에는 이 집단이 벌이는 일련의 활동, 곧 사건으로 이야기의 중심이 옮겨진다. 즉《수호전》의 전개방식과 유사한데, 이는《임꺽정전》이《수호전》의 영향을 받았음이 분명하다.

읽기 전에

《수호전》은 108명의 영웅호걸들의 행동과 활약을 통해 드러나는 부패한 관료에 대한 민중의 증오와, 인간 본연의 자유와 권리 추구를 그려내고 있다. 제시된 본문의 임충이 하늘의 도움으로 목숨을 구하게 되는 장면이다.

수호전

　어느 날 임충이 한가로이 산책을 하고 있는데 갑자기 등 뒤에서 어떤 사람이 그를 부르고 있었다. 뒤돌아보니 그는 술집에서 일을 거들던 이소이(李小二)였다. 그는 전에 동경에 있을 때부터 임충의 신세를 많이 진 사람이다. 한번은 그가 어리석게도 주점 주인의 돈을 훔치다가 붙잡힌 일이 있었다. 그때 관가로 잡혀가 죄를 추궁당하게 된 것을 임충이 나서서 돈까지 물어주고 사정하여 끌려가지 않고 무사할 수 있었다. 그러나 동경에는 더 이상 머무를 수 없어 임충이 노자를 주어 그곳을 떠나도록 주선해 주었다. 그런데 뜻밖에도 오늘 여기서 만났으니 반갑지 않을 수가 없었다.

　"아니, 소이 아닌가? 자네가 여기 어쩐 일인가?"

　이소이는 자기를 알아보고 반가워하는 임충을 보자 꾸벅 절을 하면서 대답했다.

　"소인은 그때 나리께서 도와주신 덕분으로 여기저기를 떠돌다가 우연히 이곳 창주에 이르러 왕씨가 운영하는 술집에 몸을 의지하여 일을 보게 됐습니다. 소인이 부지런히 일을 보면서 한편으로는 안주도 잘 만들고 국도 잘 끓이는 등 음식 솜씨가 좋았으므로 손님들의 칭찬을 받고 영업도 번창했습니다. 그러자 주인이 소인을 데릴사위로 삼아 주었습니다. 지금은 장인과 장모 두 분 다 돌아가시고 저희 부부만 남아서 바로 이 영문 앞에서 술과 차를 함께 팔고 있습니다. 그런데 오늘 돈을 받으러 왔다가 뜻밖에도 나리를 뵙게 된 겁니다. 그런데 나리께서는 어쩐 일로 이곳에 와 계십니까?"

임충은 자신의 얼굴을 가리키면서 말했다.

"나는 고 태위의 눈 밖에 나서 그의 모함을 받고 억울한 죄명을 써 이렇게 얼굴에 자자(刺字)[1]까지 박고 이곳으로 정배를 왔네. 지금은 저 천왕당을 지키고 있네만 장차 어떻게 될지 모르겠네. 그런데 오늘 여기서 자네를 만나리라고는 꿈에도 생각 못했네."

임충을 자기 집으로 데려간 이소이는 아내에게 임충을 인사시켰다. 그들 내외는 여간 기뻐하지 않았다.

"저희 부부가 일가친척도 없이 외로이 지내다가 뜻밖에 오늘 은인을 만나게 되니 마치 하늘에서 내려오신 것처럼 반갑습니다."

"나는 죄수의 몸이라 오히려 자네 부부에게 폐를 끼치지 않을까 걱정이네."

"나리를 모르는 사람이 누가 있겠습니까? 아예 그런 말씀은 마시고 앞으로 빨랫감이나 바느질거리가 있으면 저희에게 가져오십시오."

그들 부부는 곧 주안상을 차려서 임충을 대접하고 밤이 되자 천왕당까지 배웅해 주었다. 그들은 다음날 또 임충을 초대했다. 그 후부터 임충은 자주 이소이네 주점을 드나들게 되었고, 이소이도 음식이나 더운물 같은 것을 천왕당으로 가져다주어 임충을 대접했다. 그들 부부가 정성껏 대접하자 임충도 늘 돈냥을 주어 그들의 장사 밑천으로 쓰게 했다.

세월은 흘러 어느덧 겨울이 됐다. 임충의 솜저고리와 솜바지는 모두 이소이의 아내가 빨아서 새로 지었다. 하루는 이소이가 주점 앞에서 반찬거리로 쓸 채소를 다듬고 있는데, 별안간 웬 낯선 사내가 주점 안으로 성큼 들어오더니 한쪽 구석진 자리에 가 앉았다. 조금 뒤에 또 한 사람이 불쑥 들어오더니 먼저 온 사내 곁에 걸터앉았다. 이소이가 눈여겨보니 먼저 들어

---

1 옛 중국에서 행해지던 형벌의 한 가지. 얼굴이나 팔의 살에 죄명(罪名)을 찍어 넣는 일.

온 사람은 군관 차림이고 나중에 들어온 사람은 그의 군졸인 모양이었다.

"술을 드시겠습니까?"

뒤따라 들어온 이소이가 물으니 그 사람은 은전 두어 냥을 꺼내어 이소이에게 주면서 말했다.

"우선 이것을 받아 두고 좋은 술 서너 병만 가져오게. 그리고 손님이 오면 일일이 물을 것 없이 과일과 안주를 잘 차려 오게."

"손님은 언제 오시는지요?"

"번거롭겠지만 자네가 유형소[2]로 가서 전옥[3]과 옥졸을 이리로 모시고 오게. 누구냐고 묻거들랑 그저 '웬 관원이 두 분과 긴히 상의할 일이 있다.' 하더라고 전하게나."

이소이는 승낙하고 곧 유형소로 가서 우선 옥졸을 청한 뒤 그와 함께 전옥의 집으로 가 그를 데리고 주점으로 왔다. 그 관원이 전옥과 옥졸에게 인사를 하니 전옥이 물었다.

"전에 뵌 적이 없는데, 황송하지만 나리의 존함은 어떻게 되시는지요?"

"제가 가지고 온 편지가 있으니 곧 아시게 될 겁니다."

이소이가 분주히 술을 데우고 채소와 과일 등 안주를 푸짐하게 차려놓으니, 그 관원은 술병을 들고 전옥과 옥졸의 잔에 술을 따라 주면서 권했다. 이소이 혼자서 들락날락하며 접대에 여념이 없자, 관원을 따라온 자가 더운 물통을 가져다 놓고 손수 술을 데웠다. 술이 십여 순배 돌자 그 관원은 또 안주를 청해 상 위에 놓고 소이에게 말했다.

"내가 술 데울 사람을 데리고 왔으니 자네는 부르기 전에는 절대 들어오지 말게. 조용히 할 이야기가 있네."

이소이는 대답을 하고 곧 문밖으로 나가서 아내를 불러 놓고 일렀다.

"여보, 저기 낯선 손님이 아무래도 수상하오."

---

2 중죄에 대한 형벌로 죄인을 가두어 두는 곳.
3 교도소장을 가리킴.

"뭐가 어떻게 수상해요?"

"저 두 사람의 말투를 들어 보니 동경 사람같은데, 하는 짓을 보면 전옥과 초면이거든. 그런데 내가 아까 안주를 들고 들어갔을 때 옥졸의 입에서 불쑥 '고 태위'란 말이 튀어나오더라고. 그런 걸 보면 혹시 저 사람들이 임 교두를 해치려는 것은 아닌지 모르겠어! 내가 문 앞에서 일을 보는 척할 테니 임자는 방 뒤로 가서 저자들이 무슨 이야기를 하는지 가만히 엿들어 보란 말야."

"그렇다면 당신이 지금 천왕당으로 달려가서 임 교두를 모셔다 저놈들이 어떤 놈들인지 알아보게 한번 보이구려."

"임자는 아직 뭘 모르고 하는 소리야. 임 교두는 성격이 급해서 조금만 비위에 거슬려도 사람을 죽이고 불도 지를 분이야. 만약 그분을 데려왔다가 저자가 바로 일전에 말하던 그 육 우후인가 뭔가 하는 자라면 요절을 내고 말지 그저 가만 놔둘 줄 알아! 그러니 무슨 일이라도 저지르면 우리까지도 큰 봉변을 당하고 만다고. 아무 소리 말고 빨리 가서 엿들어 보란 말이야. 그런 다음 다시 의논해 보기로 하자고."

"당신 말씀이 맞아요. 그럼 제가 저들이 무슨 말을 하는지 엿들어 보겠어요."

아내는 이렇게 대답하고 밤이 깊어서야 돌아와 일러 주었다.

"저자들이 머리를 맞대고 귓속말로 수군거리기만 해서 도대체 무슨 말을 하는지 모르겠어요. 그런데 군관 차림을 한 자가 데리고 온 사람의 품에서 손수건에 싼 것을 꺼내더니 전옥과 옥졸에게 전해 줍디다. 아마 금이나 은 같았어요. 그러자 옥졸이 '다 제 손에 달렸으니 걱정 마십시오. 어떻게 해서든 저희가 그놈을 쥐도 새도 모르게 없애겠습니다.' 하는 소리만 알아들을 수 있었어요."

바로 이때 방에서 소리치는 소리가 들렸다.

"여보게, 주인장. 탕을 끓여오게."

이소이가 급히 탕을 들고 들어가 바꿔 놓으면서 엿보니 전옥의 손에 겉봉을 봉한 편지가 들려 있었다. 소이가 국을 바꿔 놓고 밥까지 다 담아 놓으니 그들은 반 식경쯤 지나 음식을 다 먹고 나서 술값을 치른 다음 전옥과 옥졸이 먼저 돌아가고, 그 두 사람은 한참 뒤에 고개를 숙이고 주위를 한참 살피더니 나가 버렸다.

그자들이 나간 지 얼마 되지 않아 임충이 주점으로 들어서며 물었다.

"소이, 요즘도 장사가 잘 되나?"

이소이는 임충을 맞아들이면서 황급히 말했다.

"나리, 어서 앉으십시오. 그렇지 않아도 제가 지금 막 뵈러 갈 참인데 마침 잘 오셨습니다. 긴히 여쭐 말씀이 있습니다."

남을 해치려는 간악한 계교가 천문(天門)을 울리고
아무도 모르게 소리 낮춰 한 말 6군을 호령하는구나
문밖에 엿듣는 자 있으며
귀신들이 듣고 있을 줄 어찌 알았으랴

"그래, 무슨 중요한 이야기라도 있나?"

이소이는 임충을 안으로 모시고 들어와서 앉힌 다음 자초지종을 이야기했다.

"좀 전까지 동경서 수상한 사람이 와서 전옥과 옥졸을 불러다 한나절이나 같이 술을 마셨습니다. 그런데 그 옥졸의 입에서 '고 태위'란 말이 나오기에 의심이 나서 아내를 시켜 한참 동안 엿듣게 했습니다. 하지만 머리를 맞대고 귓속말로 수군거리는지라 무슨 의논을 하는지 제대로 알아듣지 못했는데, 맨 나중에 옥졸이 '다 저희들의 손에 달렸으니 걱정 마십시오. 어떻게 해서든 저희가 그놈을 쥐도 새도 모르게 없애겠습니다.' 하고 말하는 것을 틀림없이 들었답니다. 그리고 그 두 놈이 전옥과 옥졸에게 금과 은을 한 뭉치 준 다음에 한동안 술을 또 마시고 헤어졌습니다. 그놈들이 뭐하는 놈들인지는 알 수 없지만, 제가 걱정스러워하는 것은 혹시 나리한테 무슨 해가 미치지나 않을까 하는 것입니다."

"그놈들 생김새가 어떻던가?"

"한 놈은 오 척 단신에 얼굴이 희고 수염이라곤 별로 없고 나이는 갓 서른 넘어 보이더군요. 그리고 그놈을 따라온 놈도 역시 키는 크지 않고 얼굴빛이 검붉었습니다."

이소이의 말을 듣고 임충은 크게 놀라면서 말했다.

"그 서른 살쯤 돼 보이는 놈이 바로 육 우후라는 놈일세! 그 도적놈이 나와 무슨 원한이 있기에 여기까지 쫓아와서 나를 죽이려 든단 말인가? 만나기만 해 봐라. 그놈을 당장 육장을 만들어 놓고 말겠다!"

이소이는 흥분하는 임충을 보더니 불안한 표정을 지으며 말했다.

"그저 조심만 하시면 되지 않겠습니까? 옛 사람들도 '밥을 먹을 때는 목이 메지 않게 먹고, 길을 걸어갈 때는 넘어지지 않도록 조심하라.'고 하지 않았습니까?"

이소이의 주점을 나온 임충은 이를 갈며 거리로 나와 단검을 사서 몸에 지니고, 육 우후가 있을 만한 곳을 샅샅이 뒤지며 돌아다니기 시작했다. 그는 식은땀을 흘리면서 마음을 졸였다. 그날 밤은 무사했다. 이튿날 새벽에 일어난 임충은 청소를 마친 다음 칼을 지니고 또 창주성 안팎의 작은 골목까지도 샅샅이 돌아다니며 진종일 육 우후를 찾아보았으나 끝내 찾을 수가 없었다. 유형소 안에서도 별다른 기색이 보이지 않으므로 임충은 그 길로 이소이네로 찾아가 투덜거렸다.

"오늘도 아무 일 없었네."

임충의 말에 이소이가 대꾸했다.

"나리, 제발 무사하시기를 빕니다. 어쨌든 조심만 하시면 별 탈 없겠지요."

이소이의 말을 뒤로 하고 천왕당으로 돌아온 임충은 또 다음 날부터 연 4, 5일 동안 육 우후를 찾아서 거리를 돌아다녔으나 역시 아무런 종적이 없으므로 차차 마음을 놓았다.

엿새째 되는 날이었다. 전옥이 별안간 임충을 점시청(點視廳)에 불러 놓고 말했다.

"네가 여기로 온 지도 한참 되었고 또 시 대관인의 낯을 보더라도 너를 좀 더 편한 곳으로 보내야 했을 터인데 미처 그렇게 하지 못했다. 여기서 저 동문 밖으로 15리쯤 가면 큰 군용 마초장이 있다. 매달 마초를 바치는 사람들로부터 상례로 돈냥도 조금씩 생기는 곳인데 여태까지는 늙은 죄수가 지키고 있었다. 내 너를 생각해 그곳으로 보내는 것이니, 그 늙은 죄수는 천왕당으로 보내고 네가 대신에 거기 가서 용돈으로 몇 푼씩 얻어 쓰도록 하여라. 지금 당장 옥졸과 같이 그리로 가서 교대하도록 해라."

"예, 곧 떠나겠습니다."

임충은 물러나오는 길로 이소이의 집에 들렀다.

"오늘 전옥이 나더러 군용 마초장지기로 가라는데 그 일이 어떤 것인지 아는가?"

"천왕당을 지키는 일보다 한결 낫지요. 거기서는 매달 마초를 바칠 적마다 상례로 생기는 돈도 짭짤하답니다. 이전에는 돈을 여간 들이지 않고서는 그 일을 얻지 못했습니다."

"나를 해치는 대신 도리어 좋은 일자리를 주다니 도대체 그 진의를 알 수 없단 말일세."

"나리께서는 의심하지 마십시오. 어쨌든 무사하기만 하면 되지 않겠습니까. 단지 섭섭한 것은 저희들과 좀 멀리 떨어진 곳에 가시는 겁니다. 그렇지만 얼마 후 제가 시간을 내어 찾아뵙겠습니다."

이어 이소이는 임충에게 주안상을 차려 술을 몇 잔 대접했다.

이소이와 헤어진 임충은 천왕당으로 돌아와 짐을 챙겼다. 임충은 비수를 지닌 다음 술이 달린 창을 들고 옥졸과 함께 전옥에게 하직 인사를 하고는 곧 마초장으로 향하였다. 때는 마침 엄동설한이라 검은 구름이 덮이고 매서운 바람이 일면서 눈꽃이 날리기 시작하더니 마침내 함박눈이 쏟아졌다.

안개 끼어 자욱한 저녁
허공에는 서설이 분분하누나
어느새 사방은 길조차 뒤덮이고
높은 산은 흔적조차 사라졌네
은빛 세계, 백옥의 천지는
아득히 곤륜산에 맞닿았구나
밤새도록 내린다면
옥황상제의 문 앞까지 가득 차겠네

가는 도중에는 주막도 없어 임충과 옥졸은 술도 사 마시지 못했다. 마침내 마초장에 도착해 보니 주위에는 황토담을 둘러쳤는데 앞에는 두 짝으로 된 대문이 달려 있었다. 대문을 열고 들여다보니 안에는 7, 8칸짜리 초가 창고가 있고 사위에는 온통 마초더미인데 그 가운데에 초가가 두 채 있었다. 초가로 들어가니 늙은 죄수가 홀로 앉아서 화롯불을 쪼이고 있었다.

"전옥께서 분부를 내려 나를 여기로 보내고 자네는 돌아가서 천왕당을 지키라고 하셨으니 어서 인계를 끝내고 떠나도록 하여라."

옥졸이 밑도 끝도 없이 명령을 하니 늙은 죄수는 열쇠 꾸러미를 임충에게 넘겨주며 밖으로 나가 마초더미들을 가리키며 설명을 해주었다.

"창고마다 다 관부의 봉인지가 붙어 있고 마초더미도 숫자가 있네."

그는 일일이 세어 본 다음 다시 임충을 데리고 초가로 들어와서 행장을 수습하며 말했다.

"이 화로, 솥, 사발, 접시들은 다 자네한테 빌려 주겠네."

"천왕당에도 내가 사용하던 그릇들이 있으니 그것들을 대신 쓰도록 하시오."

임충의 말을 듣고 늙은 죄수는 벽에 걸린 큰 호리병을 가리키면서 알려주었다.

"혹시 술 생각이 나거든, 이 마초장을 나서서 동쪽으로 난 큰길로 2, 3리쯤 가면 장터가 나오는데, 거기에 주막이 있다네."

인수인계가 끝나자 늙은 죄수는 옥졸과 함께 돌아갔다.

임충은 보따리와 이부자리를 침상 위에 올려놓고 우선 불부터 피웠다. 집 근처에 있는 숯 더미에서 숯 몇 덩이를 가져다 화덕에 넣고 불을 피운 다음에 머리를 들어 방 안을 살펴보니, 네 벽은 거의 다 허물어졌고 매서운 찬바람이 불어치는 바람에 집이 흔들거렸다.

'이런 집에서 무슨 수로 추운 겨울을 난담? 눈이 그치면 성 안에 가서 미장이를 불러다 고쳐야겠다.'

임충은 혼잣말로 중얼거리며 한참 동안 앉아서 불을 쬐었으나 몸은 점점 더 얼어붙는 것만 같았다.

'아까 그 영감쟁이의 말이 여기서 2리쯤 가면 장터가 있고, 그곳에 주막이 있다고 했겠다! 그렇지, 술이라도 사다 마시면서 추위를 견뎌내야겠군.'

이렇게 생각한 임충은 봇짐에서 은 부스러기들을 꺼내 품속에 찔러 넣고 창대 끝에 호리병을 매단 다음 화롯불을 재로 잘 덮어 놓고 벙거지를 집어 썼다. 그리고 문을 닫고 열쇠로 잠근 다음 대문 밖으로 나와 마초장 대문을 채운 후 열쇠를 지니고서 동쪽을 향해 걷기 시작했다. 부서진 구슬, 흩어진 옥가루 같은 눈을 밟으며 걷는데 휘몰아치는 삭풍이 그의 등덜미에 와 부딪혔다.

그 동안 함박눈은 발이 푹푹 빠질 정도로 계속 퍼부었다.

반 리 남짓 가니 길가에 낡은 산신당이 있었다. 임충은 머리를 숙이고 중얼거렸다.

'신령님의 은총을 비옵니다. 후일에 지전(紙錢)[4]으로 소지(燒紙)[5]를 올리겠습니다.'

이렇게 빌고 난 임충이 산신당을 나와 또다시 한참 동안 걸어가니 인가들이 보였다. 그가 걸음을 멈추고 두루 살펴보니 울타리에 술 용수[6]를 내건 집이 보였다. 임충이 주막으로 들어가자 술집 주인이 물었다.

"손님은 어디서 오시는 길입니까?"

주인이 쳐다보며 묻는 말에 임충이 되물었다.

"이 호리병을 알아보겠는가?"

주인은 호리병을 자세히 바라보더니 고개를 갸우뚱하며 말했다.

"그건 마초장에 있는 늙은이의 호리병이 아닙니까?"

"다행히 알아보는군. 바로 그거라네."

"당신이 마초장을 맡아보시는 분이라면 거기 앉으십시오. 날씨도 추운데 우선 서너 잔 드시면 추위가 누그러질 겁니다."

주인은 이렇게 말하고 삶은 쇠고기 한 접시와 더운 술 한 병을 내서 임충에게 들기를 권했다. 임충은 쇠고기와 술을 더 청해서 먹은 후 호리병에다 술을 채우고 또 쇠고기도 몇 덩어리 싸게 하고는 은 부스러기로 계산을 했다. 이어 창끝에 호리병을 달아매고 쇠고기는 품속에 집어넣고서 주인에게 인사를 한 다음 사립문을 나와서 매운바람을 안고 돌아왔다. 날이 저물면서 눈은 점점 더 쏟아졌다.

옛적에 한 서생이 시 한 수를 지었는데 그것은 가난한 사람이 눈을 원망하는 내용의 시다.

황량한 들판에 매서운 바람 불어 땅을 핥는데

---

4 돌 모양으로 오린 종이.
5 신령 앞에서, 비는 뜻으로 얇은 종이를 불살라서 공중으로 올리는 일.
6 술이나 장을 거르는 데 쓰는 기구.

눈은 내리고 또 내리는구나

버들 꽃 날리는 듯 목화송이 춤을 추듯

함박눈송이 펑펑 쏟아지네

숲 속의 오막살이 금세 눈에 깔려 내려앉으려 하건만

부잣집들은 이 눈도 장기[7]를 짓누르기엔 모자란다네

골탄(骨炭)불에 벌건 화로 안고 솜옷 입은 부자들

가난한 사람이야 어떠하든 매화꽃 만지작거리며

나라만 태평하여라, 노래 부르네

한가롭게 숨어 사는 시인들이란

부질없이 화초만을 노래한다네

　임충은 탐스럽게 쏟아지는 함박눈을 밟으며 삭풍을 안고 마초장 대문 앞에 이르러 자물쇠를 열고 안으로 들어서다가 깜짝 놀랐다. 원래 하늘의 이치란 밝고 밝아서 착하고 의로운 사람을 돕는 법이라. 퍼붓는 눈이 임충의 목숨을 구한 것이다. 그 동안에 초막 두 채가 쌓이는 눈에 눌려서 납작 내려앉아 있지 않은가. 임충은 속으로 다행이라고 여기면서 창과 호리병을 눈 위에 내려놓았다. 혹시 화롯불에 마초가 닿아 불이 나지 않을까 염려되어 무너진 벽을 헤치고 몸을 반쯤 들이밀고 더듬어 보니 화롯불은 눈에 녹아서 이미 꺼져 있었다. 임충이 다시 손으로 침상을 더듬어 겨우 솜이불을 끌어내고 몸을 빼니 날은 이미 어두워져 있었다.

　'밥 지을 데도 없으니 어떻게 한다? 그렇지, 여기서 반리쯤 떨어져 있는 그 낡은 산신당에 가서 급한 대로 하룻밤을 지내고 내일 다시 생각해 보자.'

　이렇게 결심한 임충은 이불을 둘둘 말아 가지고 창끝에 호리병을 매달고 대문을 닫아 잠근 다음 산신당을 향해 걸어갔다.

---

7 축축하고 더운 땅에서 일어나는 독기.

홍루몽(紅樓夢)

조설근
(曹雪芹 1720?~1763)

홍루몽(紅樓夢)

조설근(曹雪芹 1720?~1763)

작가와 작품세계

조설근(1720?~1763)

중국 청나라 때의 소설가. 이름은 점(霑), 자는 설근(雪芹)이다. 강녕에서 출생했으나 10세 때 북경으로 이주, 큰 변을 당하여 집안이 몰락하고 어려운 생활을 하였다. 그의 집안은 일찍이 황실과 긴밀한 관계에 있던 귀족 가문으로서, 증조부·조부·백부 그리고 부친은 모두 황실 사무를 맡아 보는 내무부 소속의 강녕직조(江寧織造)라는 관직에 있었다. 또한 그의 증조모는 한때 강희 황제의 유모였으며, 조부는 강희 황제의 글동무였다. 이처럼 권문세가의 자손으로서 조설근은 어린 시절을 보냈다. 이때 그는 《홍루몽》에서 나타나는 귀족 집안의 모든 생활상과 일상사들을 직접 보고 들을 수 있었다. 그러나 뒤에 조설근 일가는 직조서의 자금을 탕진했다는 이유로 관직에서 쫓겨나고 이때부터 그의 집안은 급속히 몰락의 길을 걸었다.

조설근은 시문에도 뛰어났다고 하나 작품은 전해지지 않고, 《석두기(石頭記)》 80권으로 아주 유명하다. 이에 고악이 40회를 덧붙여 120회 본으로 만들고 이름을 《홍루몽》이라 개명하였다. 《석두기》는 조설근의 자서전적인 글로써, 어렸을 때의 추억을 바탕으로 썼으나 완성하지 못한 채 생을 마감했다.

조설근은 당시 중국 소설에서 흔히 보이던 영웅호걸의 활약상이나 기상천외한 사건 대신 평범한 사람들의 잡다한 일상사들을 이야기의 주류로 전개함으로써 보다 실감 있는 현실적인 작품으로 《홍루몽》을 형상화했다. 이러한 점에서 이 작품은 중국 문학사에서 한 획을 긋는 훌륭한 사실주의 소설이며, 작가 조설근은 뛰어난 사실주의 작가였다. 노신은 이것을 '《홍루몽》이 발표된 뒤로 전통적인 사상과 습작법은 모두 타파되었다.'라며 높이 평가했다.

줄거리

수도 석두성에 가씨라는, 영국공(寧國公)과 영국공의 벼슬을 받은 두 형제의 대저택이 있는데, 지금의 주인은 그 손자대인 사람들이다. 영국부의 주인인 가정의 제2공자 보옥(寶玉)은 그 귀공자다운 면모와 영리함으로 어릴 적부터 주변 사람들의 귀여움을 독차지하였다.

보옥은 커갈수록 시와 술, 음악 등에 싸여 분별없는 생활을 해 나가는데, 보옥을 둘러싼 젊은 미녀들 중에 특히 임대옥과 설보채 두 사람이 있었다. 대옥은 보옥의 아버지 쪽 사촌 여동생이며, 보채는 어머니 쪽의 사촌 여동생이 된다. 버들처럼 하늘하늘하고 우수에 잠긴 얼굴이 아름다운 대옥은 어려서부터 조모인 사태군이 데려와 보옥과 함께 길렀으므로, 보옥과 그녀는 서로가 변함없는 애정을 가지고 있었다.

반면 보채는 남경의 부잣집에서 태어나 대범하고 침착하며 모란꽃과 같은 여자로서 재색에 있어서도 대옥에게 뒤떨어지지 않는다. 그녀는 어려서 어느 중으로부터 받은 금으로 된 영락(瓔珞)을 지니고 있었는데, 거기에 새겨진 글자가 보옥이 가지고 있는 글자와 한 쌍이 되므로 '금과 옥의 인연'으로 두 사람이 결합될 것이라는 소문이 있었다. 그래서 대옥은 이를 시기하여 가끔 보옥과 다투기도 하지만 그럴 때마다 두 사람의 애정은 더욱 깊어만 간다.

이렇게 보옥이 방탕한 생활에 젖어 있을 때 가씨 집안의 몰락과 더불어 어두운 운명의 그림자가 보옥에게 다가온다. 그의 주변에 있던 많은 여자들이 죽거나 벌을 받고 사라져간 것이다. 보옥은 상심에 젖고, 또 구슬을 잃어버리게 되어 넋을 잃고 마냥 괴로워한다. 그러자 조모인 사태군은 비밀리에 보채와 보옥의 혼담을 진행시키고, 자신이 보옥의 신부가 될 수 없음을 알게 된 대옥은 실망한 나머지 보옥이 결혼하는 날, 피를 토하고 죽는다.

한편, 결혼 상대자가 대옥인 줄 알았던 보옥은 뜻밖에 보채임을 알고 다시 병석에 드러눕고, 설상가상으로 집안이 몰락해가면서 보옥의 병세는 더욱 악화된다. 그런데 어느 날 갑자기 낯선 중이 보옥이 잃어버렸던 구슬을 가지고 오면서 보옥은 다시 소생되고, 이로 인해 보옥은 현혹(眩惑)을 벗어나 진리를 깨닫게 된다. 그 후 보옥은 학문에 열중하여 다음 해 관리 등용시험에 우등으로 합격하지만, 시험장에서 나온 후 집에도 들르지 않고 그냥 떠나버린다.

눈 오는 어느 날 밤, 가정은 어머니 사태군의 유해를 고향인 남경 땅에 매장하고 돌아오는 도중, 빨간 옷을 입은 중차림의 남자가 자기를 향해 배례하는 것을 보고 이상히 여겨 살펴보니 아들 보옥이었다.

놀란 그가 보옥에게 말을 건네려 하자 갑자기 한 사람의 중과 또 한 사람의 도사가 나타나 보옥을 양쪽에서 끼고 데려가 버린다. 가정은 급히 뒤를 쫓았으나 세 사람의 모습은 보이지 않고, 다만 넓은 황야만 끝없이 펼쳐져 있을 뿐이었다.

작품해설

《홍루몽》은 한 가문의 긴 몰락사로서, 5대에 걸친 세도 가문의 몰락 과정이 사실적 시각과 필법으로 생생하게 그려져 있다. 더불어 작가의 뛰어난 기량과 문학적 의식으로 한 가정사의 범위를 뛰어넘어 당시의 사회와 역사적 상황을 그대로 드러내게 되고, 이로써 문학 작품으로서의 불후의 가치를 획득하였다.

또한 18세기 중엽에 지어진, 청나라 때의 으뜸가는 소설로 봉건시대의 한 거대한 귀족 일가에서 벌어지는 숱한 사건들을 토대로 당시 지배 계층의 생활 모습을 그리고 있다. 극에 달한 호사 속에서 미움과 사랑, 음모와 저주, 주색과 불륜으로 이어지는 그들의 생활상은 독자들에게는 흥미진진함을 넘어 한 시대의 멸망의 원인이 무엇이었나를 생각하게끔 한다.

이 작품에서 일반 서민들이 귀족들과 얽히며 보여 주는 갖가지 모습들은 당시 사회의 현실을 그대로 반영하고 있다. 가난과 눈물로 요약되는 당시 서민들의 삶은 곧 사회의 모순과 역사의 부조리를 극명하게 드러내는 것이었다. 그들은 경제적으로는 가난했고, 인격적으로는 늘 눈물을 흘리지 않으면 안 되는 피해의 대상이었던 것이다. 작가 조설근은 이러한 이야기를 아주 생생하게 꾸밈없이 그려내고 있다. 《홍루몽》에는 무려 480여 명의 인물이 등장하는데, 여기에는 귀족은 물론 수많은 하인, 시녀, 그리고 일반 백성들이 포함된다. 작가는 이 인물들을 모두 살아 움직이는 개성 있는 인물상으로 부각시키는 데 성공했다.

한편 《홍루몽》은 작가의 삶을 배경으로 쓰였다. 조설근이 이 작품을 집필할 당시에 모든 가산을 몰수당한 후, 온 식구와 함께 죽으로 배고픔을 달래지 않으면 안 되는 형편이었다. 이러한 상황에서 조설근은 지나간 날에 대한 반성적 회고로 자신이 보고 들었던 내용들을 그대로 작품 속에 담았다. 그리하여 그가 작품을 통해 보여 주었던 귀족 일가의 흥망과 성쇠는 그대로 봉건시대의 융성·몰락과 궤를 같이 하고 있다.

이 작품은 전체가 120회로 구성되어져 있는데 1회부터 80회까지는 조설근 작이고, 뒷부분 40회는 고악 작으로 알려져 있다.

일반적으로 중국의 4대 기서들에 대해서는 많은 사람들이 그 내용이나 작품성에 관해 익히 알고 있다. 그러나 《홍루몽》에 대해서는 그것이 어떤 작품인지, 또 어느 정도의 작품성을 지니고 있는지 알고 있는 사람이 별로 없다. 그만큼 다른 4대 기서들에 비해 알려져 있지 않은 것이다. 그러나 이것은 전적으로 우리나라에서만 그럴 뿐 중국에서는 오히려 그 반대이다. 4대 기서들에 비해 한 시대 늦게 출현한 《홍루몽》의 인기는 전시대 작품들을 완전히 압도하고 있다.

인기에서뿐만 아니라 작품성이나 문학사적 의의에 있어서도 《홍루몽》은 단연 획기적인 것으로 평가받고 있다. 여기에 대해 중국에서는 '만리장성은 잃을지언정 《홍루몽》은 잃을 수 없다.'고 말하기도 한다. 이와 같은 평가는 중국뿐만 아니라 일본을 비롯한 여러 나라에서 《홍루몽》을 다각적으로 연구함으로써, '홍학(紅學)'이라는 국제적 학문 영역을 이루게 된 것만으로도 증명된다. 실로 《홍루몽》은 중국의 고전 문화를 이해하기 위해서는 빼놓을 수 없는 백과전서적인 의미를 띠고 있는 것이다.

생각 나누기

《홍루몽》은 인정세태의 징계를 남김없이 묘사하고 있어 중국 소설사상 독보적인 위치를 차지하고 있다. 그렇다면 이 작품에서 인정세태의 징계를 어떻게 묘사하고 있는지 논해 보시오.

모범 답안

《홍루몽》은 점차로 몰락해가는 대귀족의 복잡하고 호화스런 가정생활을 배경으로 가보옥과 임대옥의 아름답고 슬픈 사랑 이야기를 그린 연애소설이다. 이 작품에 드러난 묘사는 너무도 현란하고 화려하여 극채색(極彩色)의 그림을 펼쳐가는 듯한 느낌을 준다. 그러나 화려한 이면에는 그림자와 더불어 환락마저 애수를 띠고 있다. 즉 중국 소설에서 흔히 볼 수 있는 신기 괴이한 사건은 거의 없고, 다만 한 가정의 평범한 일상생활을 그려내고 있을 뿐이다. 더불어 자세하기 이를 데 없는 묘사는 세태인정의 징계를 남김없이 밝히고 있어, 이것이야말로《홍루몽》이 중국 소설사에서 독보적인 위치를 차지하고 있는 까닭이다.

읽기 전에

제시된 본문은 여와가 청경봉 아래에 버려둔 옥을 발견한 스님 이야기를 필두로 한 도입부로, 이 작품의 출현 과정에 대해 기술하고 있다.《홍루몽》이 중국 문학사에서 한 획을 긋는 기념비적인 작품으로 평가받는 이유가 무엇인지 글을 읽으면서 생각해 보자.

홍루몽(紅樓夢)

여와[1]가 돌을 깎아 하늘을 떠받치던 무렵의 아득한 옛날의 일이다. 여와는 대황산 무계애라는 곳에서 높이 120척, 둘레 204척이나 되는 큰 돌을 무려 3만 6천5백 1개나 만들었다. 여와는 그 중에서 3만 6천5백 개만 사용하고 남은 한 개의 돌을 청경봉 아래 버려두었다.

그런데 그 돌은 여와의 손길을 거친 뒤부터 영기가 생겨 마음대로 걸어 다니기도 하고 큰 바위나 작은 옥으로 변하기도 했다. 그러나 다른 돌들은 모두 하늘을 받치고 있는 신성한 존재로 빛을 내고 있는데, 자기 혼자만 재주가 모자라 버림받았다 생각하니 여간 억울하고 부끄러운 일이 아니었다. 그래서 이 돌은 항상 울적한 마음을 누를 길 없었고 마냥 눈물과 한숨으로 세월을 보냈다.

그러던 어느 날, 이 날도 돌은 자신의 기구한 신세를 한탄하고 있는데, 문득 저쪽으로부터 웬 중과 도사가 다가왔다. 얼핏 보기에도 그들은 매우 기골이 장대하고 풍채가 늠름하였다. 그들은 청경봉 밑에 이르러 그 돌 옆에 걸터앉더니 잠시 쉬면서 이야기를 나누었다. 그러던 중 그들은 티없이 맑고 아름다운 옥을 발견하고, 그것을 집어 부채꼭지에 꿸 수도 있고

---

1 여와는 전설에 나오는 옛날 여황(女皇)의 이름이다. '옛날에 공공(共工)이 황제가 되려고 전욱과 싸우다가 노하여 부주산을 떠받는 바람에 하늘을 버티고 있던 기둥이 부러지고 땅을 동여맸던 밧줄이 끊어졌다. 하늘이 서북쪽으로 기울어지면서 해와 달과 별들이 자리를 옮겨 앉게 되었고, 땅의 동남쪽이 꺼지면서 물과 먼지가 동남쪽으로 흐르게 되었는데, 여와는 거북의 다리를 잘라 기둥을 세우고 돌을 깎아 하늘을 떠받쳤다.'는 신화가 있다.

허리띠에 찰 수도 있으며 손바닥에 굴릴 수도 있게 크기를 줄였다.

중은 그 옥을 손바닥에 올려놓고 굴리면서 웃었다.

"이렇게 작게 해놓고 보니 생김새는 보물 같아 보인다만 별로 쓸모가 없구나. 손을 좀 더 보아서 그럴듯한 글자라도 몇 자 새겨 놓아 누구라도 보면 영물인 줄 알도록 해야겠다. 그래야 너를 저 번영하고 창성한 나라, 학문의 향기가 짙은 고귀한 가문, 울긋불긋 꽃동산에 뒤덮인 번화한 땅, 인심이 후하고 부유한 고장으로 데려다가 분에 맞는 향락을 누리게 하는 데도 편리할 테니까."

옥은 이 말을 듣고 기뻐하며 중에게 물었다.

"스님께서 저에게 누리게 해 준다는 향락은 어떤 향락이며, 데려다 준다는 곳은 또 어떤 곳인지 자세히 알려 주실 수는 없는지요?"

"허허, 모르는 게 약이야. 시간이 지나면 저절로 알게 될 테니까."

그러더니 중은 말을 마치고는 옥을 소매 안에 넣고 나서 도사와 함께 홀연히 사라졌다. 그들이 과연 어느 곳으로 갔는지는 아무도 알 길이 없다.

그 뒤로 몇 백 년이 지나고 또 몇 겁²이 지났는지 모른다. 하루는 공공도인(空空道人)³이 훌륭한 도사를 찾으려고 각지를 돌아다니던 끝에 우연히 대황산 무계애 청경봉을 지나다가 우연히 절벽 같은 큰 바위에 선명한 글자들이 씌어져 있는 것을 발견했다.

도인이 글자를 읽어 보니 태곳적에 하늘을 떠받칠 자격이 없었던 바위가 옥으로 변하여 세상에 태어났는데, 망망대사(茫茫大士)와 묘묘진인

---

2 불교 학설에 의하면 우주는 생겨났다가 다시 훼멸되는 과정을 끊임없이 반복하는데, 이렇게 우주가 한번 생겼다가 훼멸되는 사이를 한 겁이라고 한다. 곧 겁은 인간의 시간 감각을 초월한 긴 세월의 단위다.

3 '공공(空空)'이란 '공'에 대한 이치('우주만사의 실체도 필경은 텅 비어 있다.'는 불교의 이치)에 따라 공(아무것도 없는 것)을 깨달은 자에게 주는 칭호이며, 또한 머리가 텅 비어 아무 생각도 없다는 뜻도 된다. '도인'이란 보통 도학자들을 두루 이르는 말이다. 여기서는 머릿속이 텅텅 빈 도학자란 뜻이다.

(渺渺眞人)⁴을 따라 속세에 내려가 인간 세상의 이별의 슬픔과 상봉의 기쁨, 희노애락을 맛보았다는 이야기였다. 이어 그 뒤에 다음과 같은 시가 한 수 새겨져 있었다.

이 몸이 하늘을 떠받칠 재주가 없어
속세에서 헤매기를 오래거늘
전생 후생의 기구한 이 운명을
누구의 손을 빌려 세상에 알리리요

이 시의 다음에는 또 이 돌이 속세에 내려간 곳과 인간으로 태어나게 된 시초부터 그가 겪은 경험담이 자세히 씌어져 있는데, 그 가운데는 집 안일부터 규방 아녀자들의 한가한 글 놀음에 이르기까지 세세히 적혀 있었다. 울적한 마음을 풀기위해 심심풀이로 한번 읽어 볼 만하다고 생각되었지만, 이야기가 생겨난 왕조와 연대, 나라와 지역은 밝혀져 있지 않아 알아 낼 도리가 없었다. 그래서 공공도인은 바위에게 물었다.

"여보시오, 돌 양반! 당신은 자신의 경험담이 재미있다고 생각되어 여기에 새겨 놓았을 것이고, 또 그 뜻인즉 아무의 손을 빌어서라도 세상에 널리 전하려는 것이 아니겠소? 그런데 내가 보기에는 첫째로 언제 있었던 일인지 그 왕조와 연대가 밝혀져 있지 않고, 둘째로 이야기 가운데 어진 재상이나 충신이 나타나 나라를 잘 다스렸다든가 풍속을 바로잡았다는 등의, 이를테면 정치에 관한 이야기는 전혀 없구려. 겨우 한다는 소리가 몇몇 특별한 아녀자들이 어리석은 사랑 때문에 한 사나이에게 순정을 바쳤다든가, 고작해야 그들이 눈치가 좀 빠르고 마음씨가 착했다는 정도의

---

4 대사와 진인은 불교와 도교의 이치를 깨친 사람에 대한 존칭으로 쓰는데, 여기에서 묘망(渺茫, 애매하고 막연하다는 뜻)의 '묘'자와 '망'자를 각각 두 개씩 붙여 불교도와 도학자들을 비웃는 말로 썼다.

이야기뿐으로, 같은 여자의 이야기라 하더라도 반고(班姑)나 채녀(蔡女)처럼 재질과 덕행을 겸한 훌륭한 여자는 도대체 볼 수 없으니, 내가 설사 이대로 베껴 간다 하더라도 세상 사람들이 즐겨 읽을지 모르겠소."

중의 말을 듣고 바위는 웃으며 말했다.

"스님께서는 어찌 그처럼 어리석은 말씀을 하시나요? 왕조나 연대가 밝혀져 있지 않다면 스님께서 이제라도 한나라나 당나라의 연대를 빌려다 좋을 대로 붙여 놓으면 되지 않겠습니까? 다만 제가 보기에는 지금까지의 이야기책들은 전부 진부한 형식을 취하고 있으니, 그런 케케묵은 냄새는 풍기지 않는 것이 도리어 새 맛 아닐까요? 그저 내용이 진실하고 이치에 맞으면 그만이지, 왕조나 연대에 구애될 필요가 있겠습니까? 게다가 도회지의 속된 사람들 중에는 정치에 관한 딱딱한 책을 즐기는 이보다, 인정에 맞고 생활에 가까운 이야기를 좋아하는 사람들이 훨씬 더 많거든요. 또 지금까지의 역사 소설을 보면 그 태반이 임금과 재상을 욕하거나 남의 집 아녀자의 행실을 비난하고 남녀 간의 치정 관계를 취급한 음탕한 이야기들뿐이거든요. 그리고 연애 소설이라는 것은 저속한 필치로 더럽고 부정한 것들을 글에 담아서는 젊은 남녀들을 그르치고 있는데, 그 예는 이루 다 셀 수가 없지요. 선비나 미인들에 대한 이야기 또한 천 편이면 천 편이 다 똑같은 형식이며, 이야기마다 번안⁵이 아니면 자건(子建)⁶이요, 서자(西子)⁷가 아니면 문군(文君)⁸이라. 어느 것이든 잡스러운 내용에서 벗어나지 못하거든요. 그런 건 다 작가가 시시한 자작 연애 시 두세 수를 책 속에 끼워 넣기 위해, 억지로 남녀 사이에 인물을 하나 만들어 끼워 넣고 그들 사이를 이간질시키는 거지요. 그리고 이야기에 등장하는 몸종이나

---

5 번안은 진(晉)나라의 문인.
6 자건은 위나라의 문인 조식(曹植).
7 서자는 월나라의 미인 서시(西施).
8 문군은 전한의 문인 사마상여(司馬相如)의 처.

시녀들까지도 말끝마다 '지(之), 호(乎), 자(者), 야(也)' 따위의 낡은 말투를 내뱉는 데는 참으로 비위가 거슬립니다. 그나마 그런대로 얼마간 읽다 보면 모두 앞뒤가 모순되고 사리에 어긋나는 이야기뿐이지요. 거기에 비한다면 오히려 제가 반생을 두고 직접 보고 들은 이 몇몇 아녀자들이 비록 그전 작품들에 나오는 인물들보다 반드시 낫다고는 말하기 어렵더라도 그 행장의 자초지종은 심심풀이로 한번 읽어 볼만한 것이고, 또 몇 수의 졸렬한 시 같은 것들도 밥 먹을 때 웃음을 자아내거나 술상의 재미를 돋우는 데는 더러 쓸모가 있지 않을까 합니다. 작중 인물들의 이별과 상봉, 슬픔과 기쁨, 흥성과 망함, 경로와 봉변에 대해서는 그 자취를 밟아 실제로 있던 그대로 그렸을 뿐 조금도 거짓으로 고치지 않았지요. 부질없이 사람들의 이목만 끌려다가 도리어 실감이 안 날 수도 있으니까요. 그리고 요즘 같은 세상에 가난한 사람들은 하루하루 먹고 살기조차 힘든 편이고, 욕심 많은 부자들은 간혹 한가한 때라도 생기면 주색잡기에 정신이 없고 물욕과 번민에서 헤어나지 못하는 판인데, 어느 틈에 골머리 아픈 정치에 관한 책을 읽고 있겠어요? 그러므로 저는 이 이야기를 세상 사람들이 '참으로 묘하다!' 하고 칭찬해 주기를 바라거나 책장 속에 고이 넣어 두고 애독해 주었으면 하고 바라는 것이 아니에요. 다만 그들이 술과 계집에 싫증이 났을 때나 세상을 등지고 모든 시름을 잊고자 할 때 이 책을 읽어 준다면 만족할 뿐이에요. 그러면 하잘것없는 일에 매달려 쓸데없이 속을 썩이고 같잖은 시비 때문에 입씨름을 하거나, 생기는 것도 없이 공연히 발꿈치가 닳도록 쏘다니는 것보다는 건강에도 해롭지 않고 수명도 줄지 않을 거란 말입니다. 이 이야기는 누구나 다 아는 진부한 책들과는 전혀 다른 것이니 사람들의 생각을 새롭게 할 수도 있을 것입니다. 이럴진대 스님께선 어떻게 생각하시는지요?"

바위의 긴 설교에 귀를 기울이고 있던 공공도인은 잠시 생각에 잠겼다가 이 《석두기》를 다시 한번 죽 훑어보았다. 글 속에 간사한 인간들을 책망하고 사악한 무리들을 규탄하는 말들이 있기는 하나, 그렇다고 시국을 한탄하며 욕되게 하려는 것도 아니고 무릇 임금의 성덕과 신하의 충성, 아버지의 자애와 자식의 효성을 다룬 이른바 윤리 도덕에 관해서는 모두 그 공덕을 수없이 칭송하였으므로, 과연 다른 책들은 이에 비할 바가 못 되었다. 이야기의 내용이 주로 남녀 간의 사랑을 이야기한 것이기는 하지만 역시 사실 그대로 그린 것이고 허구로 꾸몄거나 멋대로 맞추어 넣은 것이 아닌지라, 남녀 간의 유혹이나 사통을 그린 그런 음탕한 것들과는 비할 바가 못 되었다. 또한 시국에도 조금도 연루될 것이 없겠다고 생각한 공공도인은 마침내 그 기록을 모조리 베껴서 세상에 널리 전하기로 했다.

한편 공공도인은 공(空)에서 색(色)을 보고 색에서 정(情)을 낳고 정을 전해 다시 색에 들고 색에서 다시 공을 깨달았다. 그래서 그는 이름까지 고쳐 정승이라 하고 《석두기》를 고쳐 《정승록》이라 하였다. 후에 오옥봉의 손을 거쳐 《홍루몽》[10]이라 부르고, 동로(東魯)의 공매계는 《풍월보감》[11]이라 제목 붙였다. 다시 그 뒤에 조설근이란 사람이 도홍헌에서 이 책을 10년 동안 연구하면서 다섯 번이나 고쳐 쓴 다음 목록을 엮고 장회(章回)를 나누어 《금릉십이채》[12]라 이름 짓고는 책머리에 시 한 수를 적어 넣었다.

---

9 석두는 돌이란 뜻이다. 따라서 《석두기》란 돌(바위) 위에 쓰인 이야기, 즉 바위가 인간 세상에 내려가 보고 들은 이야기라는 뜻으로 해석된다. 또한 인간 세상에 내려간 바위(통령보옥)와 그 보옥을 몸에 지님으로써 그 바위로 상징되는 가보옥 주변에서 일어난 이야기라는 뜻으로 해석된다. 그리고 소설에 나오는 인물들과 인연이 깊은 금릉성(오늘의 남경시)을 옛날에 '석두성'이라고 한 것과도 연관이 있다.

10 '홍루몽'이란 글자 풀이를 하면 '홍루(紅樓)'는 '붉은 누각, 즉 아녀자들이 사는 규방'이요, '몽(夢)'은 '꿈'이다. 그러니 '규방 속의 꿈'이란 뜻이다.

11 '풍월보감'이란 '애정 이야기의 본보기'란 뜻이다. 역사 기록에 '조설근의 동생 당촌의 말에 의하면 조설근에게는 《풍월보감》이라는 저서가 있었다.'고 한 것으로 보아 《풍월보감》은 《홍루몽》의 초고임을 알 수 있다.

12 금릉은 남경의 옛 이름이고 채는 비녀이니 여자를 가리킨다. 곧 '남경의 열두 미인'이라는 뜻이다.

이야기는 모두 쓸데없는 소리 같지만

실로 피눈물로 쓰인 것이거늘

모두들 쓴 사람이 미쳤다고 하나

이 속의 참맛을 누가 알리오?

서두에서 이야기의 유래를 이렇게 밝혔으니 이제부터는 그 바위에 씌어 있는 글을 직접 읽어 보기로 하자.

그때 대지는 동남쪽이 움푹하게 내려앉았는데 그 한 모퉁이에 고소라는 지방이 있었다. 이 고소땅에서도 창문이란 곳은 속세에서 부귀와 풍류로 제일가는 고을이었다.

이 창문성 밖의 십리가라는 거리에 인청항이 있고, 이 골목 안에는 또 오래된 절이 하나 있었다. 워낙 터가 좁고 잘록한 골목 안에 있다 하여 사람들은 그 절을 호로묘(葫蘆廟)라고 불렀다.

이 절의 바로 옆에 성은 진이요, 이름은 비요, 자는 사은이라고 하는 한 선비가 살고 있었다. 이 선비의 부인 봉씨는 성품이 온화하고 예의범절이 바른 어진 부인이었다. 집은 별로 넉넉지 못했지만 그래도 문벌과 명망이 높은 집이라 인근 각처에서는 다들 존경하는 터였다. 이 집 주인인 진사은은 성품이 온화하고 벼슬에는 뜻이 없어 종일 꽃과 대나무를 가꾸거나 술잔을 기울이며 시를 읊는 것으로 세월을 보냈으니 그야말로 신선 같은 사람이었다. 다만 한 가지 부족한 것은 그의 나이가 벌써 오십이 다 되어도 슬하에 영련이라는 세 살 난 딸애가 하나 있을 뿐 아들이 하나도 없다는 것이었다.

어느 한 여름날에 진사은은 서재에 홀로 앉아 한가로이 보내며 책을 보던 중에 팔다리가 노곤하여 잠시 보던 책을 밀어 놓고 책상에 엎드려 몸을 쉬었다. 그러다 그는 그만 자신도 모르게 소르르 잠이 들어 버렸다.

어느덧 꿈길에 들어선 그가 어느 한 곳에 이르러 보니 어딘지는 알 수 없는데 문득 저쪽에서 어떤 중과 도사가 이야기를 주고받으며 함께 다가오고 있었다.

"당신은 그 어리석은 것을 가지고 어디로 가시려오?"

도사가 물었다.

중은 껄껄 웃으며 대답했다.

"걱정 마시오. 마침 결말을 지어야 할 풍류 사건이 하나 있는데 거기에 관계되는 사람들이 아직 사바세계로 들어가지 않았기에, 이번 기회에 이것을 그들에게 끼워 넣어 두루 세상 구경을 시켜 주려는 거외다."

"허허, 원래 천성이 논다니 패인걸 또 사바세계에 내놓아 더욱 놀아나게 한다는 말이시오? 그건 그렇고 그 어리석은 것을 어디로 보내어 누구의 배를 빌려 태어나게 할 작정이시오?"

도사가 다시 이렇게 물었다.

그 중은 여전히 웃으면서 말했다.

"이건 정말 웃음거리치고는 고금에 드문 기이한 이야기라고나 할까! 저 서방의 영하라는 강기슭에 삼생석[13]이란 바위가 있고 그 옆에 강주초[14]라는 풀 한 포기가 자라고 있었는데, 마침 적하궁에 살던 신영시자[15]란 분이 날마다 이 풀에 이슬을 내려 길렀더랍니다. 그때부터 강주초는 영원한 생명을 얻게 되었지요. 그런데 이 풀은 원래 천지의 정기를 타고난데다가

---

13 당나라 때 혜림사라는 절에서 원관이라는 중이 자기의 친구인 이원에게 13년 후에 항주에서 다시 만나자는 약속을 남기고 죽었다. 후에 그 약속대로 이원이 항주 천축사 뒷산에 가 보니 한 목동이 삼생석이라는 바위에 앉아 '삼생석 위의 옛 정혼'이라고 시를 읊고 있었다. 그는 목동으로 모습을 바꿔 다시 태어난 원관이었던 것이다. 그리하여 이 삼생석은 두 사람이 다시 만난 장소라는 전설이 있다. 작자는 아마 여기서 암시를 받은 것 같다.

14 강주는 피눈물을 말한다. 신영시자가 단 이슬로 길러 준 은혜를 피눈물로 갚아 준다는 뜻에서 따온 이름이다.

15 적하궁의 '하'는 '허물이 있는 옥'이란 뜻이며, 신영시자의 '영'은 '빛나는 옥'이란 뜻으로서 여기서는 이 신영시자가 바로 여와의 손길을 거쳐 영기가 통한 옥이라는 것을 암시하여 지은 이름이다.

맑은 이슬로 자랐기 때문에 마침내 사람으로 변했답니다. 그것도 우락부락한 남자가 아니라 아련하고 아름다운 여자였는데, 그녀는 매일 이한천 밖에 나가 한가롭게 노닐면서 배가 고프면 밀청과를 따 먹고 목이 마르면 관수해의 물을 마시고[16] 살았다지요. 그러나 어렸을 때 이슬로 가꾸어 준 신영시자의 은혜를 미처 갚지 못하고 있었기 때문에, 마음속의 시름이 풀리지 않은 채 맺혀 있었더랍니다. 그런데 짓궂은 운명의 장난이랄까 근래에 와서 신영시자는 속세로 내려가려는 허무한 생각이 간절해져서, 이 태평성세에 인간 세상에 내려가 허황한 인연을 맺어 볼 꿈을 품고 이미 경환선녀[17]의 허락까지 받았다는군요. 경환선녀도 전부터 그 강주초가 신영시자의 은혜를 입었으나 아직 갚지 못하고 있는 사연을 아는 터라, 이번 기회에 이 문제를 해결하려던 참이었는데 마침 강주선녀가 찾아와서 애원을 했습니다. '그분은 단 이슬로 저를 길러 주셨지만 저에겐 갚아 드릴 감로수가 없습니다. 그분께서 하계로 내려가서 인간이 되신다니 저도 함께 내려가 참다운 인간이 되어 제 일생 동안 흘릴 수 있는 눈물을 모두 그분에게 바친다면 전생의 은혜를 조금이라도 갚을 수 있지 않을까 생각하옵니다.' 이렇게 호소하므로 드디어 경환선녀는 허락하였답니다. 이렇게 되자 많은 풍류 호사가들이 그들을 따라 인간 세상으로 내려가 이 사건을 결말짓게 되었단 말입니다."

"참으로 희한한 일이군요. 눈물로 은혜를 갚는다는 이야긴 지금까지의 연애 이야기들과는 달리 아주 아기자기한 맛이 있겠군요."

"정말 그렇습니다. 지금까지의 풍류 인물들에 대한 이야기라면 기껏해

---

16 이한천은 서른세 층으로 된 하늘의 제일 위층으로 서로 만나지 못하는 원통한 마음을 품은 채 갈라져 사는 자들이 모이는 곳이라는, 신화에 나오는 하늘나라다. 밀청과의 '밀청'은 '달콤하고 푸르다'는 뜻인데 '청'은 '정'과 음이 같으니 '애끓는 정'이란 뜻이다. 관수해의 '관수'는 '수심을 부어 넣는다'는 뜻이다. 그러니 여기서는 강주 선녀가 이한천에서 신영시자를 만나지 못하는 원통한 마음을 품은 채 매일 밀청과로 애끓는 정을 기르고, 관수해로 수심을 키워 가며 살았다는 뜻으로 해석할 수 있다.

17 경환선녀란 인간 세상의 애정 문제와 남녀 사이의 치정 관계를 맡아 보는 선녀이다.

야 등장인물의 약전에다 시나 몇 수 붙여서 두루 엮어 놓는 정도가 아니었습니까? 가정의 안방에서 벌어지는 여인들의 이야기에 대해서는 전연 그리지 않았지요. 그리고 연애 이야기라는 것이 태반은 남의 눈을 속여 가며 정을 통하거나 계집과 사내가 서로 배가 맞아 장난질을 치는 것밖에 없거든요. 청춘 남녀들의 애정을 그린 것이라고는 전혀 없으니까요. 그러나 지금 말한 이네들은 이제 속세로 내려가면 아무리 치정적이니 색정적이니 또한 현명하니 우매하니 해도 지금까지의 사람들이 전해 온 이야기의 인물들과는 전혀 다를 겁니다."

"그러면 어떻습니까? 우리도 같이 속세에 내려가 그들 중의 몇몇이라도 고통뿐인 속세에서 구해 준다면 큰 공덕을 쌓게 되지 않을까요?"

"거참, 이 소승의 생각과 꼭 같소이다. 그러면 이 길로 같이 경환선녀를 찾아가 이 어리석은 것을 넘겨주고, 그들이 완전히 속세로 내려가거들랑 우리도 따라 내려가도록 합시다. 일부는 이미 속세로 내려갔지만 아직 다 내려가진 않았으니까요."

"그럼 나도 당신을 따라가리다."

도사는 대답했다.

진사은은 이들이 주고받는 이야기를 전부 엿들었으나 그 어리석은 것이 무엇인지 알 수 없어 퍽 궁금했다. 그래서 그는 중과 도사의 앞으로 나아가 공손히 절을 하고 나서 웃으며 말을 건넸다.

"죄송하지만 두 분께 하나 여쭈어 볼 말씀이 있습니다."

중과 도사는 비로소 진사은에게로 얼굴을 돌리고 합장을 했다.

"무슨 말씀인지 어서 하십시오."

"사실인즉 금방 두 분께서 하시는 말씀을 소인이 모두 엿들었습니다만, 모두가 이 세상에서는 들어 보지도 못한 이야기였습니다. 어리석은 소인으로서는 그 뜻을 전혀 알아들을 수가 없군요. 무리한 부탁입니다만 자세한 설명을 해 주셔서 저의 어리석고 아둔함을 깨우쳐 주신다면 소인이 명심해서 새겨듣고 깨우쳐 속세의 타락을 피해볼까 합니다."

중과 도사가 웃으며 말했다.

"이 이야기는 천기[18]에 속하는 일이라 누설할 수가 없소이다. 앞으로 인연이 있을 테니 그때 가서 우리 두 사람을 잊지만 않는다면 곤경에서 벗어날 수 있으리다."

진사은은 이런 대답을 듣고 더 이상은 묻기 거북하여 웃으면서 말했다.

"천기를 누설할 수 없다고 하시니 어쩔 수 없습니다만, 아까 말씀하신 그 어리석은 것이란게 무엇인지 한번 보여 주실 수 있을까요?"

"허허, 이건 당신과 인연이 전혀 없는 것도 아니니까……."

중은 빙그레 웃으면서 빛나는 구슬을 꺼내 진사은에게 보였다. 진사은이 그것을 받아 들고 자세히 보니 아름다운 옥구슬인데, 그 위에 '통령보옥(通靈寶玉)[19]'이란 네 글자가 또렷하게 새겨져 있고 그 뒷면에는 또 깨알 같은 글자들이 몇 줄 새겨져 있었다. 진사은이 곧 그것을 읽어 보려 하는데, "아차! 벌써 환몽 세계에 이르렀군!" 하며 중은 깜짝 놀라더니 진사은의 손에서 구슬을 채어갔다. 그러고는 도사와 함께 큰 돌문을 지나서 모습을 감추고 말았다. 한동안 멍하니 정신을 놓고 있던 진사은이 다시 정신을 차리고 돌문을 바라보니 문 위에 '태허환경(太虛幻境)[20]'이란 네 글자가 큼직하게 쓰여 있고, 그 양쪽에는 두 줄의 대련(對聯)이 새겨져 있었다.

가짜가 진짜로 될 때는

진짜 또한 가짜요,

없는 것이 있는 것으로 되는 때엔

---

18 모든 조화를 꾸미는 하늘의 기밀.
19 영기가 통한 보옥이라는 뜻.
20 아주 허무하고 환상적인 세계라는 뜻. 여기서는 이른바 신선들이 산다는 환상 세계를 말한다.

있는 것 또한 없는 것과 같도다

진사은은 그들을 따라갈 마음이 생겨 막 돌문을 향해 걸음을 내디디려 했다. 그 순간에 하늘이 무너지고 땅이 꺼지는 듯한 소리가 울려 퍼졌다. 진사은이 깜짝 놀라 소리를 지르며 눈을 떠 보니 창문 밖 뜰에는 한여름의 뙤약볕이 뜨겁게 내리쬐고 더위에 시든 파초잎이 힘없이 축 늘어져 있을 뿐, 꿈에서 본 일을 이미 절반은 잊어버리고 말았다.

마침 유모가 어린 딸 영련이를 안고 왔다. 진사은은 커갈수록 점점 고와지는 딸이 여간 귀엽지 않았다. 그는 딸을 덥석 받아 안고 한참 얼러 주다가 딸을 안고 거리로 나갔다. 번화한 거리를 여기저기 구경하고 돌아와 막 집으로 들어가려는데 저쪽에서 웬 중과 도사가 걸어왔다. 중은 까까머리에 온통 비루투성이고 때 묻은 발에는 짚신도 신지 않고 있었다. 도사의 몰골 또한 더벅머리인데다 절름발이였다. 그들은 미친 사람같이 알 수 없는 말로 뭐라고 지껄이며 황급히 다가오더니 문앞까지 와서는 딸을 안고 있는 진사은을 보기가 무섭게 큰 소리로 울어댔다. 그러고 나서 진사은을 향해 입을 열었다.

"영감님께서는 명줄은 붙어 있어도 팔자가 기구하여 부모에게 재앙만 끼칠 이 애물을 품에 안고 무얼 하시려오?"

진사은은 미친 녀석의 무례한 소리라 생각하며 거들떠보지도 않았다. 그러나 중은 계속 말했다.

"그러지 말고 그 화근을 이 소승에게 맡기시오."

진사은은 귀찮은 김에 얼른 집 안으로 들어가려 했다. 그러자 그 중은 진사은에게 손가락질을 하며 껄껄 웃고 나서 시 한 수를 읊었다.

딸이 어여쁘다는 그대의 어리석음이여
마름꽃은 속절없이 지고 눈만 내리려니[21]

대보름 좋은 시절에 뒤를 조심해라

불탄 자리에 연기 사라질 그때를

    진사은은 중이 읊는 시를 듣고 의혹이 생겨 무슨 의미인지 들어 볼까 망설이고 있는데 도사가 중에게 말했다.

    "이젠 동행을 그만 하고 여기서 헤어져 제각기 맡은 일이나 합시다. 삼 겁이 지난 뒤에 북망산[22]에 가서 기다릴 테니 거기서 다시 만나 함께 태허 환경으로 올라가 이번 일을 마무리집시다."

    "그럽시다그려."

    그러고는 둘이 모두 일시에 간 곳 없이 사라지고 말았다. 진사은은 이 두 사람이 보통 인간은 아닐 거라고 생각하면서 그 시의 의미를 자세히 물어 보지 않은 것을 후회했다.

---

21 마름꽃(능화)은 마름처럼 또는 눈성에처럼 모가 삐죽삐죽 났다고 하여 여섯 모 난 거울을 비 유해 부르는 이름이다. '마름꽃은 속절없이 지고'는 영련이 훗날 향릉이라 이름을 고치고 설 반의 첩이 되어 속절없는 세월을 보내게 됨을 암시한 것이며, '눈만 내리려니'는 진사은의 머리에 눈이 내린다는 뜻으로 덧없이 늙어 갈 신세를 암시한 것이다.

22 북망산은 하남성 낙양의 북쪽에 있는 산으로 옛날부터 왕족이나 귀족들의 무덤이 던 곳 이다.

시경

작자미상

시경

작자미상

작가와 작품세계

《시경》이 공자에 의해 편찬되었다는 설에 대한 진위는 오랫동안 논란이 되어 왔다. 그 진위야 어떻든 시경은 공자에 의해 받들어짐으로써, 그 아름다운 가치를 더욱 빛낼 수 있었다.

이 작품은 삼경(三經)의 하나로, 중국 고대인의 생활상을 노래한 가장 오래된 시가집이다. 중국시, 넓게는 동양시의 원점으로 모든 길잡이가 되었을 뿐만 아니라, 중국학의 상고사를 가늠하는 보고로서 아직 개척해야 될 많은 자료를 안고 있다. 즉 주대(周代) 각 지방에 유행하던 민요나 사대부 및 귀족·왕실 등에서 불리던 노래 가사가 실려 있어, 그 시대 사람들의 생활 감정이나 풍속, 사회상을 잘 드러내고 있다. 현존하는 《시경》은 한나라 모공이 전하는 《모시(毛詩)》다.

줄거리

《시경》은 비록 305편뿐인 작은 시가집이지만 그 소재가 하늘과 신, 그리고 복잡다단한 인간사에 이르기까지 유미적·낭만적·경천적·인간적·현실적인 모든 면에 관계되어 있다. 또 제왕에서 농민에 이르기까지 송가와 비가 등 애환이 담겨 있으며, 그 무대만도 종묘·조정·전야·산림·전지 등으로 다양하면서도 대서사적이고 대서정적인 면모를 고루 갖추고 있다.

〈풍(風)〉·〈아(雅)〉·〈송(頌)〉 등으로 나눠진 것은 시편의 문체나 구성 방법, 특징 등을 구분 짓기 위해서지만 크게는 내용을 분류한 것이다. 즉 '이항가요지작(移項歌謠之作)'인 〈풍〉과 '조정교묘악가지사(朝廷郊廟樂歌之詞)'인 〈아〉·〈송〉으로 분류되나, 대체로 개인적 민간 가요로서의 연가(戀歌)인 〈풍〉과 왕정에 유관한 조정 악장으로서의 전가(戰歌)인 〈아〉와 신명에게 아뢰는 종묘악장으로서의 신곡(神曲)인 〈송〉 등 세 가지로 나눌 수 있다.

시경의 내용을 분류한다면 자기 내재의 경험을 쓴 연애시·감회시·애도시·송하시·연회시 등 일련의 서정시와, 우주의 사물을 쓴 사전시(史傳詩)·전쟁시·제사시·농목시·유렵시 등 일련의 서사시, 그리고 은연중 진리를 진술한 권계시·설리시·잡시 등 일련의 진설시 이상 세 가지로 나눌 수 있다. 서정시가 전체의 70%를 차지한데 비해 서사시가 25%쯤 되고 진설시는 겨우 5%에 지나지 않는다. 70%쯤의 서정시 속에서도 연애시와 감회시가 그 7분의 5를 차지하는 바, 연애시는 시경 전체의 4분의 1에 해당되는 셈이다.

작품해설

《시경》은 당시부터 문화생활의 기층에 침투하여 정치가·문인·철인의 변론 풍간(辯論風諫)에 인용되어, 심지어는 시경을 모르면 대화가 통하지 않는다고 했다. 또 송시자에겐 정사를 맡길 수 있다 했고, 끝내는 그 온유돈후한 시교(詩敎)로서 미풍양속을 기르고 인륜을 단결시키며 인류의 불만을 발설하는 데까지 그 공공의 목적을 중시했다. 이를 요약하면 응대용(應待用)·종정용(從政用)·수신용·사회 교화용 등에 미친다.

《시경》에는 다양해진 현실 사회를 있는 그대로 그려내고 혹은 고발하려는 중국 고대인들의 욕구와 충동이 담겨져 있는 만큼 정치의 득실, 사회의 명암, 인간의 희비가 생동감 있게 반영되어 있다.

주대에 들어와 철기가 발명되면서 농경이 급속도로 발달, 주거가 정착되고 부계사회가 형성되면서 국가 조직체가 이루어졌다. 문자는 완성 단계에 이르렀고 문화가 형성되기 시작하는 등 주 왕조는 중국 역사상 최초의 국가 체제를 이룩하였다.

주대 이전에도 무속 신앙에 바탕을 둔 가무(歌舞) 등 원시 예술이 있었지만 그 흔적은 복사(卜辭)와 주역(周易)에서 찾아볼 수 있을 뿐 문자로 기록되어 전래된 것은 없다. 그러므로 《시경》은 문자로 기록되어 전래된 중국 최초의 시가이고 문학이며 중국 문명사의 첫 장이 된다.

채시(採詩)·헌시(獻詩)·산시(刪詩) 등의 과정을 거쳐 현재에 전해진 《시경》의 각 작품들은 〈송(頌)〉·〈아(雅)〉·〈풍(風)〉의 순으로 발전했으니, 대강 서주 초에서 춘추 중엽 진영공 때까지(1122 B.C. ~ 570 B.C.) 약 500여 년에 걸쳐 황하를 중심으로 한 주(周)의 영역 내에서 불리던 시가들이 생성되고 수집되었다.

주대가 민간 가요를 중시한 까닭에 채시관을 두어 각지의 민정과 민속을 고찰하는 한편 시교를 정립했다는 것이 채시설이다. 시를 수집하는 일은 위로는 채시관 같은 정부 관리의 일이었으나 아래로는 농한기에 자식 없는 부인과 노인, 제후들이 나라에 바치기 위해 시를 수집하기도 하였다. 이것을 태사나 사관이 편찬·정리했던 것이다.

청대에 이르러 최술이나 육간여 등이 채시설은 한나라 사람들의 억측이라고 주장했으나 그 지적이 충분한 것은 아니었다. 따라서 결국 《시경》은 채시의 작업을 거쳐 그 대부분이 민간에 집중되었음을 부인하기 어렵다.

시경이 생성된 두 번째 관점은 헌시에 의해서였다. 천자가 시정을 살피게 하는 방법으로 혹은 천자를 칭송하기 위해서 공경대부들이 시를 바쳤던 것이다.

끝으로 공자 스스로 자인하지는 않았으나 한나라의 사마천에 의해 제기되었던 산시설이 문제가 된다. 원래 3천여 편에 달했던 고시를 공자가 중복되거나 유사한 부분을 버리고 건전한 내용들로 305편을 정리했다고 하는 산시설은 육명덕, 구양수, 정초, 왕응린 등이 역대로 주장해 왔었다.

비록 공영달, 주희, 주이존, 왕사정, 조익, 최술, 방옥윤 등이 고적에서 그 근거를 찾기 어렵다는 이유로 산시설에 회의적이었으나, 현재 전하는 시경의 체제나 내용들이 안정되고 온유함에 비추어 공자가 시경에 바친 지대한 꿈은 부인할 수 없다.

《시경》은 후대의 여러 문학에 끼친 영향과 더불어 표현 기교에 있어서도 후대 시작 기교의 시초가 된다. '부(賦)'·'비(比)'·'흥(興)'이 간접적으로 어느 문체에도 취해졌거니와, 역대 시풍이 강렬한 독설에 기교를 부리거나 노골적인 표현이 없고 함축적이며 중용적인 표현 방법을 숭상한 것은 모두 이른바 시교를 계승한 흔적이다.

생각 나누기

1. 〈진풍(陳風)〉의 여러 시 중에서 '완구에서(宛丘)'는 진나라 상류층의 방탕한 생활을 풍자한 시다. 만약에 이 당시에 살았다면 상류층들을 향해 어떤 말을 할 수 있겠는가? 이 시를 바탕으로 하여 임금에게 보내는 상소문을 산문 식으로 써 보시오.

2. 《시경》은 그 역사가 오래되었고, 중국을 비롯한 동양 여러 국가들의 문학에 많은 영향을 주었다. 《시경》 속의 여러 작품 중 〈진풍(秦風)〉에는 우리나라의 고대 가요인 '황조가'와 그 명칭이 같은 '황조'가

나온다. 두 작품을 비교하여 그 상호 연관성에 대해 논해 보시오.

꾀꼴꾀꼴 꾀꼬리 가시나무에 앉아 있네

누가 목공(穆公)을 따라서 갔는가

자거엄식(子車奄息)이라네

엄식은 백 사람의 몫에 견줄만한 분

그 무덤에 이르러 떨었었네

파란 하늘이여, 어찌 이런 분을 데려갔습니까

만일 그 분을 살려낼 수 있다면

이 목숨 백 번이라도 바치리

— '황조'의 일부분

모범 답안

1. 먼저 이 시의 성격을 파악해 보도록 하자. 이 시는 진나라 상류 계급 사람들이 사치와 방탕에 빠져 절도 없이 노는 것을 그린 내용으로, 모시 서에는 진나라 유공이 방탕무도하게 노는 것을 풍자한 것이라 하였다. 시를 읽어 보면 그러한 양상을 이해할 수 있다. 만약 이러한 시국에서 상소 문을 쓴다면 먼저 부정부패한 관리들의 모습을 비유적인 표현으로 써야 하고, 또한 주장을 상소문 속에 드러내야 하며, 상소문의 성격에 맞게 최대한의 예의를 지켜야 한다.

2. 《시경》은 중국시, 넓게는 동양시의 원점으로 모든 시의 길잡이가 되었을 뿐 아니라, 중국학의 상고사를 가늠하는 보고다. 이러한 《시경》은 중국뿐만 아니라 주변 국가의 문학에도 상당한 영향을 미쳤다. 그 예로 우리나라의 고대 가요인 '황조가'는 《시경》 속의 '황조'와 그 제목도 같

고, 정서도 비슷하다. '황조'는 우리나라 고대 가요에 어떠한 영향을 주었
는지 두 작품을 비교하여 정서적 차이점과 공통점, 형식적 특징 등에 대
해 논의해 본다.

읽기 전에

《시경》은 복잡한 당시의 사회 현실을 반영하여, 고대 중국인들의 생활
상이나 희로애락 등을 생동감 있게 그려내고 있는 작품이다. 제시된 본문
에는 〈진풍〉·〈완구에서〉·〈동문에는 느릅나무〉·〈오두막에서〉·〈동문 밖
연못〉·〈동문 밖 버드나무〉·〈묘문에서〉 등의 여덟 작품이 실려 있다.

시경

진풍(陳風)

진(陳)나라[1]는 복희씨(伏羲氏)의 옛 땅이라 전하며, 지금의 하남성(河南省) 동남부에 위치한 작은 나라였다. 주나라 무왕(武王) 때 순임금의 후손이라는 우알보(虞閼父)가 질그릇 굽는 일을 주관하는 도정(陶正)이란 벼슬에 있었는데, 무왕이 그의 재주가 뛰어나고 순임금의 후손임을 참작하여 자기의 맏딸 태희(太姬)를 우알보의 아들 만(滿)의 아내로 삼게 하고, 진나라에 봉하여 완구(宛丘) 땅에 도읍하게 하였다. 이를 진나라의 호공(胡公)이라 부른다. 태희가 미신과 풍류를 즐겨 노래와 춤을 숭상하였으므로, 그 민속도 많은 영향을 받았다. 이 진나라는 민공(閔公) 24년 즉 노(魯)나라 애공(哀公) 17년에 초(楚)나라 혜왕(惠王)에게 멸망했다.

---

1 중국 춘추시대 제후국의 하나(?~478 B.C.). 춘추시대에는 12명의 유력 제후 중 하나로 상당한 위치에 있었으나 B.C 7세기 이후 후위상속(侯位相續)을 둘러싼 내란이 종종 일어났고, 더욱이 초(楚)나라·제(齊)나라·진(晉)나라 사이에 끼어 많은 고통을 받았다.

완구에서[2]

완구땅에서 벌이는 그대의 질탕한 놀음은
멋있다고 여길지 모르나 체모가 없구나

둥둥 북을 치는 소리가 완구에서 벌어졌으니
겨울이나 여름도 없이 춤만 추는구나

질장구 소리가 완구에서 들리니
겨울이나 여름도 없이 해오라기 깃을 잡고 춤만 추는구나

동문에는 느릅나무[3]

동문에는 느릅나무 완구에는 상수리나무
자중(子仲) 씨 아가씨들이 그 아래에서 두둥실 춤을 추네

청명한 아침나절에 남쪽 언덕에 모두 모였네
삼베길쌈은 버려두고 저자에서 춤만 추네

날씨 좋은 아침에 무리지어 어서 가세
금규화 같은 그이, 한 줌의 산초를 뜯어 나에게 주네

---

2 진(陳) 나라 상류층이 사치와 방탕에 빠져 노는 것을 그린 내용으로, 모시(毛詩)에서는 진나라
유공이 방탕무도하게 노는 것을 풍자한 것이라고 하였다.
3 남녀가 교외에서 가무를 즐기는 모습을 그리고 있다.

오두막에서

오두막집에서도 시름없이 즐기며 살 수 있네
샘물 또한 졸졸 흐르니 배고픔은 견딜 수 있네

황하의 방어만 고기라고 할 수 있나 여느 고기도 좋구려
제나라 미인만 아내라고 할 수 있나 아무나 정이 들면 그만이지

황하의 잉어만 고기인가 여느 고기도 좋아
송나라 미인만 아내감인가 아무나 정들면 그만일세

동문 밖 연못⁴

동문 밖 연못은 삼을 담그기에 알맞다
아리따운 저 아가씨와 함께 노래하고 싶구나
동문 밖 연못은 모시를 담그기에 알맞다
아리따운 저 아가씨와 함께 얘기하고 싶구나

동문 밖 버드나무⁵

동문 밖 버드나무 그 잎이 우거졌네

---

4 아름다운 여인과 살고 싶다는 내용으로, 모시에서는 군주가 음혼(淫昏)하여 어진 여자로서 군자의 짝이 되도록 하려는 것을 읊은 것이라 했다.

해지면 만나자고 약속했는데 샛별이 반짝거려도 오지 않네

동문 밖 버드나무 그 잎이 우거졌네
해지면 만나기로 했는데 샛별이 총총하도록 오지 않네

묘문에서⁶

묘문(墓門) 입구 가시나무는 도끼로나 쪼개내지
저 사람의 나쁨을 나라 사람들은 다 아네
알아도 그만두지 않음은 예전 그대로 그 꼴이네

묘문 입구 매화나무에 올빼미가 모여 드네
저 사람의 나쁜 점을 노래 불러 알려 주네
일깨워 주어도 듣지 않으니 일이 잘못돼야 날 생각하리

---

5 약속을 지키지 않은 연인을 원망하며 부른 노래로, 모시에는 혼례식이 지나도 신부가 오지 않
  는 혼란한 예속을 풍자한 것이라는 얘기도 있다.
6 묘도로 통하는 길을 가로막은 가시나무를 도끼로 찍는다는 것은 증오의 표현이며, 올빼미는
  그 당시 흉조로 여겼던 것이다. 비행(非行)을 저지르는 사람을 풍자한 내용으로, 모시서에는
  진나라 타를 풍자한 시라 하였다. 타는 문공의 아들로 형인 면(免)을 죽이고 임금 자리에 올라
  섰다.

구운몽

김만중
(金萬重 1637~1692)

구운몽

김만중(金萬重 1637~1692)

작가와 작품세계

김만중(1637~1692)

조선 후기의 문신이며 소설가. 자는 중숙(重淑), 호는 서포(西浦)다. 조선조 예학의 대가인 김장생의 증손이요, 익겸의 유복자며 광성부원군 만기의 아우로 숙종의 초비(初妃)인 인경왕후의 숙부다. 정축호란(丁丑胡亂)으로 일찍이 아버지를 여의고 어머니 윤씨의 남다른 가정교육에 힘입어 성장하였으며 생애와 사상도 어머니로부터 많은 영향을 받았다.

1665년, 문과에 급제하여 지평(持平), 수찬(修撰) 등을 역임하고 암행어사로 활동하였다. 동부승지로 있다가 서인의 패배로 관직을 삭탈당한 후 예조 참의로 복귀, 대사헌을 거쳐 대제학까지 올랐으나 남해에 유배를 당하였다. 이런 와중에 윤씨는 아들의 안위를 걱정하다가 병으로 죽었고 그는 장례식에도 참석하지 못한 채 남해의 적소(適所)에서 56세의 나이로 숨을 거두었다. 주희의 논리를 비판하거나 불교적 용어를 거침없이 사용한 것으로 볼 때 사상 면에서의 진보성이 나타나며 '국문가사 예찬론'을 통해 문학이론에서도 앞선 면모를 볼 수 있다. 우리말과 글에 대한 '국자의식(國字意識)'을 지닌 김만중은 《구운몽》이나 《사씨남정기》와 같은 국문소설을 창작하여 허균과 실학파 문학의 중간 역할을 수행하였다.

구운몽에는 유·불·선 3교의 요소가 두루 들어 있다. 성진이 세속을 생각하며 잠들었다가 욕망 추구가 허망한 줄을 깨달은 것과 육관대사가

《금강경》으로 가르침을 삼았다는 것에 주목한다면, 이 작품의 주제를 공(空) 사상이라고 볼 수도 있다. 그러나 작품 전체의 의미 중심이 어디에 놓여 있는가에 따라 작품의 구성이 달라진다는 점을 생각한다면, 세속에서의 욕망이 허망하다는 것은 작품의 결말에서나 강조되며, 부귀를 획득하고 애정을 이루는 데 더욱 절실한 관심을 보였다는 해석 또한 가능하다. 요컨대 성진의 길과 양소유의 길 중 어느 쪽을 택할 것인가 하는 진퇴의 문제가 이러한 양쪽의 해석을 포괄하고 있는 것이며, 양자 사이의 긴장 내지는 해석의 개방성이 이 작품의 문학성을 높여 주고 있다.

유·불·선 세 가지의 인생관이 모두 들어 있는 《구운몽》은 몽유소설과 영웅소설을 변형시킨 작품으로써 이후의 소설에 커다란 영향을 끼쳐, 이를 늘리거나 줄여서 개작한 다른 작품이 계속 나와 30여 종이 넘는 많은 이본이 전해지고 있다. 고전소설 창작에 전형적인 모범을 제시하여 소설사의 획기적인 전환을 마련한 《구운몽》은 《춘향전》과 더불어 고전소설 가운데 대표적인 작품이라고 할 수 있다.

줄거리

당나라 때 형산에 위부인이라는 선녀가 옥황상제의 명으로 선동 옥녀(玉女)를 거느리고 진산(鎭山)하고 있었다. 서역에서 육관대사가 와서 법당을 짓고 불법을 강설하자 동정호의 용왕도 와서 불법을 청강하였다. 대사는 용왕에게 사례하기 위하여 수제자 성진을 용궁으로 보내는데 이 때 위부인은 팔선녀를 보내어 대사에게 인사드리게 한다. 대사에게 왔다가 돌아가는 여덟 선녀와 용궁에서 돌아오는 성진은 다리에서 만나 서로 말을 주고받으며 희롱하고 그로 인해 이들은 인간 세계로 적강(謫降)하게 된다. 성진은 양 처사의 아들 양소유로 태어나고 여덟 선녀는 각각 화음현 진어사의 딸 채봉, 낙양 명기 계섬월, 하북 명기 적경홍, 경사 정사도의 딸

정경패와 그의 시녀 춘운, 난양공주, 토번 자객 심요연, 용궁 용녀 백릉파 등으로 태어난다.

양소유는 고난을 겪으면서 이를 이겨내고 출장입상(出將入相)하여 입신양명하는데, 그 과정에서 여덟 여인과 차례로 인연을 맺는다. 2처 6첩을 거느리고 부귀영화를 누리다가, 하루는 아홉 사람이 모여 인간세계의 무상함과 허무를 논하며 장차 불도를 닦아 영생을 얻고자 한다. 이때 육관대사가 찾아와 문답을 하는 가운데 꿈에서 깨어난다. 본래의 성진으로 돌아간 소유는 지난 죄를 회개하고 사부의 가르침을 받는데, 팔선녀가 대사를 찾아와 명령을 기다린다. 대사가 그들을 위하여 설법하니, 성진과 팔선녀는 본성을 문득 깨닫고 대도(大道)를 얻어 극락세계에 왕생한다.

작품해설

이 작품의 기본 설정은 주인공이 현실에서 이루지 못한 것을 꿈속에서 실현했다가 다시 현실로 돌아와 꿈속의 일이 말 그대로 꿈이었음을 깨닫는다는 내용이다. 이처럼 꿈속에서의 욕망 성취가 오히려 허망하고 꿈에서 깨어나서야 진정한 화합이 이루어진다는 점은, 다른 몽유소설(夢遊小說)에서는 볼 수 없는 방식이다. 또한 꿈속의 주인공인 양소유의 삶이 '영웅의 일생'에 따라 전개되지만, 투쟁이 약화되는 대신 남녀의 만남이 큰 비중을 차지하는 점은 영웅소설의 일반적인 양상과도 거리가 있다. 결국《구운몽》은 몽유소설과 영웅소설을 변형해 결합시킨 작품이라고 할 수 있다.

《구운몽》은《홍길동전》에서 처음 마련하고《소대성전》등을 거쳐 확립된 영웅소설의 문학적 관습을 따르고 있다. 그것은 불리한 여건 때문에 끝내 좌절하고 마는 민중적 영웅과는 대조적인 위치의 귀족적 영웅이 모든 소망을 이룬다는 점과 천상계에서 득죄한 주인공이 지상으로 적강하였다고 하면서도 그 과정은 꿈으로 처리되어 있는 점 등으로 보아 그 후

대적 변모 양상의 하나다. 귀족적 영웅소설은 적강소설을 겸하는 것을 공식으로 삼았는데, 《구운몽》은 그 가운데 하나이면서 전형에서는 벗어난 예외라 할 수 있다.

이 작품은 '현실 ─ 꿈 ─ 현실'로 바뀌는 과정이나 양소유가 여덟 여인을 만나고 헤어지는 과정을 묘미 있게 꾸며 독자를 사로잡는다. 여덟 명의 여인이 각기 개성을 갖추도록 배려하면서 작품의 배경·인물·심리를 우아하고 품위 있는 문체로 세밀하게 묘사함으로써 소설적 흥미를 유지하고 품격을 높이며 사상적 깊이를 갖도록 하였다. 또 지식 있는 계층까지도 독자로 끌어들일 수 있는 기반을 마련하였다.

노론 벌열층(閥閱層)의 일원이었던 김만중은 자신의 처지에 어울리지 않게 당시로서는 이단시되던 불교나 패서(稗書) 등에 큰 관심을 보였는데, 이러한 점이 그가 소설을 지을 수 있었던 요인이라 여겨진다. 어머니 윤씨를 위로하기 위하여 《구운몽》을 지었다고 하는데, 이는 단지 개인적인 맥락에서만 이해될 일은 아니다. 《창선감의록》의 작가인 조성기에게서도 이와 비슷한 기록이 있어 소설 창작을 둘러싼 당시의 사정을 짐작하게 해준다. 김만중이나 조성기 같은 소설적 재능이 있는 사람이, 어머니가 잡스럽고 거친 작품이나 읽도록 할 수 없어서 품위 있고 짜임새가 훌륭한 소설의 모범적인 예를 스스로 만들어 냈다 할 수 있다.

김만중이 지은 또 다른 국문 소설로 《사씨남정기》가 있는데, 숙종이 인현왕후를 폐출하고 장희빈을 중전으로 책봉한 사건을 두고 임금의 어지러워진 마음을 깨우치게 하기 위해 권선징악의 수법을 사용하여 간접적으로 폭로하고 간언하는 작품이다. 김만중은 이러한 날카로운 비판의식을 감추기 위해 소설의 배경을 중국으로 설정하고 있으며 인물들의 행위도 실제와는 다르게 표현했다. 특히 이 소설은 조선조 일부다처제가 빚어낸 처첩 간의 갈등을 최초로 소설화했으며, 영웅소설과 함께 고전소설의 큰 흐름을 이루는 가정소설의 영역을 개척했다는 점에서 소설사적 의의가 있다.

생각 나누기

1. 《구운몽》은 '현실 — 꿈 — 현실'의 구성으로 이루어져 있다. 다음 지문을 읽고 꿈으로 설정된 지상계의 일들이 작품 전체의 주제를 드러내는 데 있어서 어떤 작용을 했는지 서술하시오.

"군중이 다사하니 시러곰 조용치 못하리로소이다."

낭자로 더불어 훗날 기약하더라.

용왕이 상서를 전문 밖에 가 보내더니 상서 문득 눈을 들어 보니 한 뫼가 높고 빼어나 다섯 봉이 구름 속에 들었거늘 왕더러 묻되,

"이 뫼 이름을 무엇이라 하나니이꼬. 소유 천하에 두루 다녔으되 오직 화산과 이 뫼를 못 보았나이다."

용왕이 대 왈,

"원수 이 뫼를 모르시도소이다. 이 곧 남악 형산니이다."

상서 왈,

"어이면 저 뫼를 보리이꼬."

왕 왈,

"일세 오히려 늦지 아녔으니 잠깐 구경하셔도 영에 돌아가리이다."

상서 수레에 오르니 이미 산하에 이르렀더라. 상서 막대를 끌고 석경을 찾아가니 일천 바위 다투어 빼어나고 일만 물이 겨뤄 흐르니 겨를하여 이루 응접치 못할러라. 탄하여 가로되,

"어느 날 공을 이루고 물러나 물외에 한가한 사람이 될꼬."

문득 바람결에 정자 소리 들리거늘 사문이 멀지 아닌 줄 알고 좇아 올라가니 한 절이 있으되 제작이 극히 장려하고 노승이 당상에 앉아 바야흐로 설법하니 눈썹이 길고 눈이 푸르고 골격이 청수하여 세상 사람이 아니러라. 모든 중을 거느리고 당에 내려 상서를 맞으며 왈,

"산야 사람이 귀 눈이 없어 대원수 오시는 줄 알지 못하여 멀리 맞지 못하니 죄를 사하소서. 원수 이번은 돌아올 때 아니어니와 이미 왔으니 전상에 올라 예하소서."

상서 분향 예배하고 전에 내리더니 문득 실족하여 엎더져 놀라 깨달으니 몸이 영중에서 교의에 의지하였고 날이 이미 밝았더라.

2. 《구운몽》의 주제가 드러나 있는 마지막 부분을 읽어 보고 인생의 가치를 어디에다 두어야 할 것인가에 대해서 생각해 보자. 결국 그것은 스스로에게 달린 문제라고 할 수 있는데, 각자의 입장을 어느 한 쪽에 두고 그것을 지지하시오.

모범 답안

1. 《구운몽》의 주제는 현실에서의 부귀공명이 일장춘몽에 불과하고 덧없는 것임을 강조하는 데 있다. 꿈속에서의 욕망 성취를 현실의 대리 만족으로 인식하지 않고 그것을 허망하게 여기는 주인공의 태도는 직접적으로 작가의 그러한 주제의식을 대리하는 것이다. 또 꿈에서 깨어나서야 비로소 진정한 세계로 들어설 수 있다는 점을 강조하는 것도 그러하다. 꿈속의 주인공인 양소유가 출정하였다가 연화봉 아래에 잠깐 머물면서 꿈속에서 그 장소를 보는 장면을 보면 꿈속에서 꾼 꿈이 현실이 되는 셈이다. 우리가 현실이라 하여 온갖 실제적 가치를 부여하며 살아가는 이 공간이 꿈일 따름이고, 우리가 영원한 이상으로 여기지만 현실은 아니라 믿었던 어떤 공간이 실제라는 것이다. 이처럼 주인공이 세상의 영화를 모두 체험하는 것이 현실이 아닌 꿈속에서 일어나는 일로 설정되는 것은, 다시 꿈을 깨고 천상계의 현실로 돌아와 깨달음을 얻게 해 준다는 점에서 작품 전체의 주제를 효과적으로 드러내는 데 기여한다.

2. 《구운몽》의 주제는 크게 두 줄기로 이해될 수 있다. 한 인물이 탈속적 인간이기도 하고 세속적 인간이기도 하다는 것, 작품의 주된 공간이 초월적이기도 하고 현실적이기도 하다는 것 등에서 이미 그것은 예비 되어 있는 바라 할 것이다. 흔히 이 작품을 세속에서의 욕망 추구가 허망함을 말하는 것으로 이해하지만, 그것은 작품의 결말에서나 강조되어 있을 따름이다. 오히려 양소유라는 시골 출신이 서울 가서 장원급제하고 출장입상하여 여덟 선녀와 처첩의 인연을 맺어 나가는 과정, 즉 부귀를 획득하고 애정을 성취하는 데 더욱 절실한 관심을 보였다.

결국 성진의 길과 양소유의 길 가운데 어느 쪽을 택할 것인가 하는 진퇴(進退)의 문제를 이 작품의 주제라고 할 수 있다. 두 가지 길 가운데 어느 한 쪽과 동일시하는 데서 공감을 얻게 마련인 것이다. 진퇴의 문제는 사대부 문학의 오랜 주제였다. 사대부들은 물러나면 산림에 은거해서 심성을 닦고 나아가면 경륜을 펴고 이름을 드높이는 것이 떳떳하다고 했다. 이러한 두 가지 길은 오늘날에도 여전히 유효한 가치로 보인다. 어느 것을 선택할 것인지는 각자의 몫일 것이다.

읽기 전에

《구운몽》은 현실에서의 부귀공명이 일장춘몽에 불과하고 덧없는 것임을 강조하는 데 있다. 제시된 본문은 주인공 성진이 꿈에서 깨어나 스승과 대화를 통해 깨달음을 얻고 팔선녀와 함께 극락세계로 가는 장면을 담고 있다.

구운몽

　승상(丞相)[1]이 성은(聖恩)에 감격하여 고두사은(叩頭謝恩)[2]하고 거가(擧家)하여 취미궁(翠微宮)으로 옮아가니 이 집이 종남산(終南山) 가운데 있어 누대(樓臺)의 장려함과 경치의 기절(奇絶)[3]함이 완연히 봉래(蓬萊)[4] 선경(仙境)이니 왕학사(王學士)[5]의 시에 가로되, '신선의 집이 여기보다 별로 낫지 못할 것이니 무슨 일로 통소를 불고 푸른 하늘로 향하리요.[6] 하니 이 한 글귀로 가히 그 경치를 알리러라.

　승상이 정전(正殿)[7]을 비워 조서와 어제시문(御製詩文)[8]을 봉안(奉安)[9]하고 그 남은 누각대사(樓閣臺榭)[10]에는 제낭자(諸娘子)가 나누어 들고, 날마다 승상을 모셔 물을 임하여 매화를 찾고 시를 지어 구름 낀 바위에 쓰며 거문고를 타 솔바람[11]에 화답하니 청한(淸閑)한[12] 복이 더욱 사람을 부럽게

---

1 중국의 벼슬 이름. 정승에 해당함.
2 머리를 조아려 받은 은혜를 감사히 여김.
3 아주 신기함.
4 삼신산(三神山)의 하나.
5 당나라 시인 왕유(王維).
6 왕유의 시. 원문은 '仙居未必能勝此 何事吹簫向碧空'
7 왕이 조회(朝會)를 받는 곳.
8 왕이 지은 시문.
9 모심.
10 누각과 정자.
11 솔숲을 스쳐 부는 바람.
12 청아하고 한가한.

만들 바이더라.

승상이 한가한 곳에 나아간 지 또한 여러 해 지났더니 팔월 염간(念間)[13]은 승상의 생일이라. 모든 자녀 다 모여서 십일을 연(連)하여 잔치를 베푸니 번화성만(繁華盛滿)함이 예도 듣지 못할러라. 잔치를 파하고 여러 자녀들이 각각 흩어진 후 문득 구추가절(九秋佳節)[14]이 다다르니 국화 봉오리 누르고 수유(茱萸) 열매 붉었으니 정히 등고(登高)[15]할 때라. 취미궁 서쪽에 높은 대(臺)가 있으니 그 위에 오르면 팔백 리 진천(秦川)을 손바닥 금 보듯이 하여 가린 것이 없으니 승상이 가장 사랑하는 땅이더라.

이날 양부인(兩夫人)과 육 낭자를 데리고 대에 올라 머리에 국화를 꽂고 추경(秋景)[16]을 희롱할 새 입에 팔진(八珍)이 염오하고 귀에 관현(管絃)[17]이 슬믠지라[18]. 다만 춘운(春雲)으로 하여금 과합(果盒)[19]을 붙들고 섬월(蟾月)로 옥호(玉壺)[20]를 이끌며 국화주를 가득 부어 처첩(妻妾)이 차례로 헌수(獻壽)[21]하더니 이윽고 비긴 날이 곤명지(昆明池)에 돌아지고 구름 그림자 진천에 떨어지니 눈을 들어 한 번 보니 가을빛이 창망(滄茫)[22]하더라. 승상이 스스로 옥소(玉簫)[23]를 잡아 소리를 부니 오오열열(嗚嗚咽咽)하여[24] 원망하는 듯하고 우는 듯하며, 고할 듯하고 형경(荊卿)이 역수(易水)[25]를 건널 적

13 스무날째.
14 음력 9월이 가을이므로 가을의 좋은 때를 이르는 말.
15 구월 구일에 산에 올라 국화주를 마시는 풍습.
16 가을의 경치.
17 관악기와 현악기, 즉 음악.
18 싫고 미움.
19 과실을 담은 합.
20 옥으로 만든 술병.
21 회갑 잔치 등에서 장수를 비는 뜻으로 술잔을 올리는 것.
22 넓고 멀어서 아득함.
23 옥으로 만든 통소.
24 흐느껴.
25 형경과 태자 단(丹)이 이별하던 곳.

점리(漸離)²⁶를 이별하는 듯, 패왕(覇王)이 장중(帳中)에 우희(虞姬)를 돌아보는 듯하니 모든 미인이 처연(凄然)하여²⁷ 슬픈 빛이 많더라. 양부인이 옷깃을 여미고 물어 가로되,

"승상이 공을 이미 이루고 부귀 극(極)하여 만인이 부러워하니 천고에 듣지 못한 바이라. 가신(佳辰)²⁸을 당하여 풍경을 희롱하며 꽃다운 술은 잔에 가득하며 사랑하는 사람이 곁에 있으니 이 또한 인생의 즐거운 일이어늘 퉁소 소리 이러하니 오늘 퉁소는 옛날 퉁소가 아니로소이다."

승상이 옥소를 던지고 부인 낭자를 불러 난단(欄端)²⁹을 의지하고 손을 들어 두루 가리키며 가로되,

"북으로 바라보니 평평한 들과 무너진 언덕에 석양이 쇠한 풀에 비치어 있는 곳은 진시황의 아방궁이요, 서로 바라보니 슬픈 바람이 찬 수풀에 불고 저문 구름이 빈 뫼에 덮은 데는 한무제의 무릉이요, 동으로 바라보니 분(粉) 칠한 성(城)이 청산(靑山)을 둘렀고 붉은 박공(欂蛋)³⁰이 반공(半空)에 숨었는데 명월은 오락가락하되 옥난간을 의지할 사람이 없으니 이는 현종 황제가 태진비(太眞妃)³¹와 더불어 노시던 화청궁(華淸宮)이라. 이 세 임금은 천고 영웅이라. 사해(四海)로 집을 삼고 억조(億兆)³²로 신첩(臣妾)을 삼아 호화부귀 백 년을 짧게 여기더니 이제 다 어디 있느뇨. 소유(少遊)는 본디 하남(河南)땅 베옷 입은 선비라 성천자(聖天子)³³ 은혜를 입어 벼슬이 장상(將相)³⁴에 이르고 제낭자 서로 좇아 은정(恩情)³⁵이 백 년

---

26 형경의 벗.
27 쓸쓸하고 구슬퍼.
28 좋은 날.
29 난간머리.
30 마루나 합각(合閣)머리에 人자 모양으로 붙인 두꺼운 널.
31 양귀비.
32 수많은 백성.
33 덕이 높은 천자.
34 장수와 재상.
35 은혜로 사랑하는 마음.

이 하루 같으니 만일 전생 숙연(宿緣)[36]으로 모두 인연이 진하면 각각 돌아감은 천지에 떳떳한 일이라. 우리 백 년 후 높은 대 무너지고 굽은 못이 이미 메이고 가무(歌舞)하던 땅이 이미 변하여 거친 뫼와 쇠한 풀이 되었는데 나무꾼과 목동이 오르내리며 탄식하여 가로되, '이것이 양 승상이 제낭자로 더불어 놀던 곳이라. 승상의 부귀풍류와 제낭자의 옥용화태(玉容花態)[37] 이제 어디 갔느뇨.' 하리니 어찌 인생이 덧없지 않으리요. 내 생각하니 천하에 유도(儒道)와 선도(仙道)와 불도(佛道)가 유(類)에 높으니 이 이론이 삼교(三敎)라. 유도는 생전(生前) 사업(事業)과 신후(身後)[38] 유명(留名)[39]할 뿐이요, 신선은 예부터 구하여 얻은 자가 드무니 진시황, 한무제, 현종제를 보면 알 수 있다. 내 치사(致仕)[40]한 후로부터 밤에 잠 곧 들면 매양 포단(蒲團)[41] 위에서 참선하여 뵈니 이 필연 불가와 더불어 인연이 있는지라. 내 장차 장자방(張子房)의 적송자(赤松子)[42] 좇음을 본받아서 집을 버리고 스승을 구하여 남해를 건너 관음(觀音)[43]을 찾고, 오대(五臺)에 올라 문수(文殊)[44]께 예를 하여 불생불멸할 도를 얻어 진세(塵世)[45] 고락을 벗어나려 하되 제낭자와 더불어 반생(半生)을 좇았다가 일조(一朝)에 이별하려 하니 슬픈 마음이 자연 곡조에 나타남이로소이다."

제낭자는 다 전생에 근본이 있는 사람이라, 또한 세속 인연이 지날 때니 이 말을 듣고 자연 감동하여 이르되,

36 전생의 인연.
37 옥같이 고운 얼굴과 꽃다운 태도.
38 사후.
39 죽은 후 이름을 남김.
40 나이가 많아 벼슬자리에서 물러남.
41 부들로 만든 방석.
42 신농씨 때에, 비를 다스렸다는 신선의 이름.
43 관세음보살.
44 문수보살. 석가여래의 왼편에서 지혜를 맡음.
45 티끌 같은 이 세상.

"부귀번화 중 이렇듯 청정한 마음을 내시니 장자방을 어이 족히 이르리요. 첩등 자매 팔 인이 당당히 심규중(深閨中)⁴⁶에서 분향 예불하여 상공 돌아오시기를 기다릴 것이니 상공이 이번 행하시면 벅벅이⁴⁷ 밝은 스승과 어진 벗을 만나 큰 도를 얻으리니 득도를 한 후에 부디 첩등을 먼저 제도(濟度)⁴⁸하소서."

승상이 크게 기뻐하며 가로되,

"우리 구인(九人)이 뜻이 같으니 쾌사라. 내 명일로 당당히 행할 것이니 금일은 제낭자로 더불어 실컷 취하리라."

하더라. 제낭자가 말하기를,

"첩등이 각각 일 배를 받들어 상공을 전송 하리이다."

잔을 씻어 다시 부으려 할 때 홀연 석양에 지팡이 던지는 소리가 나거늘 괴이하게 여겨 생각하되 어떤 사람이 올라오는고 하더니 한 호승(胡僧)이 눈썹이 길고 눈이 맑고 얼굴이 괴이하더라. 엄연(儼然)히 좌상(座上)에 이르러 승상을 보고 예하여 가로되,

"산야(山野) 사람이 대승상께 뵈나이다."

승상이 이인(異人)⁴⁹인 줄 알고 황망히 대답하여 가로되,

"사부(師傅)는 어디서 오신고?"

호승이 웃으며 가로되,

"평생 고인(故人)⁵⁰을 몰라보시니 귀인이 잊음 헐탄⁵¹ 말이 옳소이다."

승상이 자세히 보니 과연 낯이 익은 듯하거늘 홀연 깨쳐 능파낭자를 돌아보며 가로되,

---

46 깊은 규방에서.
47 틀림없이 그러하리라고 미루어서 헤아리는 뜻을 나타내는 말.
48 가르쳐 올바른 길로 인도함.
49 비범한 사람.
50 오래 전에 만났던 사람.
51 쉽다는.

"소유 전일 토번(吐蕃)[52]을 정벌할 제 꿈에 동정(洞庭) 용궁에 가 잔치하고 돌아오는 길에 남악에 가노니 한 화상(和尙)[53]이 법좌(法座)[54]에 앉아서 경(經)을 강론하더니 노부(老傅)가 노화상(老和尙)이냐?"

호승이 박장대소하고 가로되,

"옳다, 옳다. 비록 옳으나 몽중에 잠깐 만나본 일은 생각하고 십 년을 동처(同處)하던 일을 알지 못하니 뉘 양 장원(楊壯元)을 총명타 하더뇨."

승상이 망연하여 가로되,

"소유 십오륙 세 전(前)은 부모 좌하(座下)를 떠나지 않았고 십육에 급제하여 연하여 직명(職命)이 있으니 동(東)으로 연국(燕國)에 봉사하고 서(西)로 토번을 정벌한 일 외에는 일찍 경사(京師)를 떠나지 않았으니, 언제 사부와 더불어 십 년을 상종하였으리요."

호승 웃으며 왈,

"상공이 오히려 춘몽(春夢)을 깨지 못하였도소이다."

승상 왈,

"사부 어쩌면 소유로 하여금 춘몽을 깨게 하리요?"

호승 왈,

"이는 어렵지 아니하나이다."

하고는 손 가운데 석장(錫杖)[55]을 들어 석난간(石欄干)을 두어 번 두드리니 홀연 네 녘 뫼골[56]에서 구름이 일어나 대상(臺上)에 끼이어 지척을 분변[57]치 못하니 승상이 정신이 아득하여 마치 취몽중(醉夢中)에 있는 듯하더니 한참 후에야 소리 질러 가로되,

---

52 미개한 곳에서 사는 야만인.
53 스님.
54 설법하는 자리.
55 중이 짚는 지팡이.
56 동서남북 사방 산골.
57 분별.

"사부가 어찌 정도(正道)로 소유를 인도치 아니하고 환술(幻術)로써 희롱하나뇨."

말을 마치기도 전에 구름이 걷히니 호승이 간 곳이 없고 좌우를 돌아보니 팔 낭자가 또한 간 곳이 없는지라. 정히 경황하여 하더니 그런 높은 대와 많은 집이 일시에 없어지고 제 몸이 한 작은 암자 중의 한 포단 위에 앉았으되 향로에 불이 이미 꺼지고 달이 창에 비치었더라.

스스로 제 몸을 보니 일백여덟 낱 염주가 손목에 걸렸고 머리를 만지니 갓 깎은 머리털이 까칠까칠하였으니 완연히 소화상(小和尙)의 몸이요, 다시 대승상의 위의(威儀)[58] 아니니 정신이 황홀하여 오랜 후에 비로소 제 몸이 연화도장(蓮花道場) 성진행자(性眞行者)[59]인 줄 알고 생각하니, 처음에 스승에게 수책(受責)[60]하여 풍도(酆都)[61]로 가고 인세(人世)에 환도(還道)[62]하여 양가(楊家)의 아들 되어 장원급제하여 한림학사하고 출장입상(出將入相)[63]하여 공명신퇴(功名信退)[64]하고 양공주(兩公主)와 육 낭자로 더불어 즐기던 것이 다 하룻밤 꿈이라. 마음에 이는 필연 사부가 나의 염려를 그릇함을 알고 나로 하여금 이 꿈을 꾸어 인간 부귀와 남녀 정욕이 다 허사인 줄 알게 함이로다.

급히 세수하고 의관을 정제하며 방장(方丈)[65]에 나아가니 다른 제자들이 이미 다 모였더라. 대사 소리하여 묻되,

"성진아, 인간 부귀를 지내니 과연 어떠하더뇨?"

성진이 고두(叩頭)하며 눈물을 흘려 가로되,

---

58 위엄이 있는 모습.
59 '행자'는 불도를 닦는 사람을 말함.
60 꾸짖음을 들음.
61 지옥의 하나.
62 사람으로 다시 태어남.
63 나아가서는 장수 되고 들어서는 재상이 됨.
64 공명을 세우고 그 자리를 물러남.
65 중의 처소.

"성진이 이미 깨달았나이다. 제자 불초하여 염려를 그릇하여 죄를 지으니 마땅히 인세에 윤회할 것이어늘 사부 자비하사 하룻밤 꿈으로 제자의 마음 깨닫게 하시니 사부의 은혜를 천만 겁이라도 갚기 어렵도소이다."

대사 가로되,

"네 승흥(乘興)하여 갔다가 흥진(興盡)하여 돌아왔으니 내 무슨 간예(干預)함[66]이 있으리요. 네 또 이르되 인세에 윤회할 것을 꿈을 꾸었다 하니 이는 인세의 꿈과 다르다 함이니 네 오히려 꿈을 채 깨지 못하였도다. '장주(莊周)[67] 꿈에 나비 되었다가 나비가 장주 되니' 어느 것이 거짓 것이요, 어느 것이 진짓 것인 줄 분변치 못하나니 어제 성진과 소유는 어느 것이 진짓 꿈이요, 어느 것이 꿈이 아니뇨."

성진이 가로되,

"제자 아득하여 꿈과 진짓 것을 알지 못하니 사부는 설법하사 제자를 위하여 자비하사 깨닫게 하소서."

대사 가로되,

"이제 《금강경(金剛經)》 큰 법(法)을 일러 너의 마음을 깨닫게 하려니와 당당히 새로 오는 제자 있을 것이니 잠깐 기다리라."

하더니, 문 지키는 도인(道人)이 들어와,

"어제 왔던 위부인(魏夫人) 좌하(座下) 선녀 팔 인이 또 와 사부를 뵙고자 하나이다."

대사 들어오라 하니 팔선녀 대사의 앞에 나아와 합장고두(合掌叩頭)하고 가로되,

"제자 등이 비록 위부인을 모셨으나 실로 배운 일이 없어 세속 정욕을 잊지 못하더니 대사 자비하심을 입어 하룻밤 꿈에 크게 깨달았사오며, 제

---

66 관계함. 참여함.
67 장자(莊子).

자 등이 이미 위부인께 하직하고 불문(佛門)에 돌아왔으니 사부는 나중내[68] 가르침을 바라나이다."

대사 가로되,

"여선(女仙)의 뜻이 비록 아름다우나 불법(佛法)이 깊고 머니 큰 역량과 큰 발원(發願)이 아니면 능히 이르지 못하나니 선녀는 모름지기 스스로 헤아리라."

팔선녀 물러가 낯 위의 연지분(臙脂粉)을 씻어버리고 각각 소매에서 금전도(金剪刀)[69]를 내어 흑운(黑雲) 같은 머리를 깎고 들어와 삼가 말하되,

"제자 등이 이미 얼굴을 변하였으니 맹서하여 사부 교명(敎命)을 태만치 아니하리이다."

대사 가로되,

"선재(善哉) 선재(善哉)라.[70] 너희 팔 인이 능히 이렇듯 하니 진실로 좋은 일이로다."

드디어 법좌에 올라 경문(經文)을 강론하니 백호(白毫)[71] 빛이 세계에 쏘이고 하늘 꽃이 비같이 내리더라.

설법함을 장차(將次) 마치매 네 구(句) 진언(眞言)[72]을 송(誦)하여 가로되,

일체유위법(一切有爲法) 여몽환포영(如夢幻泡影)

여로역여전(如露亦如電) 응작여시관(應作如是觀)

이리 이르니 성진과 여덟 이고(尼姑)[73]가 일시에 깨달아 불생불멸할 정

---

68 끝내.
69 금으로 만든 가위.
70 착하도다.
71 이마에 있어 빛을 발하여 무량(無量)의 국토(國土)를 비친다는 털.
72 부처의 말씀.
73 여승.

과(正果)를 얻으니, 대사 성진의 계행(戒行)[74]이 높고 순숙(純熟)함을 보고 이에 대중을 모으고 가로되,

"내 본디 전도(傳道)함을 위하여 중국에 들어왔더니 이제 정법(正法)을 전할 곳이 있으니 나는 돌아가노라."

하고 염주와 바리[75]와 정병(淨甁)과 석장과 《금강경》 일 권을 성진에게 주고 서천(西天)으로 가니라.

이후에 성진이 연화도장 대중을 거느려 크게 교화를 베푸니 신선과 용신(龍神)과 사람과 귀신이 한가지로 존중함을 육관대사와 같이 하고, 여덟 이고가 인하여 성진을 스승으로 섬겨 깊이 보살대도(菩薩大道)를 얻어 아홉 사람이 한가지로 극락세계로 가니라.

---

74 계율을 잘 지키는 수행.
75 밥그릇.

홍길동전

허균
(許筠 1569~1618)

홍길동전

허균(許筠 1569~1618)

작가와 작품세계

허균(1569~1618)

조선 중기의 문신. 호는 교산(蛟山). 성소(惺所) 외 여러 가지가 있다. 당시 학자이자 문장가로 이름이 높았던 엽(曄)의 셋째아들로 봉이 그의 형이며 난설헌이 누이다. 5세 때 글을 배우기 시작하여 9세 때부터 시를 지을 줄 알았다. 유성룡에게서 학문을, 이달에게서 시를 배웠다. 26세 때 문과에 급제하여 이후 황해도 도사, 춘추관기주관, 수안군수, 삼척부사, 형조참의 등을 거치면서 탄핵을 받고 파직과 부임을 거듭하다가 1618년, 남대문 격문 사건으로 동료들과 함께 저잣거리에서 능지처참을 당하였다.

당시에는 허균에 대해 평가하기를 문장과 식견에 있어서는 총명하고 영리하며 능히 시를 아는 사람이라 칭찬을 하였으나, 사람됨은 경박하고 인륜 도덕을 어지럽히며 이단을 좋아하여 행실을 그르쳤다는 등 대체로 부정적인 의견이 많았다.

허균은 유교집안에서 태어나 유학을 학문의 기본으로 두었으나 불교·도교에도 사상적으로 깊이 빠져들었다. 한때 출가하여 중이 되려는 생각도 했으며, 불교를 믿음으로써 파직당하고서도 그의 신념은 흔들리지 않았다. 도교사상에 대해서는 주로 양생술과 신선사상에 자극을 받았고 은둔사상을 동경하기도 했다. 또한 새로운 문물과 서학에도 관심을 가져 편협한 자기만의 시각에서 벗어나 핍박받는 하층민의 입장에 선 시대의 선

각자였다.

《홍길동전》은 당시의 사회 문제라고 할 수 있는 양반 가정의 적자와 서자의 차별 문제를 주된 내용으로 하고 있다. 서얼 차별의 불합리에 항거한다는 기본적인 주제의식은 조선 후기로 갈수록 사회 개혁이라는 한층 높은 차원의 문제와 맞닿아 있다. 여기에 이상향을 추구한다는 낙원 사상까지 가미되어 있는데, 이는 개혁의 대안으로 파악되지만 현실의 문제를 해결하는 방안으로 비현실적인 것을 제시함으로써 한계를 보이고 있다.

우리나라 최초의 국문소설인 《홍길동전》은 도적을 주인공으로 한 영웅소설이자 양반 가정의 모순을 척결하고 서얼 차별의 불합리에 항거한 사회소설, 이상향을 그리는 낙원사상의 소설, 도교적인 둔갑법·축지법 등을 쓰는 도술소설이다. 구조적으로 볼 때 뛰어난 가문의 주인공이 갖은 시련을 물리치고 위업을 이룩한다는 '영웅의 일대기'를 충실히 따르고 있어서 이 작품은 설화시대와 소설시대의 교량적 역할을 한 것으로 평가되며, 도술적 요소는 이후의 군담소설에 계승되었다고 볼 수 있다.

줄거리

홍길동은 조선 세종 때 홍 판서의 시비 춘섬의 소생인 서자다. 어려서부터 길동은 도술을 익히고 장차 훌륭한 인물이 될 기상을 보였으나, 천한 소생인 탓으로 호부호형(呼父呼兄)하지 못하고 자란다. 가족들은 길동의 비범한 재주가 장래에 화근이 될까 두려워하여 자객을 시켜 길동을 없애려고 하나, 길동은 위기를 벗어나서 방랑의 길을 떠난다. 그러다가 도적의 소굴에 들어가 힘을 겨루어 두목이 되고 해인사의 보물을 탈취하여 스스로 활빈당이라 이름 한다. 이들은 팔도지방 수령들이 부정하게 모은 재물을 빼앗아 가난한 사람에게 나누어 주고 백성의 재물은 조금도 건드리지 않는다.

어느 날 길동은 함경도 감영의 부정한 재물을 탈취하면서 자신이 훔쳐 갔음을 밝혀둔다. 함경 감사가 도적을 잡는 데 실패하자 조정에서는 홍길동을 잡으라고 명령한다. 이에 이흡이 길동을 잡으러 나섰다가 도리어 우롱만 당한 후, 임금이 길동을 잡으라는 명령을 내리니 전국에서 길동이라고 잡아 온 인물이 3백여 명이나 되었다. 그러나 비와 구름을 거느리고 변신술에 능한 초인간적인 길동의 도술을 당해낼 수가 없자, 조정에서는 길동의 소원을 들어주기로 하고 병조판서를 제수, 회유하고자 한다. 길동은 서울로 올라와 잠시 병조판서가 되지만, 그 뒤 고국을 떠나 남경으로 가다가 율도국을 발견하고 거기서 요괴를 퇴치하여 율도국의 왕이 된다. 마침 아버지의 부음을 듣고 고국으로 돌아와 3년 상을 마치고 다시 율도국으로 돌아가 나라를 태평하게 다스린다.

작품해설

《홍길동전》은 조선조 광해군 때 허균이 지은 우리나라 최초의 국문소설이다. 도적을 주인공으로 한 영웅소설, 양반 가정의 모순을 척결하고 서얼 차별의 불합리에 항거한 사회소설, 이상향을 추구한다는 낙원사상의 소설, 도교적인 둔갑법과 축지법 등을 담은 도술소설 등의 다양한 성격을 보인다. 그러나 기본 성격은 사회소설이고 나머지는 보조적인 구실을 하고 있다. 최초의 한글로 된 소설이라는 점에서 한국소설사에서 중요할 뿐만 아니라 후대 소설들에서는 찾기 어려운 다양한 면을 지니고 있다.

기본적으로 중국의 《수호전》, 《삼국지연의》, 《서유기》 등 소설의 영향을 받았으면서도, 작품의 배경이 우리나라고 주인공의 기본 모델이 국내에 존재한다. 즉 연산군 때 가평과 홍천을 중심으로 활약한 실명 홍길동(洪吉同), 명종 때의 양주 백정 임꺽정, 선조 때 충청도 홍산 일대에서 일어난 이몽학의 난 등에 흐르고 있는 여러 요소가 복합적으로 얽혀 있다고 볼 수 있다. 또 이상국 건설에 대한 것은 조선시대 선비들이 지녔던 이상향에 대한 동경 사상이 부분적으로 드러난 것으로, 허균 역시 이런 사상에 빠져 있었던 점과 연결된다. 이렇게 보면 이 작품은 당시에 있어 가장 한국적인 소설이라고 할 수 있다.

김시습의 《금오신화》가 애정문제와 기이한 일을 내용으로 여성적인 문학을 열어 보인데 비해 《홍길동전》은 서얼문제, 탐관오리, 의적, 이상향 등을 주제로 한 남성적 문학의 시작이라 할 만하다.

허균은 변란을 일으켜 나라를 뒤흔든 인물에 대해 깊은 관심을 보였다. 변란을 막으려면 신분 차별이 철폐되어야 한다고 믿었지만, 현실은 이를 허용하지 않았다. 허균 자신은 이름난 가문에서 태어나 순조롭게 벼슬길에 올랐으나 반발적인 기질 때문에 지배 체제에 불만을 품었다. 그래서 서얼의 차별 대우를 철폐하려고 거사를 시도하는 무리와 깊은 관련을 가졌고, 불만 세력을 규합해 국권을 장악하려다 발각되어 처형당하기까지 하였다. 이러한 시대적 상황을 고려할 때 신분 차별이라고 하는 봉건제도의 가장 핵심적인 모순에 대한 관심과 비판이야말로 《홍길동전》이 창작된 배경임을 알 수 있다.

홍길동이 고대의 신화로부터 서사무가에까지 이어지는 주인공들의 영웅적 성격을 보이지만 중요한 차이도 존재한다. 홍길동이 도술을 발휘하는 것은 신화적인 능력의 연장이지만 그가 속한 적대적인 세계와의 대결은 도술로 일거에 해결할 수 없는 복잡한 양상을 띠고 있어서 신화적 세계와는 차이가 난다. 이에 따라 홍길동은 주몽이나 탈해와는 달리 위대한 주인공이면서도 또한 왜소한 주인공이 된다. 신화적 질서가 아닌 소설적 진실성을 추구하는 과정은 힘들게 이루어지지 않을 수 없는 것이다. 이러한 점을 통하여 독자로 하여금 홍길동의 신나는 장난에 매혹되는 가운데 심각한 문제에 부딪히도록 하고 있다. 《홍길동전》이 대단한 인기를 차지한 문제작이 될 수 있었던 이유가 여기에 있다.

생각 나누기

1. 아래 지문을 통하여 《홍길동전》이 주제 면에서 갖는 의의에도 불구하고 작가의 의식 면에 있어서 한계를 드러내는 점을 지적하시오.

각설. 길동이 제전(祭奠)을 극진히 받들어 삼상을 마치매 모든 영웅을 모아 무예를 익히며 농업을 힘쓰니 병정양족(兵精糧足)한지라.

남해중(南海中)의 율도국(聿島國)이란 나라가 있으니 옥야(沃野) 수천 리에 짐짓 천부지국(天府之國)이라. 길동이 매양 유의하던 바라.

— 생 략—

길동이 성중(城中)에 들어가 백성을 안무하고 왕위에 즉(卽)한 후 율도왕으로 의령군을 봉하고 마숙(馬肅)·최철(崔徹)로 좌우상(左右相) 삼고 기여(其餘) 제장(諸將)은 다 각각 봉작(封爵)한 후 만조백관이 천세(千歲)를 불러 하례하더라.

왕이 치국(治國) 삼년(三年)에 산무도적(山無盜賊)하고 도불습유(道不拾遺)하나니 가히 태평세계라. 왕이 백룡을 불러 가로되,

"내 조선 성상께 표문(表文)을 올리려 하니 경은 수고를 아끼지 마라."

하고 표문과 서찰을 홍부(洪府)에 붙이라. 백용이 조선에 득달하여 먼저 표문을 올린대 상이 표문을 보시고 감탄하여 가로되,

"홍길동은 짐짓 기재(奇才)로다."

하시고 홍인형으로 위유사(尉諭使)를 삼으사 유서(諭書)를 내리오시니 인형이 사은한 후 돌아와 모부인께 연중설화(緣中說話)를 고한대 부인이 또한 가려 하거늘, 인형이 마지못하여 부인을 모시고 발행하여 여러 날 만에 율도국에 이르니, 왕이 나와 향안(香案)을 배설(排設)하고 유서를 받자온 후 모부

인과 인형으로 반기며, 산소에 소분(掃墳)한 후 대연(大宴)을 배설하여 즐기더라. 여러 날이 되매 유씨(柳氏) 홀연(忽然) 득병(得病)하여 졸(卒)하니 선릉(先陵)에 쌍장(雙葬)하고 인형이 왕을 하직하고 본국에 돌아와 복명(復命)하온대 상이 그 모상(母喪) 당함을 위유(慰諭)하시더라.

2. 《홍길동전》은 서얼 차별이라는 신분 제도의 모순이 핵심적인 축이다. 이와 반대로 조선 후기에 양반 계층이 늘어나면서 여러 가지 문제가 발생한 것으로도 알 수 있듯이, 사회적 경쟁은 적절하게 제한되는 것이 타당하다는 주장도 있을 수 있다. 어느 한 쪽 입장을 선택하여 그것을 지지하시오.

모범 답안

1. 《홍길동전》은 다양한 성격을 지니고 있지만 그 중에서도 양반 사회의 비리나 서얼 차별 문제라는 당시 사회의 구조적 모순을 고발하고 비판하는 것을 주제로 삼고 있다. 그러나 이처럼 당대 현실의 모순에 대한 인식은 뚜렷했지만 최종적으로 이를 어떻게 극복할 것인지를 생각하지는 못했다. 전반부에서 당대 현실의 실상을 그려냈다면, 후반부에서는 그러한 잘못된 구조를 기본적으로 시정하거나 해결했어야 한다. 그럼에도 불구하고 그렇게 하지 못하고 다만 율도국이라는 새로운 이상향을 건설하여 떠나버리는데, 이는 현실의 문제에 대한 해답을 현실의 논리 내에서 찾는 것이 아니라 초월적인 것으로 돌리는 행위다. 이렇게 될 때 자기 위안은 얻겠지만 현실 대응 논리를 촉발하기는 어렵게 된다. 따라서 이 점은 작가의식의 이중성을 드러내는 한계점으로 지적할 수 있다.

2. 《홍길동전》은 양반 가정의 모순을 척결하고 서얼 차별의 불합리에

항거하는 등 사회 부조리를 혁신하려는 주제의식을 보이는 것으로 평가 받아 왔다. 고전소설의 대부분이 체제 옹호적인 보수적 주제를 갖는 데 비하여 이 작품의 이러한 주제의식은 체제 비판적 성격을 지닌다. 그러나 서얼 차별도 그 나름의 존립 이유가 있었기 때문에 생겨난 제도임을 간과할 수는 없다는 주장도 제기될 법하다. 그 이유는 첫째, 한 사회의 지배 계급이 무한정 늘어나서는 그 사회가 이를 감당하고 지탱할 수가 없고 둘째, 경쟁이 적절히 제한될 때 오히려 이를 둘러싼 긴장은 첨예해지지 않기 때문이다.

만약 이 작품의 주제에 동의하는 자기주장을 펼치려면 위와 같은 예상 가능한 반론의 논거를 반박할 수 있어야 한다. 첫째, 지배 계급을 유지해야 한다는 발상 자체가 기득권 의식과 맞물려 있다는 점이다. 특권층은 적을수록 좋겠지만 공정한 경쟁의 논리가 그것에 희생될 수는 없다. 둘째, 경쟁의 제한이 어느 정도 필요하기는 하지만 제한의 기준이 타고난 신분이어서는 안 된다. 일정한 능력에 따라 제한될 때만 설득력이 있다. 대개 이러한 점들을 예상하고서 자기주장을 펼치면 된다.

읽기 전에

《홍길동전》은 당시의 사회 문제라고 할 수 있는 양반 가정의 적자와 서자의 차별 문제를 주된 내용으로 하고 있다. 제시된 본문은 홍길동을 잡기 위해 포도대장 이업이 나섰다가 도리어 우롱만 당한 후, 아버지와 형을 볼모로 하는 내용이다.

홍길동전

일일은 길동이 생각하되,

'나의 팔자 무상하여 집을 도망하여 몸을 녹림호걸[1]에 부쳤으나 본심이 아니라. 입신양명하여 위로 임금을 도와 백성을 건지고 부모에게 영화를 뵈일 것이거늘, 남의 천대를 분히 여겨 이 지경에 이르렀으니 차라리 이로 인하여 큰 이름을 얻어 후세에 전하리라.'

하고, 초인(草人) 일곱을 만들어 각각 군사 오십 명씩 영거(領去)[2]하여 팔도에 분발(分發)[3]할 새, 다 각기 혼백을 붙여 조화무궁하니 군사 서로 의심하여 어느 도로 가는 것이 참 길동인 줄을 모르더라. 각각 팔도에 횡행하며 불의한 사람의 재물을 앗아 불쌍한 사람을 구제하고, 수령의 뇌물을 탈취하고, 창고를 열어 백성을 진휼(賑恤)[4]하니, 각유소동(各有騷動)[5]하여 창고 지키는 군사 잠을 이루지 못하고 지키나, 길동의 수단이 한 번 움직이면 풍우대작[6]하며 운무 자욱하여 천지를 분별치 못하니, 수직(守直)[7]하는 군사 손을 묶인 듯이 금제치[8] 못하는지라. 팔도에서 작란

---

1 도둑이나 불한당을 이르는 말.
2 함께 데리고 감.
3 나누어 보냄.
4 흉년에 곤궁한 백성을 구원하여 도와줌.
5 사람마다 법석을 떪.
6 바람이 몹시 불고 비가 많이 옴.
7 맡아서 지킴.
8 하지 못하게 말리지.

(作亂)⁹하되 맹백히 외쳐 왈,

"활빈당 장수 홍길동이라."

제명(提名)¹⁰하며 횡행하되 뉘 능히 종적을 잡으리요? 팔도 감사 일시에 장문을 올리거늘, 전하 택견(擇見)¹¹하시니 각각 하였으되,

'홍길동 대적이 능히 풍운을 부려 각 읍에서 작란하여 아무 날은 이러이러한 고을의 군기를 도적하고, 아무 때는 아무 고을의 창곡¹²을 탈취하였으되 이 도적의 자취를 잡지 못하여 황공한 사연을 앙달(仰達)¹³하나이다.'

하였거늘, 전하 보시고 대경하사, 각 도 장문 일자를 상고(詳考)¹⁴하시니 길동의 작란친 날이 동월 동일이라. 전하 크게 근심하사 일변 열읍(列邑)¹⁵에 하교하사,

"무론사서인(無論士庶人)¹⁶하고 만일 이 도적을 잡으면 천금상을 내리리라."

조하시고, 팔도에 어사를 내리어, 민심을 안돈(安頓)¹⁷하고 이 도적을 잡으라 하시니라.

이후로는 길동이 혹 쌍교(雙轎)¹⁸를 타고 다니며 수령을 임의로 출척(黜陟)¹⁹하고, 혹 창고를 통개(洞開)²⁰하여 백성을 진휼하며, 죄인을 잡아 다스

---

9 난리를 일으킴.
10 이름을 드러냄.
11 임금이 신하를 불러서 봄.
12 창고에 쌓아 둔 곡식.
13 우러러 고함.
14 자세하게 검토함.
15 여러 고을.
16 사대부와 서민을 논하지 않음.
17 안정되게 바로잡음.
18 쌍가마.
19 잘못을 들어 사람을 내쫓음.
20 활짝 열어젖뜨림.

리며, 옥문을 열고 무죄한 사람은 방송(放送)[21]하며 다니되, 각 읍이 종시 그 종적을 모르고 도리어 분주하여 일국이 흉흉한지라. 전하 진노하사 가라사대,

"이 어떠한 놈의 용맹이 한 날에 팔도에 다니며 이같이 작란하는고? 나라를 위하여 이놈을 잡을 자가 없으니 가히 한심하도다!"

하시니, 계하(階下)[22]에 한 사람이 출반주[23] 왈,

"신이 비록 재주 없사오나 일지병(一枝兵)[24]을 주시면 홍길동 대적을 잡아 전하의 근심을 덜리이다."

하거늘, 모두 보니 이는 곧 포도대장 이업이라. 전하 기특하게 여기사 정병 일천을 주시니, 이업이 즉시 궐하에 숙배하직(肅拜下直)[25]하고 즉일 발행(卽日發行)[26]할새, 과천을 지나서는 각각 군사를 분발하여 약속을 정하되,

"너희는 이러이러한 곳으로 좇아 아무 날 문경으로 모이라."

하고, 미복(微服)[27]으로 행하여 수일 후에 한 곳에 이르니, 날이 장차 저물거늘 주점에 들어 쉬더니, 이윽고 어떠한 소년이 나귀를 타고 동자 수 인을 거느리고 들어와 좌정 후에 성명과 거지(居地)[28]를 통하고 담화하더니, 그 서생이 차탄[29] 왈,

"보천지하(普天之下)가 막비왕토(莫非王土)요, 솔토지민(率土之民)이 막비왕신(莫非王臣)이라.[30] 이제 대적 홍길동이 팔도에 작란하여 민심을 요

---

21 놓아 보냄.
22 층계 아래.
23 여러 신하 가운데 혼자 나아가서 임금께 아룀.
24 한 떼의 병사.
25 서울을 떠나 임지(任地)로 가는 관원이 임금에게 작별을 아뢰는 일.
26 그날 즉시 출발함.
27 남의 눈을 피하기 위하여 초라한 옷차림으로 변장함.
28 거주지.
29 한숨지어 탄식함.
30 넓은 하늘 아래의 땅이 왕토 아님이 없고, 온 땅의 백성이 왕의 신하 아님이 없음.

란케 하매 전하 진노하사 팔도에 행관(行關)[31]하여 방곡에 지위(知委)[32]하여 잡으라 하시되 종시 잡지 못하니 분완[33]한 마음은 일국이 한가지라. 나 같은 사람도 약간 용력(勇力)[34]이 있어 도적을 잡아 나라의 근심을 덜고자 하되 힘이 넉넉지 못하고 뒤를 도울 사람이 없으매 개탄(慨歎)이로다.”

이업이 그 서생의 모양을 보고 말을 들으매 진실로 의기남자라. 심내에 경복(敬服)[35]하여, 나아가 손을 잡고 왈,

“장하다! 충의를 겸한 사람이로다! 내 비록 용렬(庸劣)[36]하나 죽기로써 그대의 뒤를 도울 것이니 나와 함께 이 도적을 잡음이 어떠하뇨?”

한데, 그 소년이 또한 위사(謂謝)[37]하고 왈,

“그대 말씀이 그러할진대 이제 나와 함께 가 재주를 시험하고 홍길동이 거처하는 데를 탐지하리라.”

하니, 이업이 응낙하고 그 소년을 따라 함께 깊은 산중으로 가더니, 그 소년이 몸을 솟아 층암절벽 위에 올라앉으며 왈,

“그대 힘을 다하여 나를 차면 그 용력을 가히 알리라.”

하거늘, 이업이 생전 기력을 다하여 그 소년을 차니, 그 소년이 몸을 돌아앉으며 왈,

“장사로다! 이만하면 홍길동 잡기를 염려치 아니하리로다! 그 도적이 지금 이 산중에 있으니 내 먼저 들어가 탐지하고 올 것이니 그대는 이곳에 있어 내가 돌아오기를 기다리라.”

하거늘, 이업이 허락하고 그곳에 앉아 기다리더니, 이윽하여[38] 형용이

---

31 동등한 관아(官衙) 사이에 공문을 보냄.
32 명령을 내려 알려줌.
33 매우 분하게 여김.
34 용기와 힘.
35 존경하여 복종함.
36 재주가 남만 못하고 어리석음.
37 사례함.
38 꽤 오랜 시간이 지나서.

기괴한 군사 수십 인이 다 황건을 쓰고 오며 외쳐 왈,

"네 포도대장 이업이냐! 우리는 지부대왕(地府大王)³⁹의 명을 받아 너를 잡으러 왔노라."

하고, 일시에 달려들어 철쇄(鐵鎖)⁴⁰로 묶어 가니, 이업이 혼불부신하여 지하인 줄, 인간인 줄 모르고 가더니, 경각(頃刻)에⁴¹ 한 곳에 이르니 의회⁴² 한 와가(瓦家)⁴³가 궁궐 같은지라. 이업을 잡아 정하⁴⁴에 꿇리니 전상에서 수죄⁴⁵하는 소리 나며 꾸짖어 왈,

"네 감히 활빈당 장수 홍길동을 수이⁴⁶ 보고 잡기를 자당(自當)⁴⁷하느냐? 홍 장군이 하늘의 명을 받아 팔도에 다니며 탐관오리⁴⁸와 비리(非理)를 취하는 놈의 재물을 앗아 불쌍한 백성을 구휼하거늘, 너희 놈이 나라를 속이고 임금에게 무고하여 옳은 사람을 해코자 하매, 지부(地府)⁴⁹에서 너 같은 간사한 유를 잡아다가 다른 사람을 경계코자 하시니 한치 말라."

하고, 황건역사를 명하여 왈,

"이업을 잡아 풍도⁵⁰에 부쳐 영불출세(永不出世)⁵¹케 하라."

하니, 이업이 머리를 땅에 두드리며 사죄 왈,

"과연 홍 장군이 각 읍에 다니며 작란하여 민심을 소동케 하시매 국왕이 진노하시기로 신자의 도리에 앉아 있지 못하여 발포차로 봉명(奉

---

39 염라대왕.
40 쇠사슬.
41 눈 깜짝할 동안에.
42 어렴풋함. 그럴 듯하여 비슷함.
43 기와집.
44 뜰.
45 범죄 행위를 세어 들추어냄.
46 쉽게.
47 스스로 짊어지거나 맡아 함.
48 탐욕이 많고 행실이 깨끗하지 못한 관리.
49 저승.
50 바람과 큰 물결.
51 영원히 세상에 나오지 아니함.

命)⁵²하고 나왔사오니 인간의 무죄한 목숨을 안서(安徐)⁵³하옵소서."

무수히 애걸하니, 좌우 제인이며 전상에서 그 거동을 보고 크게 웃으며, 군사를 명하여 이업을 해박(解縛)⁵⁴하여 전상에 앉히고 술을 권하며 왈,

"그대 머리를 들어 나를 보라. 나는 곧 주점에서 만났던 사람이요, 그 사람은 홍길동이라. 그대 같은 이는 수만 명이라도 나를 잡지 못할지라. 그대를 유인하여 이리 오기는 우리 위엄을 보이게 함이요, 일후⁵⁵에 그대와 같이 범람한 사람이 있거든 그대로 하여금 말리게 함이로다."

하고, 또 두어 사람을 잡아들여 정하에 꿇리고 수죄 왈,

"너희를 일변(一邊) 벨 것이로되, 이미 이업을 살려 돌려보내기로 너희도 방송하나니, 돌아가 일후에는 다시 홍 장군 잡기를 생의(生意)⁵⁶치 말라."

하니, 이업이 그제야 인간인 줄 아나 부끄러워 아무 말도 못하고 머리를 숙여 잠잠하더니, 이윽히 앉았다가 잠깐 졸더니, 문득 깨달으니 사지를 요동치 못하고 눈에 보이는 것이 없는지라. 죽도록 벗어나니 가죽 부대에 들어 있는지라. 그 앞에 또 가죽 부대 둘이 달렸거늘, 풀러 보니 어젯밤에 함께 잡혀 갔던 사람이요, 문경으로 보낸 군사라. 이업이 어이없어 웃어 왈,

"나는 어떠한 소년에게 속아 이러이러하였거니와 너희는 어떤 연고냐?"

하고 물으니, 그 군사 서로 웃어 왈,

"소인 등은 아무 주점에서 자옵더니 어찌하여 이곳에 이른 줄 알지 못하나이다."

하고, 사면을 살펴보니 장안(長安) 북악(北嶽)⁵⁷이더라. 이업 왈,

---

52 명을 받듦.
53 잠시 유예함.
54 맨 것을 풀음.
55 뒷날. 후일.
56 하려는 마음을 냄. 또는 그 마음.
57 서울의 북악산.

"허망한 일이로다! 삼가 발구치 말라."

하더라.

이때에 길동의 수단이 신출귀몰하여 팔도에 횡행하되 능히 알 자가 없는지라. 수령의 간상을 적발하여 어사로 출도하여 선참후계(先斬後啓)[58]하며, 각 읍 진공뇌물(進供賂物)[59]을 낱낱이 탈취하니 장안 백관이 구차막심(苟且莫甚)[60]하더라. 혹 초헌[61]을 타고 장안 대로로 왕래하며 작란하니 상하 인민이 서로 의혹하여 괴이한 일이 많아 일국이 소동하는지라. 상이 크게 근심하더니 우승상이 주왈,

"신이 듣자오니 도적 홍길동은 전 승상 홍 모의 서자라 하오니, 이제 홍 모를 가두시고, 그 형 이조판서 길현으로 경상감사를 보위(補位)[62]하셔서 날을 정하여 그 서제(庶弟)[63] 길동을 잡아 바치라 하오면 제 아무리 불충무도(不忠無道)[64]한 놈이나 그 부형의 낯을 보아 스스로 잡힐까 하나이다."

상이 이 말을 들으시고, 즉시 홍문을 금부[65]에 가두라 하시고 길현을 패초(牌招)[66]하시니라.

이때에 홍 승상이 길동이 한번 떠난 후로 소식이 없어 거처를 모르며 내두[67]에 무슨 일이 있을까 염려하시더니, 천만몽매(千萬夢寐) 밖에[68] 길동이 나라 도적이 되어 이렇듯 작란하매, 놀란 마음에 어찌할 줄 모르고 이 사연을 미리 나라에 품(稟)[69]하기도 어렵고 모르는 체 앉아 있기도 어려워

---

58 잘못을 저지른 사람을 먼저 처형하고 뒷사람을 경계함.
59 진상하는 뇌물.
60 가난하고 군색하기가 몹시 심함.
61 종2품 이상의 벼슬아치가 타는 수레나 가마.
62 임금이 직접 관리를 임명함.
63 서모에게서 난 아우.
64 나라에 충성하지 못하고 인도에 어긋남.
65 의금부.
66 조선 왕조 때 승지를 시켜 왕명으로 신하를 부름.
67 지금으로부터 닥치는 앞.
68 뜻밖에.

일념에 병이 되어 침석에 눕고 일어나지 못하는지라.

장자 길현이 이조판서로 있더니 부친의 병세 위중하시매 말미를 청하여 집에 돌아와 띠를 끄르지 아니하고 병측에 모셔 조참(朝參)[70]에 나아가지 아니한 지 이미 달이 넘은지라. 조정 사기를 알지 못하더니, 문득 법관이 나와 조명(詔命)[71]을 전하고 승상을 전옥(典獄)[72]에 내리우고 판서를 패초하시는지라 일가 황황분주(遑遑奔走)[73]하더라.

판서 궐하에 나가 대죄(待罪)[74]하니, 상이 가라사대,

"경의 서제 길동이 나라의 도적이 되어 범람함이 이같으니 그 죄를 의논하면 마땅히 연좌(緣坐)[75]할 것이로되 고위안서(姑爲安徐)[76]하나니 이제로 경상도에 내려가 길동을 잡아 홍씨 일문지환을 면케 하라."

하시니, 길현이 복지 주왈,

"천한 동생이 일찍 사람을 죽이고 도망하여 나갔사오매 종적을 모르옵더니 이렇듯 중죄를 지으니 신의 죄 마땅히 베임즉하오며, 신의 아비 나이 팔십에 천한 자식이 도적이 되었사오매 이로 병이 되어 사경에 있사오니, 복원(伏願)[77] 전하는 하해(河海) 같은 은덕을 내리사 신의 아비로 하여금 집에 돌아가 조병(調病)[78]하게 하시면 신이 내려가서 서제 길동을 잡아 전하에게 바치리다."

하니, 상이 그 효성에 감동하사, 홍 모는 집으로 보내어 치병[79]하라 하시

---

69 아룀.
70 왕이 정전(正殿)에 친림(親臨)한 앞에 모든 조신(朝臣)이 나아가 뵈는 일.
71 임금의 명령.
72 죄인을 가두는 감옥.
73 마음이 몹시 급하여 허둥지둥 바쁨.
74 죄인이 벌을 기다림.
75 일가의 범죄에 관련되어서 죄 없이 차별을 당함.
76 일정한 기간을 정하여 그 안에 일을 해결한다는 조건으로 잠시 유보함.
77 바라옵건대.
78 병을 조리함.
79 병을 다스림.

고, 길현으로 경상감사를 보위하사 날을 정하여 주시니, 판서 황은(惶恩)⁸⁰을 백배치사(百拜致謝)⁸¹하고 경상도에 내려와 각 읍에 행관하여 방방곡곡에 방서(榜書)⁸²를 붙여 길동을 찾으니, 그 방서에 하였으되,

'대범 사람이 복재지간(覆載之間)⁸³에 나매 오륜(五倫)이 있으니 오륜 중에 군부가 으뜸이라. 사람 되고 오륜을 버리면 사람이 아니라 하나니, 이제 너는 지혜와 식견이 범인보다 더하되 이를 모르니 어찌 애닯지 아니하리요? 우리 세대로 국은을 입어 자자손손이 녹(祿)을 받으니 망극한 마음이 갈충보국⁸⁴하더니, 우리에게 미쳐서는 너로 말미암아 역명(逆命)⁸⁵을 장차 어느 곳에 미칠 줄 모르게 되니 어찌 한심하다 뿐이며, 난신(亂臣)⁸⁶과 적자(賊子)⁸⁷ 어느 대에 없으리요마는 우리 문호에서 날 줄은 진실로 뜻하지 못하였도다. 전하 진노하시니 마땅히 극형을 행하실 것이로되, 갈수록 성은이 망극하사 죄를 더하지 아니하시고 나를 명하사 너를 잡으라 하옵시니 망극한 마음 도리어 황공하며, 팔십 노친이 백수모년(白首暮年)⁸⁸에 너로 하여금 주야 우려하시던 중에 네 이렇듯 변괴⁸⁹를 지어 죄를 나라에 얻으니 놀라신 마음에 병이 되어 이제 눕고 장차 일어나지 못하게 되시니, 부친이 만일 너로 인하여 세상을 버리시면 네 살아서도 역명을 입고, 죽어 지하에 간들 천추만대에 불충불효지 죄를 유전할지라. 또한 그 남은 우리 일문이 원통치 아니하랴? 네 어찌 넉넉한 소견으로 이를 생각지 못하느냐? 네 이 죄명을 가지고 세상에 용납할진대 사람은 비록 안서(安徐)

---

80 황공한 임금의 은혜.
81 수없이 절하며 감사함.
82 여러 사람에게 알리기 위하여 사람이 많이 다니는 곳에 써 붙이는 글.
83 만물을 덮고 있는 하늘과 땅. 곧 세상천지를 이름.
84 충성을 다하여서 나라의 은혜를 갚음.
85 임금이나 윗사람의 명령을 어김.
86 나라를 어지럽히는 신하.
87 임금이나 부모에게 반역하는 불충불효하는 사람.
88 머리가 희끗하게 센 노년.
89 도리를 벗어난 악한 짓.

하나 소소(昭昭)[90]한 천벌이 사정이 있으랴? 이제 마땅히 천명을 순수하여 조정의 처분을 기다릴 뿐이니 또 어찌하리요? 네 일찍 돌아오기를 바라노라.'

하였더라.

감사 도임 후에 공사를 폐하고, 전하의 근심과 부친의 병세를 염려하여 수심으로 날을 보내며 행여 길동이 올까 바라더니, 일일은 하인이 아뢰되,

"어떠한 소년이 밖에 와 통지하옵니다."

하거늘, 즉시 맞아들이니 그 사람이 섬 위에 엎드려 죄를 청하는지라. 감사 괴이히 여겨 그 연고를 물으니 대왈,

"형장(兄丈)[91]은 어찌 소제 길동을 모르시나이까?"

하거늘, 감사 경희(驚喜)[92] 중에 나가서 길동의 손을 잡고 이끌고 방에 들어와 좌우를 치우고 한숨지으며 왈,

"이 무상한 아이야, 네 어려서 집을 떠난 후에 이제야 만나니 반가운 마음이 도리어 슬프도다! 네 저러한 풍도와 재주로 어찌 이렇듯 불측한 일을 즐겨 하여 부형의 은애(恩愛)를 끊게 하느냐? 향곡(鄕曲)[93]의 우미[94]한 백성들도 임금에게 충성하고, 아비에게 효도할 줄 아는지라. 너는 성정(性情)이 총명하고 재주 높아 범인과 크게 다르니 마땅히 더욱 충효를 숭상할 사람으로서 몸을 그른 데 버려 충효를 당하여는 범인보다 못하니 어찌 한심치 아니하리요? 그 부형 되는 자가 그 같은 고명(高明)[95]한 자제를 두었다 하여 심독희자부(心獨喜自負)[96]하더니 도리어 부형에게 근심을 끼

---

90 사리가 뚜렷이 드러나서 밝음.
91 형님.
92 뜻밖의 좋은 일에 몹시 놀라고 기뻐함.
93 시골.
94 어리석고 사리에 어두움.
95 식견이 높고 두뇌가 명석함.
96 일이 잘될 것을 믿고 스스로 마음이 즐거움.

치느냐? 네 이제 충의를 취하여 사지에 돌아가도 그 부형은 싫어하는 마음이 있을지라. 하물며 역명을 무릅쓰고 죽게 되니 그 부형의 마음이야 다시 어떠하다 하랴! 국법이 사정이 없으니 아무리 구원코자 하여도 어찌 못하니 너를 위하여 서러워한들 무슨 효험이 있으랴? 너는 부형의 낯을 보아 죽기를 감심[97]하고 왔으나 나는 두렵고 비척(悲戚)[98]한 마음이 너 아니 본때보다 더한지라! 너는 제 지은 죄니 하늘과 사람을 원망치 못하여도, 부친과 나는 목전의 너를 죽이는 줄로 명도(命途)를 탓할 뿐이라. 네 어찌 이를 깨닫지 못하고 이렇듯 범람한 죄를 지었느냐? 천추를 역수하여도 생리사별(生離死別)이 오늘밤에 비치 못하리로다!"

하니, 길동이 체읍 주왈,

"이 불초한 동생 길동이 본래 부형의 훈계를 듣지 말고자 함이 아니오라, 팔자 기박하여 천생됨이 평생 한일 뿐더러 가(家) 중에 시기하는 사람을 피하여 정처 없이 다니다가 천만몽매 밖에 몸이 적당에 빠져 잠시 생애를 부쳤더니 죄명이 이에 미치었사오니 명일에 소제 잡은 연유를 장계하옵고, 소제를 결박하여 나라에 바치옵소서."

하며, 담화로 날을 새우고 평명에 감사, 길동을 철쇄로 결박하여 보낼 새 참연(慘然)히 낯빛을 고치고 하염없이 눈물을 흘리더라.

---

97 괴로움이나 책망을 달게 여김.
98 슬퍼하고 근심함.

춘향전

작자 미상

춘향전
작자 미상

작가와 작품세계

판소리 12마당의 하나로 조선 영조·정조 전후의 작품으로 추측될 뿐, 작자·연대는 미상이다.《춘향전》은 순수한 연애와 평등사상을 고취한 반봉건적 문학으로서 고전소설의 최고 걸작으로 꼽히며 판소리로 불리다가 소설로 정착된 판소리계 소설이다.《춘향전》을 비롯한 판소리계 소설은《조웅전》이나《유충렬전》따위의 귀족적 영웅소설이 지녔던 인기를 대신 차지함으로써 소설사의 커다란 전환을 이루었다. 한 편에서 대장편으로 늘어난 가문소설(家門小說)이 중세적 가치관의 지속을 꾀하고 있을 때, 애정소설 또는 세태소설로서 가장 두드러진 성과를 가로맡은 판소리계 소설이 더욱 확대된 영향력을 행사했다는 것은 변화의 진통이 막바지에 이르렀음을 말해 준다.

줄거리

춘향은 퇴기 월매와 성 참판 사이에서 태어난 딸로 자랄수록 미모가 뛰어나고 시화에 능했다. 남원 부사의 아들 이몽룡이 방자를 데리고 봄 경치를 감상하며 시를 읊조리다가 그네 뛰는 춘향을 발견하게 된다. 첫눈에 반한 이 도령은 방자를 시켜 만나보고 그날 밤에 집으로 찾아가 춘향과 백년해로의 굳은 언약을 한다. 둘은 날마다 사랑을 속삭이지만 얼마 후

이 도령은 부친이 내직(內職)으로 옮기자 춘향과 이별하게 된다. 이 도령을 서울로 보낸 춘향은 반가운 소식만 기다리며 살아가지만 소식은 오지 않고, 새로운 남원 부사로 변학도가 부임한다. 그는 호색한으로서 춘향에게 수청을 강요하지만 춘향은 목숨을 걸고 이를 거절하는데, 크게 노한 변학도는 모진 매질을 하여 춘향을 옥에 가둔다.

한편, 과거에서 장원으로 급제한 이 도령은 암행어사가 되어 남원으로 내려온다. 춘향이 옥중에서 고생하고 있다는 말을 들은 이 도령은 변학도의 생일날, 춘향이 막 고문을 당하려는 순간 어사출두를 단행하여 잔치판은 아수라장이 되고 이 도령은 변학도를 파직하고 춘향과 정회를 푼다. 이 도령은 춘향을 서울로 데려가서 정실부인으로 맞이해 백년해로한다.

작품해설

120여 종에 이르는 이본을 가지고 있는 《춘향전》은 조선 후기 사회의 각 계층을 대표하는 인물들을 전형적으로 그려내는 데 성공하였다. 춘향은 적극적이며 현실적인, 그러면서 진취적이기도 한 성품을 가지고 있고, 이 도령은 전반부에서는 신분과 처지에 걸맞지 않은 행위를 보이다가 후반부에는 어엿한 성인으로서 어긋남이 없는 행동을 하며, 특히 백성을 위할 줄 아는 목민관(牧民官)으로서의 성품도 엿보인다. 변학도, 방자, 월매 등도 모두 각자 자신들의 위치에 어울리는 행동을 함으로써 생동하는 인간으로 자리 잡고 있다.

사건 설정도 흥미롭다. 춘향과 이몽룡이 단오 날 광한루에서 만나 수작을 건네더니 바로 그날 밤 음란한 놀음을 벌인다. 애절한 이별 뒤에 춘향은 변학도의 수청을 들지 않아 죽을 지경에까지 이르렀다가 어사가 된 이몽룡 덕분에 구출될 뿐만 아니라 부부가 되어 모든 소원을 다 이룬다. 이 작품은 행복과 고난을 극적으로 교체시키면서 갖가지 긴장을 조성해 독자를 작품 속에 빠져들게 한다. 결국 인물 면에서 최대한의 신분 격차가 나는 젊은 두 남녀가, 구성면에서 최대한의 장애를 극복하고, 주제 면에서 최대한의 사랑을 이룩해 나가는 과정을 그려낸 이야기가 《춘향전》인 것이다.

《춘향전》의 문체는 격식에 맞는가 하면 엉뚱하고, 우아한가 하면 비속한 것이어서 판소리계 소설의 특징을 잘 드러내 준다. 춘향이 자기를 잡으러 온 패두(牌頭)를 맞이하는 대목을 보자. "섬섬옥수 내어서 이패두의 손을 잡고 방안을 들어가며 하는 말이, '하 오랜만에 만났으니 술이나 먹고 노사이다. 관령 뫼온 일로 왔나, 심심하여 날 찾으러 왔나. 무슨 바람이 불어 왔노. 내가 꿈을 꾸나. 그리던 정을 오늘이야 펴겠네. 반가울사, 귀한 객이 오늘 왔네. 사람 그리워 못 살겠네.' 이렇듯이 애용으로 사람의 간장을 녹낙하니, 저 패두놈 거동 보소." 이 대목을 보더라도 문체가 얼마나 다채롭고 발랄한지 쉽게 알 수 있다.

기생이 아니고자 하는 춘향과 기생 신분으로 고정시키려는 타인들 사이의 갈등이 이 작품의 기본적인 갈등이다. 여기서 춘향이 보여주는 행동은 조선 후기에 광범위하게 전개된 신분 변동을 반영한 것이고, 또한 춘향의 인물형은 근대사회로 이행해 가는 당대에서 이익 사회적인 인간형을 보여주고 있다는 점에서 사회사적 의의가 있다.

생각 나누기

1. 《춘향전》은 젊은 남녀의 사랑 이야기라는 통속적 주제를 지니면서도 그렇게만 보기에는 심각한 사회적 리얼리티를 드러낸다. 이러한 《춘향전》의 성격을 온전히 파악하려면 어떠한 논리가 필요한지를 생각하여, 자신의 입장을 정하고 본문에 수록된 《춘향전》의 결말 부분과 연관하여 그 타당성을 주장하시오.

2.《춘향전》가운데 이 도령이 암행어사로 출두하여 변사또 생일잔치에 참석한 사람들을 놀라게 하는 장면이 있다. 이 장면이 희극적 구조로서의《춘향전》속에서 수행하는 역할을 지적하고, 이를 통하여 대중적 통속 문학의 특징을 지니는 이 작품이 현재까지 지속될 수 있었던 가치가 무엇인지 말하시오.

모범 답안

1. 춘향이 겪는 고초와 해피엔딩은 이야기의 희극적 구조에서 가장 보편적인 형식이다. 사랑을 위해서 춘향이 겪는 풍상과 고초는 너무나 심각하여 단순히 흥미나 충동 또는 연민이나 위안을 위한 사랑 이야기이기에는 당대의 부조리한 현실이 많이 반영되어 있다. 배경이나 플롯은 로맨스적이지만 주제나 수법은 심각하고도 사실적이다. 또 내용도 즐겁고 환상적인 인생의 양상만 담고 있는 것이 아니라 인생의 고통스러운 체험과 인간성의 어두운 심층을 담고 있기도 하다. 그러나 희극이란 말은 이야기의 '구조'를 의미하는 것이지 이야기의 내용 내지 그에 대한 우리의 태도를 의미하는 것은 아니다. 해피엔딩이란 행복한 이야기임을 의미한다든가, 또는 그에 대해 우리가 행복하게 느낀다는 의미가 아니라 '사필귀정(事必歸正)'이라는 플롯의 정석을 말하는 것이다.

희극은 어떤 사회로부터 그와는 다른 새로운 사회로 발전하는 플롯을 가진다. 남녀 주인공의 결합을 방해하는 인물들이 석권하는 사회였던 데서 남녀 주인공을 주축으로 하여 이룩되는 새로운 사회로 그 중심부가 옮겨지는 것이다. 그러한 새로운 사회가 주인공을 주축으로 하여 이룩되는 순간이 바로《춘향전》의 결말 부분으로서 극중 사건이 해결되는 포인트다.

2. 희극은 인생 현실의 번역이 아니라 현실적 질곡에서 벗어나려는 인

간적 소망, 즉 꿈의 문법이다. 그러므로 희극적 설화 행위의 논리적 귀결은 인생에 대한 축제적 기쁨이 된다.《춘향전》은 사건의 해결인 암행어사 출두를 변사또 생일잔치 장면으로 택함으로써 모든 대소의 등장인물이 전부 참석한 가운데 그 축제적 분위기가 곧 이야기의 대단원이 되게 하고 있다. 희극적 플롯에 의해서 도달된 사회가 관객이 여태까지 사필귀정이라고 생각해 오던 것과 일치하면, 등장인물과 관객 사이에는 완전한 공감 행위가 성립한다. 환희작약하는 춘향의 기쁨이나 덩실거리는 춘향 어미의 감격은 수용자의 심적 쾌재와 완전히 일치하고, 이러한 일체감은 희극적 구조가 갖는 최후의 귀착점이 된다.

《춘향전》을 읽던 당대의 독자들은 공동의 설화적 체험을 기반으로 '케케묵은 이야기'를 통하여 항상 새로운 사회적 결속과 일체감을 가질 수 있었다. 오늘날 우리들의 독서 체험과 지식은 개인마다 잡다한 편편들이어서 연속성과 공통성의 체험을 상실하고 있다. 사회적 일체감과 대중적 호소력을 지닌 어떤 주제나 표상도 지니지 못한 것이 현재의 불행이라고 할 수 있다. 이에 이 작품의 의미를 되새겨볼 필요가 있다고 본다.

읽기 전에

여느 판소리계 소설처럼 이 작품의 주제도 표면적인 것과 이면적인 것으로 나누어진다. 열녀를 칭송한 것이 표면적 주제라면, 기생 춘향과 기생 아닌 춘향의 갈등을 통해 신분 제약에서 벗어나고 인간적 해방을 이룩하고자 한 것이 이면적 주제다. 제시된 본문에서는 춘향이가 변학도의 수청을 들지 않아 죽을 지경에까지 이르렀다가 어사가 된 이몽룡 덕분에 구출될 뿐만 아니라 부부가 되어 모든 소원을 다 이룬다는 내용을 담고 있다.

춘향전

향단이는 미음상(米飮床)이고 등롱(燈籠) 들고 어사또는 뒤를 따라 옥문간(獄門間) 당도하니 인적이 고요하고 쇄장이[1]도 간곳없네. 이때 춘향이 비몽사몽 간에 서방님이 오셨는데 머리에는 금관(金冠)이요, 몸에는 홍삼(紅衫)[2]이라. 상사일념(相思一念)[3]에 목을 안고 만단정회(萬端情懷)[4]를 하는 차라,

"춘향아."

부른들 대답이 있을쏘냐. 어사또 하는 말이,

"크게 한번 불러 보소."

"모르는 말씀이오. 예서 동헌(東軒)이 마주치는데 소리가 크게 나면 사또 염문(廉問)[5]할 것이니 잠깐 지체하옵소서."

"무에 어때, 염문이 무엇인고. 내가 부를게 가만있소. 춘향아."

부르는 소리에 깜짝 놀라 일어나며,

"허허, 이 목소리 잠결인가, 꿈결인가, 그 목소리 괴이하다."

어사또 기가 막혀,

"내가 왔다고 말을 하소."

"왔단 말을 하거드면 기절담락(氣絶膽落)[6]할 것이니 가만히 계옵소서."

---

1 옥사장이. 옥을 지키는 포졸.
2 조복(朝服)에 딸린 웃옷.
3 서로 그리워하는 한결같은 마음.
4 온갖 정서와 회포.
5 남모르게 사정을 물어봄.

춘향이 저의 모친 음성 듣고 깜짝 놀라,

"어마니, 어찌 오셨소. 몹쓸 딸자식을 생각하와 천방지방(天方地方)⁷ 다니다가 낙상(落傷)하기 쉽소. 일후(日後)⁸랑은 오시지 마옵소서."

"날랑은 염려 말고 정신을 차리어라. 왔다."

"오다니 뉘가 와요?"

"그저 왔다."

"갑갑하여 나 죽것소. 일러주오. 꿈 가온데 임을 만나 만단정회하였더니 혹시 서방님께서 기별 왔소. 언제 오신단 소식 왔소. 벼슬 띠고 내려온단 노문(路文)⁹ 왔소. 애고, 답답하여라."

"너의 서방(西房)인지 남방(南房)인지 걸인 하나 내려왔다."

"허허, 이게 웬말인가. 서방님이 오시다니 몽중(夢中)에 보던 임을 생시에 보단 말가."

문틈으로 손을 잡고 말 못하고 기색(氣塞)¹⁰하며,

"애고애고, 이게 뉘기시오. 아마도 꿈이로다. 상사불견(相思不見)¹¹ 기룬¹² 임을 이리 수이 만날쏜가. 이제 죽어 한이 없네. 어찌 그리 무정한가. 박명(薄命)하다 나의 모녀, 서방님 이별 후에 자나 누나 임 그리워 일구월심(日久月深)¹³ 한(恨)이더니 이내 신세 이리 되야 매에 감겨 죽게 되니 날 살리려고 오셨나요."

한참 이리 반기다가 임의 형상 자세(仔細) 보니 어찌 아니 한심하랴.

"여보 서방님, 내 몸 하나 죽는 것은 설운 마음 없소마는 서방님 이 지

<hr>

6 몹시 놀라서 정신을 잃음.
7 허둥지둥.
8 뒷날. 후일.
9 벼슬아치가 고을에 당도하기 전에 미리 벼슬아치의 행차를 알리는 공문.
10 숨이 막힘.
11 남녀가 서로 그리워하면서도 보지 못함.
12 그리운.
13 날이 오래고 달이 깊어짐. 곧 골똘히 바람을 이르는 말.

경이 웬일이오."

"오냐 춘향아, 설워 마라. 인명이 재천인데 설만들 죽을쏘냐."

춘향이 저의 모친 불러,

"한양성 서방님을 칠년대한(七年大旱)[14] 가문 날의 갈민대우(渴民待雨)[15] 기다린들 날과 같이 자진(自盡)[16]턴가. 심은 남기[17] 꺾어지고 공든 탑이 무너졌네. 가련하다 이내 신세 하릴없이 되았구나. 어마님, 나 죽은 후에라도 원이나 없게 하여 주옵소서. 나 입던 비단 장옷[18] 봉장(鳳欌)[19] 안에 들었으니 그 옷 내여 팔아다가 한산세저(韓山細苧)[20] 바꾸어서 물색 곱게 도포 짓고 백방사주(白紡絲紬)[21] 긴 초매[22]를 되는 대로 팔아다가 관(冠), 망(網), 신발 사드리고 절병(切餠) 천은(天銀) 비녀[23], 밀화장도(蜜花粧刀), 옥지환(玉指環)이 함 속에 들었으니 그것도 팔아다가 한삼(汗衫), 고의(袴衣) 불초찮게[24] 하여 주오. 금명간 죽을 년이 세간 두어 무엇 할가. 용장(龍欌), 봉장(鳳欌) 빼닫이[25]를 되는 대로 팔아다가 별찬(別饌) 진지[26] 대접하오. 나 죽은 후에라도 나 없다 말으시고 날 본 듯이 섬기소서. 서방님, 내 말씀 들으시오. 내일이 본관사또 생신이라 취중(醉中)에 주망(酒妄)나면 나를 올려 칠 것이니 형문(刑問)[27] 맞은 다리 장독(杖毒)이 났으니 수족(手足)인들 놀릴쏜

14 7년이나 계속되는 큰 가뭄.
15 날이 몹시 가물어 백성들이 비를 기다림.
16 애를 태워 목숨이 끊어질 지경에 이름.
17 나무가.
18 부녀자들이 나들이할 때 머리에 써서 온몸을 가리던 옷.
19 표면에 봉황새 무늬를 새겨 넣은 옷장.
20 한산모시.
21 흰 누에고치의 실을 켜서 짠 명주.
22 치마.
23 인절미 모양의 비녀.
24 간략하지 않게.
25 서랍.
26 특별한 찬을 마련한 진지.
27 몽둥이로 죄인을 때림.

가. 만수운환(漫垂雲鬟)[28] 흐트러진 머리 이렁저렁 걷어 얹고 이리 비틀 저리 비틀 들어가서 장폐(杖斃)[29]하여 죽거들랑, 삯꾼인 체 달려들어 둘러업고 우리 둘이 처음 만나 놀던 부용당(芙蓉堂)의 적막하고 요적(寥寂)[30]한 데 뉘어놓고 서방님 손수 염습(斂襲)[31]하되 나의 혼백 위로하여 입은 옷 벗기지 말고 양지 끝에 묻었다가 서방님 귀히 되야 청운에 오르거든 일시(一時)도 두지 말고 육진장포(六鎮長布)[32] 개렴(改殮)[33]하야 조촐한 상여 위에 덩그렇게 실은 후에 북망산천(北邙山川)[34] 찾아갈 때 앞 남산(南山) 뒷 남산 다 버리고 한양으로 올려다가 선산(先山) 발치에 묻어주고 비문에 새기기를 '수절원사춘향지묘(守節寃死春香之墓)'라 여덟 자만 새겨주오. 망부석이 아니 될까. 서산에 지는 해는 내일 다시 오련마는 불쌍한 춘향이는 한번 가면 어느 때 다시 올까. 신원(伸寃)[35]이나 하여 주오. 애고애고 내 신세야. 불쌍한 나의 모친 나를 잃고 가산을 탕진하면 하릴없이 걸인 되야 이 집 저 집 걸식다가 언덕 밑에 조속조속 조을면서 자진하야 죽거드면 지리산 갈가마귀 두 날개를 떡 벌리고 두덩실 날아들어 '까옥까옥' 두 눈을 다 파먹은들 어느 자식 있어 '후여' 하고 날려주리."

애고애고 설이[36] 울 때 어사또,

"우지 마라. 하늘이 무너져도 솟아날 궁기가[37] 있나니라. 네가 나를 어찌 알고 이렇듯이 설워하냐."

작별하고 춘향 집에 돌아오고, 춘향이는 어둠침침 야삼경(夜三更)에 서

---

28 산만하게 흩어진 쪽진 머리.
29 곤장으로 때려죽임.
30 깊고 고요한 모양.
31 시신을 깨끗이 닦고 옷을 입혀 입관하는 것.
32 함경북도 육진에서 나는 상포(喪布).
33 다시 장사지낼 때 염을 다시 하는 것.
34 죽은 사람을 매장하는 곳을 일컬음.
35 억울한 사정을 풀어 주는 것.
36 서럽게. 슬피.
37 구멍이.

방님을 번개같이 얼른 보고 옥방(獄房)에 홀로 앉아 탄식하는 말이,

"명천(明天)[38]은 사람을 낼 제 별(別)로 후박(厚薄)이 없건마는 나의 신세 무슨 죄로 이팔청춘에 임 보내고 모진 목숨 살아 이 형문, 이 형장(刑杖) 무삼 일꼬. 옥중 고생 삼사 삭(朔)[39]에 밤낮없이 임 오시기만 바랐더니 이제는 임의 얼굴 보았으나 광채 없이 되었구나. 죽어 황천에 돌아간들 제왕전(諸王前)[40]에 무슨 말을 자랑하리."

애고애고 슬피 울 제 자진하여 반생반사(半生半死)[41]하는구나. 어사또 춘향 집을 나와서 그날 밤을 새려 하고 문안 문밖 염문 할새 질청[42]에 가 들으니 이방(吏房) 승발(承發)[43] 불러 하는 말이,

"여보소, 들으니 수의사또[44]가 새문[45] 밖 이씨라더니 아까 삼경[46]에 등롱불 켜 들고 춘향 모 앞세우고 폐의파관(弊衣破冠)[47]한 손님이 아마도 수상하니 내일 본관 잔치 끝에 일습(一襲)[48]을 구별[49]하여 생탈 없이 십분 조심하소."

어사 그 말 듣고,

"그놈들 알기는 아난듸."

하고, 또 장청(杖廳)[50]에 가 들으니 행수(行首)[51] 군관(軍官) 거동 보소.

---

38 하느님.
39 달수를 나타내는 말.
40 불가(佛家)의 제신왕(諸神王) 앞.
41 거의 죽게 되어서 죽을지 살지 알 수 없는 지경에 이름.
42 아전 관속들이 일을 보는 곳.
43 이방 밑에서 일을 보는 사람.
44 어사의 별칭.
45 서대문.
46 밤 11시부터 오전 1시까지의 사이.
47 해진 옷과 부서진 갓. 곧 너절하고 구차한 차림새를 말함.
48 기물 한 벌.
49 분별.
50 형법을 행하는 관청.
51 그 무리의 두목.

"여러 군관님네, 아까 옥(獄) 거리[52] 바장이는[53] 걸인 실로 괴이하데. 아마도 분명 어사인 듯하니 육모팔기[54] 내어놓고 자상이[55] 보소."

어사또 듣고,

"그놈들 개개여신(個個如神)이로다."

하고, 현사(縣司)[56]에 가 들으니 호장(戶長) 역시 그리한다. 육방(六房) 염문 다한 후에 춘향 집 돌아와서 그 밤을 샌 연후에 이튿날 조사(朝査)[57] 끝에 근읍(近邑) 수령(守令) 모여든다. 운봉 영장(雲峰營將), 구례, 곡성, 순창, 옥과, 진안, 장수 원님이 차례로 모여든다. 좌편에 행수 군관, 우편에 청령(廳令) 사령(使令), 한가운데 본관은 주인이 되어 하인 불러 분부하되,

"관청색(官廳色)[58] 불러 다담(茶啖)[59]을 올리라. 육고자(肉庫子)[60] 불러 큰 소를 잡고, 예방(禮房) 불러 고인(鼓人)[61]을 대령하고, 승발 불러 차일(遮日)을 대령하라. 사령을 불러 잡인을 금하라."

이렇듯 요란할 제 기치군물(旗幟軍物)이며 육각(六角)[62] 풍류 반공(半空)에 떠 있고 녹의홍상(綠衣紅裳) 기생들은 백수(白袖) 나삼(羅衫) 높이 들어 춤을 추고,

"지야자 둥덩실."

하는 소리 어사또 마음이 심란하구나.

---

52 옥문 앞 거리.
53 돌아다니는.
54 용모파기(容貌爬記)의 잘못 전해진 음. 어떠한 사람을 찾기 위하여 그 생김새의 특징을 기록한 것.
55 자세히.
56 관청에 물품을 출납하는 곳.
57 아침에 조사함.
58 관청의 음식물을 맡은 아전.
59 손님을 접대하기 위하여 차린 다과.
60 관청에 쇠고기를 바치던 노비.
61 악공(樂工).
62 여섯 가지 악기.

"여봐라 사령들아, 너의 원전(員前)에 여쭈어라. 먼 데 있는 걸인이 좋은 잔치에 당하였으니 주효(酒肴)[63] 좀 얻어먹자고 여쭈어라."

저 사령 거동 보소.

"어느 양반이간듸 우리 안전(案前)님[64] 걸인 혼금(閽禁)[65]하니 그런 말은 내도 마오."

등 밀쳐내니 어찌 아니 명관(名官)인가. 운봉이 그 거동을 보고 본관에게 청하는 말이,

"저 걸인의 의관은 남루하나 양반의 후예인 듯하니 말석(末席)에 앉히고 술잔이나 먹여 보냄이 어떠하뇨?"

본관 하는 말이,

"운봉 소견대로 하오마는."

하니 '마는' 소리 훗(後) 입맛이 사납것다. 어사 속으로,

'오냐, 도적질은 내가 하마. 오래[66]는 네가 져라.'

운봉이 분부하여,

"저 양반 듭시래라."

어사또 들어가 단좌(端坐)하여 좌우를 살펴보니 당상(堂上)의 모든 수령 다담을 앞에 놓고 진양조[67]가 양양(洋洋)[68]할 제 어사또 상(床)을 보니 어찌 아니 통분하랴. 못 떨어진 개상판[69]에 닥채저분[70], 콩나물, 깍두기, 목걸이[71] 한 사발 놓았구나. 상을 발길로 딱 차 던지며 운봉의 갈비를 직신[72],

<hr>

63 술과 안주.
64 상관을 가리키는 존칭.
65 접근을 금함.
66 오라. 포승줄
67 국악 장단의 하나. 길고 느림.
68 충만한 모양.
69 개다리소반.
70 닥나무 가지로 만든 젓가락.
71 막걸리.
72 슬슬 건드리며 귀찮게 함.

"갈비 한 대 먹고지거[73]."

"다라도 잡수시오."

하고 운봉이 하는 말이,

"이러한 잔치에 풍류로만 놀아서는 맛이 적사오니 차운(次韻)[74] 한 수씩 하여보면 어떠하오."

"그 말이 옳다."

하니 운봉이 운을 낼 제 높을 고(高)자 기름 고(膏)자 두 자를 내어 놓고 차례로 운을 달 제 어사또 하는 말이,

"걸인도 어려서 추구(推句)[75] 권(卷)이나[76] 읽었더니 좋은 잔치 당하여서 주효를 포식하고 그저 가기 무렴(無廉)하니 차운 한수 하사이다."

운봉이 반겨 듣고 필연(筆硯)[77]을 내어주니 좌중이 다 못하여 글 두 구(句)를 지었으되 민정(民情)을 생각하고 본관 정체(政體)[78]를 생각하여 지었것다.

금준미주(金樽美酒)는 천인혈(千人血)이요
옥반가효(玉般佳肴)는 만성고(萬姓膏)라.
촉루낙시(燭淚落時) 민루낙(民淚落)이요
가성고처(歌聲高處) 원성고(怨聲高)라.

이 글 뜻은,

---

73 먹고 싶구나.
74 남이 지은 시에 화답하되 원시에 담긴 운(韻)의 차제(次第)를 쓰는 것.
75 명구(名句)들을 뽑아놓은 책.
76 몇 권쯤은.
77 붓과 벼루.
78 정치의 형편.

금동이의 아름다운 술은 일만 백성의 피요

옥소반의 아름다운 안주는 일만 백성의 기름이라.

촛불 눈물 떨어질 때 백성 눈물 떨어지고

노래 소리 높은 곳에 원망 소리 높았더라.

이렇듯이 지었으되 본관은 몰라보고 운봉 이 글을 보며 내념(內念)에,

'아뿔싸, 일이 났다.'

이때 어사또 하직하고 간 연후에 공형(公兄)[79] 불러 분부하되,

"야야, 일이 났다."

공방(工房) 불러 포진(鋪陳) 단속, 병방(兵房) 불러 역마(驛馬) 단속, 관청색 불러 다담 단속, 옥 형리 불러 죄인 단속, 집사(執事) 불러 형구(刑具) 단속, 형방 불러 문부(文簿) 단속, 사령 불러 합번(合番)[80] 단속, 한참 이리 요란할 제 물색없는[81] 저 본관이,

"여보, 운봉은 어디를 다니시오?"

"소피하고 들어오오."

본관이 분부하되,

"춘향을 급히 올리라."

고 주광(酒狂)이 난다. 이때에 어사또 군호(軍號)할 제 서리(胥吏) 보고 눈을 주니 서리 중방(中房) 거동 보소. 역졸 불러 단속할 제 이리 가며 수군수군 저리 가며 수군수군. 서리 역졸 거동 보소. 외올 망건[82] 공단(貢緞)[83] 쎄기[84] 새 평립(平笠)[85] 눌러 쓰고 석 자 감발 새 짚신에 한삼, 고의 산뜻 입

79 삼공형(三公兄)의 준말. 각 고을의 호방, 이방, 수형리를 가리킴.
80 중대한 일이 있을 때 모든 관원이 모여 숙직하던 것.
81 말이나 행동이 조리에 맞지 않음.
82 외날로 뜬 망건.
83 두껍고 무늬가 없는 비단.
84 모자를 둘러싼 직물.

고 육모방치[86] 녹피(鹿皮) 끈을 손목에 걸어 쥐고 예서 번듯 제서 번듯, 남
원읍이 우군우군. 청파 역졸(靑坡驛卒) 거동 보소. 달 같은 마패를 햇빛같
이 번듯 들어,

"암행어사 출두야."

외는 소리에 강산이 무너지고 천지가 뒤 눕는 듯 초목금수(草木禽獸)인
들 아니 떨랴. 남문에서,

"출두야."

북문에서,

"출두야."

동·서문 '출두' 소리 청천(靑天)을 진동하고,

"공형 들라."

외는 소리에 육방이 넋을 잃어,

"공형이오."

등채[87]로 휘닥딱,

"애고 죽다.[88]"

"공방, 공방."

공방이 포진 들고 들어오며,

"안할라던 공방을 하라더니 저 불 속을 어찌 들랴."

등채로 휘닥딱,

"애고, 박 터졌네."

좌수(座首), 별감(別監) 넋을 잃고, 이방, 호장 실혼(失魂)하고, 삼색나졸
(三色邏卒)[89] 분주하네. 모든 수령 도망할 제 거동 보소. 인궤(印櫃)[90] 잃고

---

85 패랭이.
86 여섯 모가 지게 깎아 만든 방망이.
87 등나무로 만든 채찍.
88 죽는다.
89 삼색 옷을 입은 나졸.

과줄[91] 들고, 병부(兵符) 잃고 송편 들고, 탕건(宕巾) 잃고 용수[92] 쓰고, 갓 잃고 소반(小盤)[93] 쓰고, 칼집 쥐고 오줌 누기. 부서지니 거문고요, 깨지나니 북·장고라. 본관이 똥을 싸고 멍석 궁기[94] 새앙쥐 눈뜨듯 하고 내아(內衙)로 들어가서,

"어, 추워라. 문 들어온다 바람 닫아라. 물 마른다 목 들여라."

관청색은 상을 잃고 문짝 이고 내달으니 서리, 역졸 달려들어 휘닥딱,

"애고, 나 죽네."

이때 수의사또 분부하되,

"이 골은 대감이 좌정하시던 고을이라. 훤화(喧譁)[95]를 금하고 객사로 사처(徙處)[96]하라."

좌정 후에,

"본관은 봉고파직(封庫罷職)[97]하라."

분부하니,

"본관은 봉고파직이오."

사대문(四大門)에 방 붙이고 옥 형리 불러 분부하되,

"네 골 옥수(獄囚)[98]를 다 올리라."

호령하니 죄인을 올리거늘 다 각각 문죄(問罪) 후에 무죄자(無罪者) 방송(放送)할새,

"저 계집은 무엇인가?"

---

90 도장을 넣는 궤.
91 약과.
92 술이나 장을 거르는 데 쓰는 싸리나 대나무로 만든 긴 통.
93 작은 상.
94 멍석 구멍에서.
95 소란스럽게 떠듦.
96 옮김.
97 어사또가 악정을 행한 수령을 파직하고 관의 창고를 닫는 것.
98 옥에 갇힌 죄수.

형리 여쭈오되,

"기생 월매 딸이온데 관정(官庭)에 포악한 죄로 옥중에 있삽내다."

"무슨 죈가?"

형리 아뢰되,

"본관사또 수청(守廳)[99]으로 불렀더니 수절(守節)이 정절(貞節)이라 수청 아니 들려 하고 관전(官前)에 포악한 춘향이로소이다."

어사또 분부하되,

"너만 년이 수절한다고 관정 포악하였으니 살기를 바랄쏘냐. 죽어 마땅하되 내 수청도 거역할까?"

춘향이 기가 막혀,

"내려오난 관장(官長)마다 개개(個個)이 명관이로구나. 수의사또 들조시오. 층암절벽(層巖絶壁) 높은 바위 바람 분들 무너지며, 청송녹죽(靑松綠竹) 푸른 남기 눈이 온들 변하리까? 그런 분부 마옵시고 어서 바삐 죽여 주오."

하며,

"향단아, 서방님 어데 계신가 보아라. 어젯밤에 옥문 간에 와 계실 제 천만 당부하였더니 어데를 가셨는지 나 죽는 줄 모르는가."

어사또 분부하되,

"얼굴 들어 나를 보라."

하시니 춘향이 고개 들어 대상(臺上)을 살펴보니 걸객(乞客)으로 왔던 낭군 어사또로 뚜렷이 앉았구나. 반웃음 반 울음에,

얼씨구나 좋을씨고 어사 낭군 좋을씨고.
남원 읍내 추절(秋節) 들어 떨어지게 되었더니

---

[99] 고관 앞에서 시중드는 것.

객사에 봄이 들어 이화춘풍(李花春風) 날 살린다.

꿈이냐 생시냐 꿈을 깰까 염려로다.

한참 이리 즐길 적에 춘향 모 들어와서 가없이 즐거워하는 말을 어찌다 설화(說話)하랴. 춘향의 높은 절개 광채 있게 되었으니 어찌 아니 좋을쏜가. 어사또 남원 공사(公事) 닦은 후에 춘향 모녀와 향단이를 서울로 치행(治行)할 제 위의찬란(威儀燦爛)하니 세상 사람들이 뉘가 아니 칭찬하랴. 이때 춘향이 남원을 하직할 새 영귀(榮貴)하게 되었건만 고향을 이별하니 일희일비(一喜一悲)가 아니 되랴.

놀고 자던 부용당아

너 부디 잘 있거라.

광한루, 오작교며

영주각도 잘 있거라.

'춘초(春草)는 연년록(年年綠)하되

왕손(王孫)은 귀불귀(歸不歸)라.'

날로 두고 이름이라.

다 각기 이별할 제

만세무량(萬歲無量)하옵소서.

다시 보기 망연(茫然)이라.

이때 어사또는 좌, 우도 순읍(巡邑)하여 민정(民情)을 살핀 후에 서울로 올라가 어전(御前)에 숙배(肅拜)하니 삼당상(三堂上) 입시(入侍)하사 문부를 사정(査正) 후에 상(上)이 대찬(大讚)하시고 즉시 이조참의(吏曹參議), 대사성(大司成)을 봉하시고 춘향으로 정렬부인(貞烈夫人)을 봉하시니 사은(謝恩) 숙배하고 물러나와 부모전의 뵈온대 성은(聖恩)을 축수(祝壽)하시더라. 이때 이판(吏判), 호판(戶判), 좌우영상(左右領相) 다 지내고 퇴사 후에 정렬부인으로 더불어 백년동락(百年同樂)할 새 정렬부인에게 삼남이녀(三男二女)를 두었으니 개개이 총명하여 그 부친을 압두(壓頭)하고 계계승승(繼繼承承)하여 직거일품(職居一品)으로 만세유전(萬世流傳)하더라.

흥부전

작자 미상

흥부전

작자 미상

작가와 작품세계

형제간의 우애를 강조한 윤리소설인《흥부전》은 조선 후기의 대표적인 판소리계 소설 가운데 하나로, 해학과 풍자적인 표현이 어우러져 유사한 제목뿐만 아니라 이본도 여러 종에 달한다. 한문본으로도 전하며 판소리적인 서두로 시작되고 있는 이 작품은, 근원 설화에서 출발한 판소리 사설이 소설로 정착되어 가는 과정을 보여준다.

줄거리

충청도·전라도·경상도 삼도의 경계에 사납고 악한 형 놀부와 착하고 순한 아우 흥부가 살았는데, 부모의 유산을 독차지한 놀부는 흥부를 집에서 내쫓는다. 아내와 많은 자식들을 데리고 쫓겨난 흥부는 할 수 없이 언덕에 움집을 짓고 살았으나 먹을 것을 구하지 못했다. 하루는 배고픔을 견디다 못한 흥부가 놀부의 집으로 쌀을 구하러 갔다가 매만 맞고 돌아온다. 온갖 품팔이를 해 보아도 먹고 살 길이 없어 매품팔이까지 하려고 했으나 그것마저 여의치 않았다.

그러던 어느 해 봄 흥부의 움집에 제비가 날아와 집을 짓고 사는데 새끼 한 마리가 땅에 떨어져 다리가 부러지자 흥부는 불쌍히 여겨 다리를 치료해 준다. 흥부에게 고마운 마음을 간직하고 날아간 제비는 이듬해 봄에 박씨 하나를 물고 돌아온다. 홍부는 그 박씨를 심어 가을에 큰 박을 많이 거두었는데, 그 속에서 금은보화가 쏟아져 나와 큰 부자가 되었다.

이 소식을 들은 놀부도 제비 새끼의 다리를 일부러 부러뜨린 뒤 날려 보냈다. 이듬해 봄에 제비가 물고 온 박씨를 심어 박을 땄지만, 그 속에서 온갖 몹쓸 것들이 나와 집안이 망하게 되었다. 이에 홍부는 놀부에게 재물을 나누어 주고 놀부도 그동안의 잘못을 뉘우쳐 착한 사람이 되었으며 형제가 오랫동안 화목하게 살았다.

작품해설

《홍부전》은 작가와 연대가 알려져 있지 않은 판소리계 소설로《홍보전》·《박홍보전》·《놀부전》·《홍보가》·《박타령》 등으로도 불리며 사본과 판본 모두 다수의 이종이 전한다.

판소리계 소설은 대체로 상층문화를 지향하는 성격과 하층문화로 복귀하려는 이중적인 성격을 지니는데《홍부전》은 특히 하층문화로의 복귀를 강하게 드러내는 작품이다. 놀부의 악을 징벌하기 위해 놀부 박에 등장하는 인물의 언동은 매우 저속하지만 발랄한 느낌을 주며, 홍부라는 인물을 형상화함에 있어서도 자기 아내를 학대하는 일면을 설정함으로써 현실적인 인물로 그려내었다. 이는 소설 담당층의 문화를 적극 수용한 결과로 판단되며,《춘향전》 및《토끼전》에서 드러나는 사대부 문화의 긍정과는 다른 점이라 하겠다.

《홍부전》의 근원 설화에 관해서는 여러 가지 추론이 있으나 몽고의 '박 타는 처녀 설화'가 가장 가까운 설화로 지목되었다. 그러나《홍부전》의 설화적 구조와 유형을 추출할 때 선악 형제담, 동물 보은담, 무한 재보(財寶)담의 세 갈래로 나누어 설화적 원천을 명확하게 밝힐 수 있는데, 특히 중심을 이루는 것은 선악 형제담으로서 어느 한 쪽이 다른 쪽을 흉내 내다 실패하는 모방담의 성격을 지니고 있다. 또한 이 세 가지 설화 요소가 불교적 색채를 지닌 점도 주목되는바, 이로 볼 때《흥부전》은 어느 하나의 근원 설화에서 형성된 것이 아니라 여러 가지 다양한 설화의 결합으로 이루어진 것으로 보아야 한다.

흥부와 놀부가 형제이면서도 양반과 천인으로 사회적 신분이 달리 설정된 점은, 판소리계 소설의 중요한 특징인 부분의 독자성에 기인한 것으로 보는 견해가 있으며, 달리 흥부와 놀부의 신분 관계를 같은 서민층 내에서의 양면성, 곧 놀부는 상승한 경영형 부농의 상징이며 흥부는 소작의 기회마저 잃고 생산수단을 상실한 채 품팔이꾼으로 전락한 영세농민을 투영시킨 인물로 보는 논의도 있다. 결국《흥부전》은 다양한 구조 속에 단순하지 않은 주제를 갖춘 당시 서민 사회의 중심작이라 하겠다.

특히 상이한 세계관을 지닌 흥부와 놀부 두 인물을 통해 화폐 경제의 발달, 천부(賤富)의 대두와 물질적 가치관의 성행, 무능하고 관념적인 태도의 비판이라는 사회사적 의미를 추출해 내려는 시도도 있다. 단순한 형제간의 우애라기보다는 퇴락해 가는 양반가와 서민의 생활상의 풍속사적 보고라 할 이 작품 속에서 당시 서민들은, 흥부의 모습을 통해 부익부 사회의 그늘에 굶주리는 군상의 생활상을 여실히 묘사하는 한편, 부에 탐닉하면서 인간된 우애를 저버리는 놀부를 희화화함으로써 자신의 원망과 꿈을 구체적으로 비추고 있다.

생각 나누기

1. 흥부와 놀부는 창작의 배경이 되었던 조선 후기는 물론 오늘날의 사회에서도 발견할 수 있는 대립적인 유형이라고 할 수 있다. 작가의 시선과 당시의 경제적 여건은 물론 오늘날의 평가 기준까지 고려하여 흥부와 놀부에 대한 인물 평가를 해 보시오.

2. 《흥부전》은 널리 흥행하던 판소리 내용을 소설로 정착시킨 것으로 당시 대중들에게 큰 인기를 얻었던 작품이다. 그렇다면 이 작품이 지닌 흥미로운 요소는 어떤 것이 있는지 설명하시오.

모범 답안

1. 흥부와 놀부는 형제간으로 설정되어 있지만, 실제로는 경제적으로 상이한 계층에 속하는 두 인물 유형을 대변한다고 볼 수 있다. 놀부의 신분은 평민 이하이며, 놀부의 심술 묘사 속에 두드러지는 이익 추구 행위는 모두 반사회적인 행위와 결부되어 있다. 자신에게 이익을 주는 것이라면 인륜이나 사회도덕은 거리낌 없이 무시할 수 있는 놀부의 행위는 당대 민중들에게 부정적으로 비춰졌을 것이다. 반면 흥부는 신분상으로는 양반이되 현실적으로는 모든 경제적 기반을 잃고 평민 이하의 비참한 상황에 처해 있다. 양반 의식에 집착할수록 그의 생활고는 더욱 심각하게 비추어지는데, 이는 놀부의 반사회적·반도덕적 이익 추구 행위와 대비되어 나타난다. 당시 민중들은 반사회적 행위로 부를 축적한 놀부와, 그 때문에 생산 수단을 잃고 절대 빈곤에 처한 흥부와의 대결에서, 박씨 사건을 등장시켜 흥부의 승리로 귀결시켰다. 오늘날의 시각에서 보면 흥부의 다소 무모하고 현실감 없는 삶의 방식이 부정적으로 평가될 수도 있으나 흥부는 선량하지만 무능하고 현실 부적응적인 인물로, 놀부는 시대의 변화를 감지하는 탁월한 현실감각을 지녔으되 동기와 과정의 정당성을 고려치 않는 개인주의형 인물로 볼 수 있다.

2. 선량한 흥부가 결국 부를 얻게 되고 심술궂은 놀부가 가산을 모두 잃고 개과천선한다는 결말에 이르기까지의 과정은 희극미에 의해 진행되면서도 기본적으로는 우화의 형식을 취하고 있다. 우화의 중심 소재는 바

로 박으로, 이로 인해 흥부와 놀부의 행복과 패망이 갈라진다. 박에서 나온 온갖 것들에 의해 낭패를 당하면서도 놀부가 집요하게 박을 타고 결국 모든 것을 잃게 되는 과정은 동화적인 발상이다.

한편, 작품 전체에서 경제적인 문제를 사실적으로 문제 삼고 있는 이 작품이, 제비가 물어다 준 박씨에 의해 포상과 징벌이 이루어지는 초현실적 갈등 해소 방법을 동원하고 있는 점은 주목할 만하다. 오늘날의 관점에서 보면 바로 이 점이 작품의 한계로 지적될 수 있지만, 놀부 박에서 나온 군상들이 자신이 행하고 싶은 행동과 발언을 대신해 줌으로써 당시 민중들을 행복한 결말로 이끌 수 있었기 때문이다.

읽기 전에

형제간의 우애를 강조한 윤리소설인 《흥부전》은 인과응보적 권선징악의 주제와 사상을 지닌 작품이다. 그러나 이러한 표면적인 주제의 이면에는, 급변하는 당시 현실 사회에서 몰락한 양반의 모습을 제시하고 허세에 찬 관념적 사고가 허망한 것이라는 서민층의 새로운 현실주의적 사고가 또 하나의 주제로 자리하고 있다. 제시된 본문은 흥부가 다친 제비를 도와주고 박씨를 얻는 장면이 수록되어 있다.

흥부전

  화설(話說)[1], 경상·전라 양도 지경(地境)[2]에서 사는 사람이 있으니, 놀부는 형이요 흥부는 아우라. 놀부 심사(心事) 무거(無據)[3]하여 부모생전 분재(分財)[4] 전답(田畓)을 홀로 차지하고, 흥부 같은 어진 동생을 구박하여 건넛산 언덕 밑에 내떨고 나가며 조롱하고 들어가며 비양하니[5] 어찌 아니 무지(無知)하리.

  놀부 심사를 볼작시면 초상난 데 춤추기, 불붙는 데 부채질하기, 해산한 데 개잡기, 장에 가면 억매(抑賣)[6] 흥정하기, 집에서 몹쓸 노릇 하기, 우는 아해[7] 볼기 치기, 갓난아해 똥 먹이기, 무죄한 놈 뺨치기, 빚값에 계집 뺏기, 늙은 영감 덜미잡기, 아해 밴 계집 배 차기, 우물 밑에 똥 누기, 오려논[8]에 물 터놓기, 잦힌[9] 밥에 돌 퍼붓기, 패는 곡식 이삭 자르기, 논두렁에 구멍 뚫기, 호박에 말뚝 박기, 곱사등이 엎어 놓고 발꿈치로 탕탕 치기, 심사가 모과나무의 아들이라. 이놈의 심술은 이러하되 집은 부자라 호의호

---

1 옛날 소설에서 이야기를 시작할 때 쓰는 말.
2 땅의 경계.
3 터무니없음.
4 재산을 나누어 줌.
5 비아냥거리니.
6 물건을 억지로 팖.
7 아이.
8 철 이르게 익는 벼를 심어 놓은 논.
9 뜸들인.

식하는구나.

홍부는 집도 없이 집을 지으려고 집 재목을 내려 갈 양이면 만첩청산(萬疊靑山)[10] 들어가서 소부등(小不等)[11] 대부등(大不等)을 와들렁 퉁탕 버혀다가[12] 안방, 대청, 행랑, 몸채[13]·내외 분합(分閤)[14] 물림퇴[15]에 살미살창[16] 가로닫이 입 구(口)자로 지은 것이 아니라, 이놈은 집 재목을 내려 하고 수수밭 틈으로 들어가서 수수깡 한 뭇[17]을 버혀다가 안방, 대청, 행랑, 몸채 두루 짚어 말집[18]을 꽉 짓고 돌아보니, 수숫대 반 뭇이 그저 남았구나. 방 안이 넓든지 말든지 양주(兩主)[19] 드러누워 기지개 켜면 발은 마당으로 가고, 대고리[20]는 뒤꼍으로 맹자 아래 대문하고 엉덩이는 울타리 밖으로 나가니, 동리 사람이 출입하다가 이 엉덩이 불러들이소 하는 소리, 홍부 듣고 깜짝 놀라 대성통곡 우는 소리,

"애고답답 설운지고. 어떤 사람 팔자 좋아 대광보국숭록대부(大匡輔國崇祿大夫)[21] 삼태육경(三台六卿)[22]되어 나서 고대광실(高臺廣室)[23] 좋은 집에 부귀공명 누리면서 호의호식 지내는고. 내 팔자 무슨 일로 말〔斗〕만한 오막집에 성소광어공정(星疎光於空庭)하니 지붕 아래 별이 뵈고, 청천한운세우시(靑天寒雲細雨時)에 우대랑(雨大郎)이 방중(房中)이라. 문 밖에 세우(細

---

10 사방이 첩첩이 둘린 푸른 산.
11 조그마한 둥근 나무.
12 베어다가.
13 여러 채로 된 살림집에서 주장되는 채.
14 대청 앞에 드리는 네 쪽으로 된 긴 창살문.
15 집채의 앞뒤나 좌우에 달아낸 반 칸 폭의 칸 살.
16 촛가지를 짜서 살을 박아 만든 창문.
17 장작, 채소 따위를 작게 한 덩이씩 만든 묶음.
18 추녀가 사방으로 삥 돌아가게 말 모양으로 지은 집.
19 부부.
20 머리.
21 이조 때 문무관, 종친, 의빈의 정일품의 품계.
22 삼정승과 육조판서.
23 굉장히 크고 좋은 집.

雨)[24] 오면 방 안에 큰 비 오고 폐석초갈(幣席草葛)[25] 찬 방 안에, 헌 자리 벼룩·빈대 등이 피를 빨아먹고, 앞문에는 살만 남고 뒷벽에는 외(椳)[26]만 남아 동지섣달 한풍이 살 쏘듯 들어오고, 어린 자식 젖 달라 하고 자란 자식 밥 달라니 차마 설워 못 살겠네."

가난한 중 우엔[27] 자식은 해마다 낳아서 한 서른 남짓 되니, 입힐 길이 전혀 없어 한 방에 몰아넣고 멍석으로 쓰이고 대강이[28]만 내어놓으니, 한 녀석이 똥이 마려우면 뭇 녀석이 시배(侍陪)[29]로 따라간다. 그 중에 값진 것을 다 찾는구나. 한 녀석이 나오면서,

"애고 어머니, 우리 열구자탕(悅口子湯)[30]에 국수 말아 먹으면."

또 한 녀석이 나앉으며,

"애고 어머니, 우리 벙거지[31]를 먹으면."

또 한 녀석 내달으며,

"애고 어머니, 우리 개장국에 흰밥 조금 먹으면."

또 한 녀석이 나오며,

"애고 어머니, 대추찰떡 먹으면."

"애고 이 녀석들아, 호박국도 못 얻어먹는데 보채지나 말려무나."

또 한 녀석이 나오며,

"애고 어머니, 우에 올부터 불두덩이 가려우니 날 장가들여 주오."

이렇듯 보챈들 무엇 먹여 살려낼꼬. 집안에 먹을 것이 있든지 없든지 소반(小盤)이 네 발로 하늘께 축수하고, 솥이 목을 매어 달렸고 조리가 턱

---

24 가랑비.
25 나쁜 자리와 나쁜 옷.
26 흙을 바르기 위해 벽 속에 엮은 가는 나뭇가지.
27 무슨.
28 머리.
29 하인.
30 신선로에 여러 가지 어육과 채소를 색스럽게 넣고, 그 위에 각종 과실을 넣어서 끓인 음식.
31 벙거지 떡. 흰떡의 한 가지.

걸이를 하고, 밥을 지어 먹으려면 책력(冊曆)을 보아 갑자일이면 한 때씩 먹고, 새앙쥐가 쌀알을 얻으려고 밤낮 보름을 다니다가 다리에 가래톳[32]이 서서 파종(破腫)[33]하고 앓는 소리, 동리 사람이 잠을 못 자니 어찌 아니 설울쏜가.

"아가 아가 우지 마라. 아무리 젖 달란들 무엇 먹고 젖이 나며, 아무리 밥 달란들 어디서 밥이 나랴."

달래올 제 홍부 마음 인후(仁厚)하여 청산유수(青山流水)와 곤륜옥결(崑崙玉潔)[34]이라. 성덕을 본받고 악인을 저어하며[35] 물욕(物慾)에 탐이 없고 주색(酒色)에 무심하니, 마음이 이러하매 부귀를 바랄쏘냐.

홍부 아내 하는 말이,

"애고 여봅소, 부질없는 청렴 맙소. 안자(顏子)[36] 단표(簞瓢)[37] 주린 염치(廉恥) 삼십조사(三十早死)[38]하였고, 백이숙제(伯夷叔齊)[39] 주린 염치 청루(青樓)[40] 소녀 웃었으니, 부질없는 청렴 말고 저 자식들 굶겨 죽이겠으니, 아자번[41]네 집에 가서 쌀이 되나 벼가 되나 얻어 옵소."

홍부가 하는 말이,

"낯을 쇠우에 슬훈고. 형님이 음식 끝을 보면 사촌을 몰라보고 똥 싸도록 치옵나니, 그 매를 뉘 아들놈이 맞는단 말이오."

32 허벅다리에 생기는 멍울.
33 종기를 침으로 땀.
34 곤륜산에서 나는 옥처럼 깨끗한 것.
35 싫어하며.
36 공자의 수제자. 공자의 제자 가운데 학력이 높아 총애를 받았고, 집이 가난하고 불우하였으나 이를 괴로워하지 않았음.
37 매우 양이 적고 초라한 음식.
38 서른에 일찍 죽음.
39 형 백이와 아우 숙제. 모두 은나라 고죽군(孤竹君)의 아들. 주나라 무왕(武王)이 은나라를 치자 이를 간하였으며, 무왕이 천하를 손안에 넣자 주나라의 곡식 먹기를 부끄럽게 여겨 수양산으로 도망가서 고사리를 뜯어먹고 살다가 마침내 굶어 죽음.
40 기생집.
41 아주버니. 놀부를 가리킴.

"애고, 동냥은 못 준들 쪽박조차 깨칠쏜가. 맞으나 아니 맞으나 쏘아나 본다고 건너가 봅소."

홍부 이 말을 듣고 형의 집에 건너갈 제, 치장을 볼작시면 편자[42] 없는 헌 망건에 박쪼가리 관자(貫子)[43] 달고, 물렛줄로 당끈 달아 대고리 터지게 동이고, 깃만 남은 중치막[44] 동강 이은 헌 술띠[45]를 흉복통에 눌러 띠고, 떨어진 헌 고의(袴衣)[46]에 청올치[47]로 대님 매고, 헌 짚신 감발[48]하고 세살부채 손에 쥐고, 서 홉들이 오망자루 꽁무니에 비슥차고, 바람 맞은 병인(病人) 같이 잘 쓰는 쇄소(灑掃)[49]같이 어슥비슥 건너 달고, 형의 집에 들어가서 전후 좌우 바라보니, 앞노적(露積)[50], 뒷노적, 멍에노적 담불담불 쌓았으되, 홍부 마음 즐거우나 놀부 심사 무거하여 형제끼리 내외하여 구박이 태심(太甚)하니, 홍부 하릴없어 뜰 아래서 문안하니, 놀부가 하는 말이,

"네가 뉜고?"

"내가 홍부요."

"홍부가 뉘 아들인가?"

"애고 형님, 이것이 우엔 말이오? 비나이다. 형님전에 비나이다. 세끼 굶어 누운 자식 살려낼 길 전혀 없으니 쌀이 되나 벼가 되나 양단간에 주시면 품을 판들 못 갚으며, 일을 한들 공(空)할쏜가. 부디 옛일을 생각하여 사람을 살려주오."

애걸하니 놀부놈의 거동 보소. 성낸 눈을 부릅뜨고 볼을 올려 호령하되,

---

42 망건을 졸라매는 띠.
43 망건 줄을 꿰는 작은 고리, 옥, 금, 뿔 등으로 만듦.
44 소매가 넓고 길이가 긴, 옆이 터진 네 폭으로 된 웃옷.
45 두 끝에 장식으로 여러 가닥의 실을 단 가는 띠.
46 여름에 바지 대신 입는 홑옷.
47 칡덩굴의 속껍질.
48 발감개.
49 물을 뿌리고 비로 쓰는 일.
50 한데에 쌓아 둔 곡식.

"너도 염치없다. 내 말 들어 보아라. 천불생무록지인(天不生無祿之人)[51]이요, 지불생무명지초(地不生無名之草)[52]라. 네 복을 누를 주고 나를 이리 보채느뇨. 쌀이 많이 있다 한들 너 주자고 노적 헐며, 벼가 많이 있다고 너 주자고 섬을 헐며, 돈이 많이 있다 한들 괴목궤(槐木櫃)[53]에 가득 든 것을 문을 열며, 가룻되나[54] 주자 한들 북고왕 염소독에 가득 넣은 것을 독을 열며, 의복이나 주자 한들 집안이 고루 벗었거든 너를 어찌 주며, 찬밥이나 주자 한들 새끼 낳은 거먹암캐 부엌에 누웠거든 너 주자고 개를 굶기며, 지거미[55]나 주자 한들 구중방(九重房) 우리 안에 새끼 낳은 돝[56]이 누웠으니 너 주자고 돝을 굶기며, 겻섬[57]이나 주자 한들 큰 농우[58]가 네 필이니 너 주자고 소를 굶기랴. 염치없다. 흥부놈아."

하고 주먹을 불끈 쥐어 뒤꼭지를 꽉 잡으며, 몽둥이를 지끈 꺾어 손잰 승[59]의 매질하듯 원화상(元和尙)의 법고 치듯 아주 쾅쾅 두드리니, 흥부 울며 이른 말이,

"애고 형님, 이것이 우엔 일이오? 방약무인(傍若無人)[60] 도척(盜跖)[61]이도 이에서[62] 성현(聖賢)이요, 무거불측(無據不測)[63] 관숙(管叔)[64]이도 이에서 군

---

51 어떠한 사람이든지 먹고 살 것은 타고난다는 말.
52 땅은 이름 없는 풀을 내지 않는다는 말.
53 홰나무로 만든 상자.
54 가루를 됫박이나.
55 지게미. 술비지에서 모주(母酒)를 짜낸 찌꺼기.
56 돼지.
57 겨를 담은 섬.
58 농사일에 부리는 소.
59 손놀림이 빠른 중.
60 좌우에 사람이 없는 것 같이 언어나 행동이 기탄없음.
61 중국 춘추 시대의 몹시 악한 사람.
62 여기에 비교하면.
63 터무니없이 마음이 흉악함.
64 관숙선(管叔鮮)과 채숙도(蔡叔度). 주나라 무왕의 아우들로서 성왕을 물리치고 국권을 잡으려고 반란을 일으켰으나 동생인 주공에 의해 진압됨.

자로다. 우리 형제 어찌하여 이다지 극악한고."

탄식하고 돌아오니, 흥부 아내 거동 보소. 흥부 오기를 기다리며 우는 아기 달래올 제 물레질하며,

"아가 아가 우지 마라. 어제 저녁 김동지 집 용정(舂精)⁶⁵방아 찧어 주고 쌀 한 되 얻어다가 너희들만 끓여주고 우리 양주 어제 저녁 이때까지 그저 있다. 잉잉잉, 너 아버지 저 건너 아자버니 집에 가서 돈이 되나 쌀이 되나 양단간에 얻어 오면, 밥을 짓고 국을 끓여 너도 먹고 나도 먹자. 우지 마라."

잉잉잉, 아무리 달래어도 악치듯 보채는구나. 흥부 아내 하릴없어 흥부 오기 기다릴 제, 의복 치장 볼작시면 깃만 남은 저고리, 다 떨어진 누비바지, 몽당치마 떨쳐입고 목만 남은 헌 버선에 뒤축 없는 짚신 신고 문 밖에 썩 나서며, 머리 위에 손을 얹고 기다릴 제, 칠년대한(七年大旱) 가문 날에 비 오기 기다리듯, 구년지수(九年之水) 장마진 데 볕나기 기다리듯, 제갈량 칠성단(七星壇)에 동남풍 기다리듯, 강태공(姜太公) 위수상(渭水上)에 시절 기다리듯, 만리 전장(戰場)에 승전(勝戰)하기 기다리듯, 어린 아해 경풍⁶⁶ 의원 기다리듯, 독수공방(獨守空房)에 낭군 기다리듯, 춘향이 죽게 되어 이 도령 기다리듯, 과년(過年)한 노처녀 시집가기 기다리듯, 삼십 넘은 노도령 장가가기 기다리듯, 장중(場中)에 들어가서 과거(科擧)하기 기다리듯, 세끼 굶어 누운 자식 흥부 오기 기다린다.

"애고애고 설운지고."

흥부 울며 건너오니 흥부 아내 내달아 두 손목을 덥석 잡고,

"우지 마오. 어찌하여 우시오. 형님전에 말하다가 매를 맞고 건너옵나. 출문망(出門望) 허위허위 오는 사람 몇몇이 날 속인고. 어찌하여 이제 옵나."

---

65 곡식을 찧어서 쌀을 만드는 일.
66 어린아이가 경련을 일으키는 병의 총칭.

흥부는 어진 사람이라 하는 말,

"형님이 서울 가고 아니 계시기에 그저 왔습네."

"그러하면 저를 어찌하잔 말고. 짚신이나 삼아 팔아 자식들을 살려내옵소. 짚이 있습나 저 건너 장자(長者) 집에 가서 얻어 보옵소."

흥부 거동 보소. 장자 집에 가서,

"장자님 계시오?"

"게 누군고?"

"흥부요."

"흥부 어찌 왔노?"

"장자님 편히 계시오니까?"

"자네는 어찌나 지내노?"

"지내노라니 오죽하오. 짚 한 뭇만 주시면 짚신을 삼아 팔아 자식들을 살리겠소."

"그리하소. 불쌍하이."

하고 종을 불러 좋은 짚으로 서너 뭇 가져다주니, 흥부 짚을 가지고 건너와서 짚신을 삼아 한 죽[67]에 서 돈 받고 팔아 양식을 팔아 밥을 지어 처자식과 먹은 후에, 이리하여도 살길 없어 흥부 아내 하는 말이,

"우리 품이나 팔아 봅세."

흥부 아내 품을 팔 제 용정방아 키질하기, 매주가(賣酒家)에 술 거르기, 초상집에 제복 짓기, 제삿집에 그릇 닦기, 신사(神祀) 집에 떡 만들기, 언 손 불고 오줌 치기, 해빙(解氷)하면 나물 뜯기, 춘모(春殿)[68] 갈아 보리 놓기, 온갖으로 품을 팔고, 흥부는 정이월에 가래질하기, 이삼월에 붙임하기, 일등전답 무논〔水畓〕[69] 갈기, 입하(立夏) 전에 면화 갈기, 이집저집 이엉

---

67 옷이나 그릇 따위의 열 벌을 이르는 말.
68 봄보리.
69 물이 흔하고 기름진 논.

엮기, 더운 날에 보리 치기, 비 오는 날 멍석 걷기, 원산 근산 시초(柴草)[70] 베기, 무곡주인(貿穀主人) 역인지기, 각읍(各邑) 주인 삯길 가기, 술만 먹고 말짐 싣기, 오 푼 받고 마철[71] 박기, 두 푼 받고 똥 재치기, 한 푼 받고 비 매기[72], 식전에 마당 쓸기, 저녁에 아해 만들기, 온가지로 다하여도 끼니가 간데없네."

이때 본읍(本邑) 김 좌수가 흥부를 불러 하는 말이,

"돈 삼십 냥을 줄 것이니 내 대신으로 감영(監營)에 가 매를 맞고 오라."

하니 흥부 생각하되, 삼십 냥을 받아 열 냥 어치 양식 팔고, 닷 냥 어치 반찬 사고, 닷 냥 어치 나무 사고, 열 냥이 남거든 매 맞고 와서 몸조섭[73]을 하리라 하고 감영으로 가려 할 제, 흥부 아내 하는 말이,

"가지 마오. 부모 혈육을 가지고 매 삯이란 말이 우엔 말이오."

하고, 아무리 만류하되 종시 듣지 아니하고 감영으로 내려가더니, 아니 되는 놈은 자빠져도 코가 깨진다고, 마침 나라에서 사(辭)가 내려 죄인을 방송(放送)하시니, 흥부 매품도 못 팔고 그저 온다.

흥부 아내 내달아 하는 말이,

"매를 맞고 왔습나."

"아니 맞고 왔습네."

"애고 좋쇠. 부모유체(父母遺體)로 매품이 무슨 일고."

흥부 울며 하는 말이,

"애고애고 설운지고. 매품 팔아 여차여차 하자 하였더니 이를 어찌하잔 말고."

흥부 아내 하는 말이,

"우지 마오, 제발 덕분 우지 마오. 봉제사(奉祭祀)[74] 자손 되어 나서 금화금벌(禁火禁伐)[75] 뉘라 하며, 가모(家母) 되어 나서 낭군을 못 살리니 여자 행실 참혹하고, 유자 유녀 못 차리니 어미 도리 없는지라 이를 어찌할꼬. 애고애고 설운지고. 피눈물이 반죽되던 아황(娥皇)·여영(女英)[76]의 설움이요, 조작가 지어내던 우마시의 설움이요, 반야산(蟠耶山)[77] 바위틈에 숙낭자의 설움을 적자 한들 어느 책에 다 적으며, 만경창파(萬頃蒼波) 구곡수(九曲水)를 말말이 두량(斗量)할 양이면 어느 말로 다 되며, 구만리장천(九萬里長天)을 자자히 재련들 어느 자로 다 잴꼬. 이런 설움 저런 설움 다 후리쳐 버려두고 이제 나만 죽고지고."

하며 두 주먹을 불끈 쥐어 가슴을 쾅쾅 두드리니, 흥부 역시 비감하여 이른 말이,

"우지 마소. 안연(顔淵) 같은 성인도 안빈낙도(安貧樂道)하였고, 부암(傅巖)에 담 쌓던 부열(傅說)[78]이도 무정(武丁)[79]을 만나 재상이 되었고, 신야(薪野)에 밭 갈던 이윤(伊尹)[80]도 은탕(殷湯)을 만나 귀히 되었고, 한신(韓信)[81] 같은 영웅도 초년 곤궁하다가 한나라 원융(元戎)[82]이 되었으니, 어찌 아니 거룩하뇨. 우리도 마음만 옳게 먹고 되는 때를 기다려 봅세."

하여 그달 저달 다 지내고 춘절(春節)이 돌아오니, 흥부가 이왕 식자(識

---

74 제사를 받듦.
75 산에서 불 쓰는 것을 금하고 함부로 나무 베는 것을 금함.
76 요임금의 딸. 아황·여영 모두 순임금에게 시집갔는데, 순이 죽은 뒤에 상강(湘江)에 빠져 죽어 상군(湘君)이 되었다. 이들이 죽기 전에 뿌린 눈물로 소상강 가의 대나무가 반죽(斑竹)이 되었다고 한다.
77 《숙향전》에 나오는 산 이름.
78 중국 은나라 재상. 토목공사의 일꾼이었는데 재상으로 등용되어 중흥(中興)의 대업을 이루었음.
79 은나라 고종(高宗).
80 은나라의 명재상. 탕왕을 보좌하며 하(夏)의 걸왕을 멸망시키고 선정을 베풀었음.
81 한(漢)나라 고조(高祖)의 장신(將臣)으로 한나라 창업 삼걸(三傑)의 하나.
82 군사의 우두머리.

字)는 있는지라, 수숫대로 지은 집에 입춘(立春)을 써 붙이되, 글자를 새겨 붙였구나. 겨울 동(冬)자, 갈 거(去)자, 천지간에 좋을시고, 봄 춘(春)자, 올 래(來)자, 녹음방초(綠陰芳草) 날 비(飛)자, 우는 것은 짐승 수(獸)자, 나는 것은 새 조(鳥)자, 연비어천(鳶飛於天) 소리개 연(鳶)자, 오색의관(五色衣冠) 꿩 치(雉)자, 월삼경파화지상(月三更罷話之上)에 슬피 우는 두견 견(鵑)자, 쌍거쌍래(雙去雙來)[83] 제비 연(燕)자, 인간만물(人間萬物) 찾을 심(尋)자, 이 집으로 들 입(入)자, 일월도 박식(迫蝕)하고 음양도 상생(相生)커든, 하물 며 인물이야 성식(聲息)[84]인들 없을쏘냐. 삼월 삼일 다다르니 소상강 떼기 러기 가노라 하직하고 강남서 나온 제비 왔노라 현신(現身)할 제, 오대양 에 앉았다가 비래비거(飛來飛去) 넘놀면서 흥부를 보고 반겨라고 좋을 호 (好)자 지저귀니, 흥부가 제비를 보고 경계하는 말이,

"고대광실 많건마는 수숫대 집에 와서 네 집을 지었다가 오뉴월 장마 에 털썩 무너지면 그 아니 낭패오냐."

제비 듣지 아니하고 흙을 물어 집을 짓고 알을 안아 깨인 후에 날기 공 부 힘쓸 때에, 의외에 대망(大蟒)[85]이 들어와서 제비 새끼를 몰수이[86] 먹으 니, 흥부 깜짝 놀라 하는 말이,

"흉악하다 저 짐승아, 고량(膏粱)[87]도 많건마는 무죄한 저 새끼를 몰식 (沒食)하니 악착하다. 제비 새끼 대성황제(大聖皇帝) 나 계시고, 불식고량 (不食膏粱) 살아나니 인간에 해가 없고, 옛 주인을 찾아오니 제 뜻이 유정 (有情)하되, 제 새끼를 이제 다 참척(慘慽)[88]을 보니 어찌 아니 불쌍하리. 저 짐승아, 패공(沛公)[89]의 용천검(龍泉劍)이 적혈(赤血)이 비등(沸騰)[90]할 제 백

83 쌍쌍이 오고 감.
84 소식.
85 큰 구렁이.
86 모조리.
87 고량진미(膏粱珍味). 살찐 고기와 좋은 곡식으로 만든 맛있는 음식.
88 아들 딸이나 손자 손녀가 앞서 죽음.

제(白帝)[91]의 영혼인가 신장도 장할시고. 영주광야(永州廣野) 너른 뜰에 숙낭자에 해를 입히던 풍사망의 대망인가[92] 머리도 흉악하다."

이렇듯 경계할 제, 이에 제비 새끼 하나가 공중에서 뚝 떨어져 대발[93] 틈에 발이 빠져 두 발목이 자끈 부러져 피를 흘리고 발발 떨거늘, 흥부가 보고 펄쩍 뛰어 달려들어 제비 새끼를 손에 들고 잔잉히[94] 여겨 하는 말이,

"불쌍하다 이 제비야, 은왕(殷王) 성탕(成湯) 은혜 미쳐 금수를 사랑하여다 길러내었더니, 이 지경이 되었으매 어찌 아니 가련하리. 여봅소, 아기 어미, 무슨 당사실[95] 있습네?"

"애고, 굶기를 부자의 밥 먹듯 하며 무슨 당사실이 있단 말이오?"

하고, 천만 의외 실 한 닢 얻어 주거늘, 흥부가 칠산(漆山) 조개껍질을 벗겨 제비 다리를 싸고 실로 찬찬 동여 찬 이슬에 얹어 두니, 십여 일이 지난 뒤 다리 완구(完救)[96]하여 제 곳으로 가려하고 하직할 제, 흥부가 비감하여 하는 말이,

"먼 길에 잘들 가고 명년(明年) 삼월에 다시 보자."

하니, 저 제비 거동 보소. 양우(揚羽) 광풍(狂風) 몸을 날려 백운(白雲)을 냉소(冷笑)하고 주야로 날아 강남을 득달하니, 제비 황제 보고 물으되,

"너는 어이 저나니?"

제비 여쭈오되,

"소신의 부모가 조선에 나가 흥부의 집에다가 득주(得住)하고 소신 등

---

89 유방(劉邦).
90 끓어오름.
91 한 고조 유방이 처음 일어나기 전에 취해서 못가에 갔는데, 큰 뱀이 길을 막았으므로 이를 쳐죽였다. 뒤에 따라오던 사람이 그곳을 지나다가 늙은 할미가 우는 것을 보았는데, 그 까닭을 물으니 자기 아들이 백제자(白帝子)에게 죽었다고 하더라는 고사.
92 《숙향전》의 한 장면.
93 대로 결어 만든 발.
94 불쌍히.
95 중국에서 나는 명주실.
96 완전히 구제함.

형제를 낳았삽더니, 의외 대망의 변을 만나 소신의 형제 다 죽고, 소신이 홀로 아니 죽으려 하여 바르작거리다가 뚝 떨어져 두 발목이 자끈 부러져 피를 흘리고 발발 떨어온즉, 흥부가 여차여차하여 절각(折脚)[97]이 의구하와 이제 돌아왔사오니 그 은혜를 십 분지 일이라도 갚기를 바라나이다."

제비 황제 하교(下敎)하되,

"그런 은공을 몰라서는 행세치 못할 금수라. 네 박씨를 갖다 주어 은혜를 갚으라."

하니, 제비 사은(謝恩)하고 박씨를 물고 삼월 삼일이 다다르니, 제비 건공(乾空)[98]에 떠서 여러 날 만에 흥부 집에 이르러 넘놀 적에, 북해(北海) 흑룡(黑龍)이 여의주를 물고 채운간(彩雲間)에 넘노는 듯, 단산(丹山)[99] 채봉이 죽실(竹實)[100]을 물고 오동상에 넘노는 듯, 춘풍(春風) 황앵(黃鶯)[101]이 나비를 물고 세류변(細柳邊)에 넘노는 듯 이리 갸웃 저리 갸웃 넘노는 것 흥부 잠깐 보고 낙락하여 하는 말이,

"여봅소, 거년(去年)[102] 갔던 제비 무엇을 입에 물고 와서 넘노옵네."

이렇듯 말할 제, 제비 박씨를 흥부 앞에 떨어뜨리니, 흥부가 집어 보니 한가운데 보은표(報恩瓢)라 금자(金字)로 새겼거늘, 흥부 하는 말이,

"수안의 배암이 구슬을 물어다가 살린 은혜를 갚았으니,[103] 저도 또한 생각하고 나를 갖다 주니 이것이 또한 보배로다."

흥부 아내 하는 말이,

"그 가운데 누르스름한 것이 아마 금인가 보외."

---

97 다리가 부러짐.
98 하늘. 허공.
99 단혈산(丹穴山). 단혈산에는 새가 있는데 그 모양은 학과 같고 오색의 무늬가 있으므로 그 이름을 봉(鳳)이라고 함.
100 황제가 즉위하자 봉이 오동나무에 앉아서 죽실을 먹고 죽을 때까지 떠나지 않았다고 함.
101 꾀꼬리.
102 작년.
103 수후가 수안에서 부상당한 뱀을 약을 발라 살려주고 보물을 얻었다는 고사.

흥부가 대답하되,

"금은 이제 없나니, 초한(楚漢) 적에 진평(陳平)[104]이가 범아부(范亞夫)[105]를 쫓으려고 황금 사만 근을 흩었으니 금은 이제 절종되었습네."

"그러하면 옥인가 보외."

"옥도 이제는 없나니, 곤륜산에 불이 붙어 옥석이 구분(俱焚)하였으니 옥도 이제 없습네."

"그러하면 야광주(夜光珠)가 보외."

"야광주도 이제는 없나니, 제위왕(齊魏王)이 위혜왕(衛惠王)의 십이승(十二升) 야광주를 보고 깨어버렸으니, 야광주도 이제 없습네."

"그러하면 유리 호박(琥珀)인가 보외."

"유리 호박도 이제는 없나니, 주세종(周世宗)이 탐장(貪贓)[106] 제 당나라 장갈(張褐)이가 술잔 만드노라고 다 들였으니, 유리 호박도 이제 없습네."

"그러하면 쇤가 보외."

"쇠도 없나니, 진시황 위엄으로 구주(九州)의 쇠를 모아 금인(金人)[107] 열둘을 만들었으니 쇠도 없습네."

"그러하면 대모(玳瑁)[108] 산혼(珊瑚)가 보외."

"대모 산호도 없나니, 대모갑(玳瑁甲)은 병풍이요, 산호수(珊瑚樹)는 난간이라. 광리왕(廣利王)[109]이 상문(桑門)의 수궁 보물을 다 들였으니 이제는 없습네."

"그러하면 무엇인고?"

제비가 내달아 하는 말이,

---

104 한나라의 신하. 항우의 신하였다가 유방에게로 옮긴 후 통일사업에 이바지함.
105 초나라 항우의 신하.
106 관리가 나쁜 짓을 하여 재물을 탐함.
107 황금색의 동상.
108 거북의 등 껍데기.
109 남해신(南海神).

"건지연지뇌지조지부지오."[110]

흥부가 내달아 하는 말이,

"옳다, 이것이 박씨로다."

하고 날을 보아 동편 처마 담장 아래 심어 두었더니, 삼사 일에 순이 나서 마디마디 잎이요, 줄기줄기 꽃이 피어 박 네 통이 열렸으되, 고마수영(古馬水營) 전선(戰船)[111]같이, 대동강상(大洞江上)의 당두리[112]같이 덩그렇게 달렸구나.

110 제비의 우짖는 소리를 흉내낸 것.
111 고마도 수영의 전함. 고마도는 완도 근처에 있는 섬.
112 당도리의 방언. 바다로 다니는 큰 나무배.

기탄잘리

타고르
(Rabindranath Tagore 1861~1941)

기탄잘리

타고르(Rabindranath Tagore 1861~1941)

작가와 작품세계

타고르(1861~1941)

인도의 시인·사상가·교육자로 캘커타에서 출생했다. 명문 집안에서 성장해 전통적인 인도 고유의 종교·문학과 친숙해짐과 동시에 영국 문학도 배웠으며 진보적인 아버지의 사상적 영향을 받았다. 1877년 영국에서 약 1년 간 법률을 배우고 돌아온 뒤 우울과 번민 속을 헤매다가 1880년에 시집 《아침의 노래》를 발표, 영혼의 영원한 자유는 사랑 속에, 위대한 것은 작은 것 속에, 무한은 형태의 구속 속에 발견된다는 자신의 근본 사상을 나타냄과 동시에 예술적 기초를 확립하였다. 이로 인해 문단에서의 위치가 확고해졌으며 서정시 외에 소설과 희곡을 다수 발표하였고, 동시에 문학·종교·교육·사회 문제에 관한 논문도 썼다. 1901년 아버지가 명상의 땅으로 삼고 있던 산티니케탄에 학교를 세워 특수교육을 실시하였으며, 이것은 오늘날 비슈바바라티대학의 전신이 되었다. 그는 일찍이 동서 문화의 융합과 사상 교류에 착안해 세계 여러 나라를 방문하였다.

또 다재다능하여 문학적 활동 외에 그림과 음악에도 조예가 깊은 예술가였으며 실천가로서 교육가·사회개혁론자·독립운동을 지원하는 애국자이기도 했다. 300권이 넘는 저술은 그 내용이 다양하며 모국어인 벵골어로 씌어졌는데 작가 스스로 영어로 번역하기도 하였다. 1913년에 시집 《기탄잘리》로 동양인 최초로 노벨문학상을 수상하였다. 작품으로는 시집《초승달》,《정원사》, 소설《고라》,《카불에서 온 과일장수》, 평론《인간의 종교》,《내셔널리즘》 등이 있다. 한편 한국을 소재로 한두 편의 시《동방의 불꽃》과《패자(敗者)의 노래》를 남기기도 하였다.

작가의 이름을 세계적으로 알린 시집《기탄잘리》는 현세와 피안의 두 세계, 그 피안의 일을 이쪽 현세에서 기도하고 구도하는 성자의 송가다. 처음 벵골어로 써서 출판한 것을 타고르 자신이 영역, 영국에서 출판했다. 1909년에 발표된 벵갈어판에는 157편이 수록되었고, 1912년 저자가 직접 번역한 영역판에는 103편이 수록되었는데, 예이츠가 그 서문을 쓴 것으로 유명하다.

줄거리

《기탄잘리》는 '신(神)에게 바치는 송가(頌歌)'라는 뜻으로, 타고르가 1906년부터 1910년까지 쓴 것 중에서 주로 종교시를 모은 시집이다. 처음에는 모국어인 벵골어로 발표되었으나, 타고르가 영국으로 건너갈 무렵 자신이 직접 영어로 옮겨 인도협회(India Society)에 의해 발행되었다. 이듬해 맥밀란 출판사에서 예이츠의 서문과 함께 다시 영역판이 출판됨으로써 유럽 문단에 큰 반향을 불러일으켰고, 1913년에 노벨문학상을 받았다.

영역판에 수록된 103편의 시에는 제목이 없고 다만 번호를 붙였다. 모두 종교적·상징적인 내용으로, 원시(原詩)의 유려한 운율과 박력이 결여된 점이 있다고는 하나, 이는 오히려 영역이라기보다 영어에 의한 새로운 작품이라고 보아야 할 것이다. 시에 드러난 아름다운 리듬과 음영이 풍부한 언어 구사는 시인 타고르의 천재적 재능을 엿볼 수 있게 한다.

《기탄잘리》는 시마다 제목 대신 번호가 붙어 있는 것이 독특한데, 이것은 각각 독립된 작품이라는 뜻도 있지만 일종의 연작시 형태를 나타내는 것이다. 삶과 죽음의 문제, 그리고 인간의 신에 대한 경건한 마음, 인간은 어떤 면에서 종교적인 면과 불가분의 관계에 있는지 노래하고 있는 이 작품은 위대한 사상은 죄악의 인간으로 하여금 구원에 이르게 한다는 것을 감지하게끔 하고 있다.

'기타'는 '노래'를, '안잘리'는 '합장'이란 뜻으로 인간과 신, 혹은 자연과의 합일의 경지를 노래함과 동시에 시 전편이 구도자의 심정으로 님에 대한 찬양과 간절한 소망을 담고 있다. 그리고 부정적 이미지와 긍정적 이미지의 시어가 교차됨으로써 시의 의미가 더욱 선명하게 드러나고 있다.

이처럼 각 작품마다에 많은 영향을 끼친 타고르의 종교를 일컬어 타고르 자신은 시인의 종교라고 선언하였는데, 그의 종교적 실체는 인도의 고전 경전인 《우파니샤드》로부터 비롯되었다. 타고르는 이러한 인도 고전의 가르침을 바탕으로 자기 사상을 정립하였고, 스스로 무한의 실현을 위해 살았으며, 생명의 행복을 터득하여 사랑과 아름다움으로 신을 찬미하였다. 이런 사상의 세계를 가장 잘 표현한 것이 바로 《기탄잘리》다.

생각 나누기

1. 〈기탄잘리 12〉의 '당신에게 가장 가까이 가는 것이 가장 먼 길이며 그 시련은 가장 단순한 음조를 따라가는 가장 복잡한 것'이라고 한 말의 의미를 생각해 보고, 그것이 자신의 인생 목표를 달성하는 것과 어떤 관련이 있는지 논하시오.

2. 본문의 타고르의 시는 대립을 통한 구원의 갈구나 님에 대한 찬양으로 이루어졌다. 이러한 대립의 의미를 우리 인간 현실의 문제와 관련시켜 생각해 보고, 그것을 해결하기 위한 방안을 비판적으로 논해 보시오.

모범 답안

1. 인간의 역사는 자유를 얻기 위한 기나긴 여정이라고 볼 수 있다. 또한 그것은 인간 자신의 자아실현을 완성하기 위한 여정이기도 하다. 그러기에 그 길은 인간이 살아온 만큼 길기도 하지만, 그렇다고 그러한 자유나 욕망, 자아실현이 이루어지는 것은 아니다. 여기에 그 달성의 어려움이 놓인다. 과연 인간의 자유는 확장되어 왔는가, 인간의 자아실현은 더 넓어졌는가 하는 문제를 곰곰이 생각해 봐야 하는 것이다.

인간의 욕망 가운데서도 빼놓을 수 없는 것은 다른 사람보다 우월해지고 싶은 욕망과 남에게 인정을 받으려는 승인 욕망이다. 이러한 욕망의 실현을 위해서 인간은 얼마나 많은 피와 땀을 흘렸던가. 결코 끊을 수 없을 듯 보이는 이 욕망의 사슬을 끊을 수 있을 것인가. 만일 그것이 가능하다면 그 이후 인간의 삶은 어떨 것인가. 그 이후야 어찌 되었든지 현실은 이러한 인간의 자유와 욕망, 자아실현이라는 아직도 해결하지 못한 문제들로 산적해 있다. 우리는 전쟁이라는 극단적인 충돌을 경험했다. 이러한 거시적인 문제와 더불어 더욱 중요한 문제는 현재 자신의 삶의 목표와 그것을 달성하기 위한 방안일 것이다. 인생 목표가 뚜렷하고 정당한 때라야만 타당한 실천의 힘이 나오는 것이다. 그리고 그것은 일순간에 이루어지는 것이 아니기도 하다.

2. 이 문제의 해결을 위해서는 우선 이 시들에 나타난 대립 이미지에 주

목해야 한다. 부정적 이미지는 가냘픈 가슴, 먼 길과 시련, 어둡고 외로움, 회색 하늘, 싸움, 절망, 의심 등이고 이것을 극복하고자 동원되는 긍정적 이미지는 아기 천사, 동화, 등불, 새로운 노래 등이다. 이러한 것들을 통해 시적 화자는 님의 은총을 입게 되고, 그리하여 님에 대한 찬미 혹은 갈구로 나타난다.

우리 현실의 문제와 관련지어 생각해 볼 때 부정적 의미를 주는 것들은 우리 주위에 얼마든지 널려 있으므로, 개인적인 차원에서 시작해 가족·사회·인류의 문제로 확장해 살펴볼 필요가 있다. 그리고 이러한 것들에 빛을 던져주는 윤리적이고 인간적인 구원의 매개도 얼마든지 있을 것이다. 이러한 점에서 양자를 비교·대조해 봐야 한다.

그런데 우리가 주목해야 할 것은 이러한 현실의 고통과 고뇌를 해결하는 방법은 다분히 종교적인 차원의 것이라는 점이고, 이러한 점에서 각자의 소신이 있을 것이다. 종교적으로 해결하든 그렇지 않든 자신의 확고한 세계관과 가치관 아래 실천의 중요성을 언급해야 할 것이다. 그리고 실천 방안을 나름대로 제시해야 하며 윤리 문제와 연관시키면 더욱 좋을 것이다.

읽기 전에

《기탄잘리》는 구도자의 마음으로 신에 대한 찬양과 간절한 삶의 소망을 노래하고 있다. 제시된 본문은 기탄잘리 1, 2, 12, 13, 64번과 유적(流謫)의 땅 6번 작품이다.

기탄잘리

기탄잘리 1[1]

당신은 나를 무한케 하셨으니 그것은 당신의 기쁨입니다. 당신은 이 연약한 그릇을 비우고 또 비우시고 끊임없이 이 그릇을 싱싱한 생명으로 채우십니다.

당신은 이 가냘픈 갈대 피리를 언덕과 골짜기 너머 지니고 다니셨고 이 피리로 영원히 새로운 노래를 부르십니다.

당신 손길의 끝없는 토닥거림에 내 가냘픈 가슴은 한없는 즐거움에 젖고 형언할 수 없는 소리를 발합니다.

당신의 무궁한 선물은 이처럼 작은 내 손으로만 옵니다. 세월은 흐르고 당신은 여전히 채우시고, 그러나 여전히 채울 자리는 남아 있습니다.

---

1 당신은 영원히 나의 빈자리를 생명으로 채우고 있음을 찬양하고 있다.

기탄잘리 2[2]

당신이 내게 노래를 부르라 하실 때 내 가슴은 자랑스러움으로 터질 것 같고, 나는 당신 얼굴을 올려다보며 눈물을 흘립니다.

내 생명 속 거칠고 어긋난 모든 것들이 한줄기 감미로운 화음으로 녹아들고, 나의 찬미는 바다를 나는 즐거운 새처럼 날개를 폅니다.

당신이 내 노래에 즐거움 얻으심을 나는 알고 있고, 오직 노래 부르는 사람으로 내가 당신 앞에 나아감을 나는 알고 있습니다.

활짝 편 내 노래의 날개 끝으로 나는 감히 닿을 수 없는 당신의 발을 어루만집니다.

노래 부르는 즐거움에 젖어 나는 넋 잃고 나의 주(主)이신 당신을 친구라 부릅니다.

기탄잘리 12[3]

내 여행 시간은 길고 또 그 길은 멉니다.

나는 태양의 첫 햇살을 수레를 타고 출발하여 숱한 항성과 유성에 내 자취를 남기며 광막한 우주로의 항해를 계속했습니다.

당신에게 가장 가까이 가는 것이 가장 먼 길이며, 그 시련은 가장 단순한 율조를 따라가는 가장 복잡한 것입니다.

여행자는 자기 문에 이르기 위해 낯선 문마다 두드려야 하고, 마지막 가장 깊은 성소에 다다르기 위해 온갖 바깥 세계를 방황해야 합니다.

---

2 당신으로 인해 노래를 부르게 되어 내 가슴이 충만함을 찬양하고 있다.
3 당신을 찾게 된 기쁨을 노래하고 있다.

눈을 감고 '여기 당신이 계십니다!'라고 말하기까지 내 눈은 멀리, 널리 헤매었습니다.

물음과 외침, '오, 어디입니까!'는 천 갈래 눈물의 시내로 녹아내리고 '나 여기 있도다!'란 확언이 홍수로써 세계를 범람합니다.

기탄잘리 13[4]

내가 부르려 했던 노래는 이날까지 불려 지지 않은 채였습니다.

나는 악기를 켜며 멈추며 그렇게 며칠을 보냈습니다.

때는 맞지 않았고 말[言語]들은 바로 놓이지 않았습니다. 오직 내 가슴 속엔 소원의 괴로움이 있을 뿐입니다.

꽃은 피지 않았고 오직 바람만 한숨 쉬며 지나칠 뿐입니다.

나는 그의 얼굴을 보지 못했고 그의 목소리를 듣지도 못했습니다. 오직 나는 내 집 앞길로부터 그의 조용한 발걸음 소리를 들었을 뿐입니다.

긴긴 날을 바닥에 그의 자리를 펴는 데 보냈지만 등잔엔 아직 불이 켜지지 않았고, 나는 그를 내 집에 드시도록 청할 수 없습니다.

나는 그와 만날 희망 속에 살고 있습니다.

그러나 이 만남은 아직 이루어지지 않고 있습니다.

기탄잘리 64[5]

쓸쓸한 강기슭 무성한 풀밭에서 나는 그녀에게 물었습니다. '아가씨,

---

4 당신과의 만남은 아직 이루어지지 않았다는 안타까운 심정을 노래하고 있다.
5 어둡고 외로운 삶의 구원을 갈구하고 있다.

당신은 외투로 등불을 가리고 어디로 가십니까? 내 집은 아주 어둡고 외로우니 당신의 등불을 빌려주십시오.' 그녀는 잠시 검은 눈을 들어 어둠 속에서 내 얼굴을 바라보고는 말했습니다. '날이 서녘으로 기울면 강물에 내 등불 흘려보내려고 왔습니다.' 나는 무성한 풀밭에 홀로 서서 물결 위에 무심히 떠 흐르는 그녀 등불의 흐릿한 불꽃을 바라보았습니다.

밤을 모으는 침묵 속에서 나는 그녀에게 물었습니다. '아가씨여, 당신의 등불들은 모두 켜졌습니다. 그런데 당신은 등불을 들고 어디로 가십니까? 나의 집은 아주 어둡고 외로우니 당신의 등불을 빌려주십시오.' 그녀는 검은 눈을 들어 내 얼굴을 보고는 잠시 머뭇거리며 서 있었습니다. 그러고는 마침내 '나는 등불을 하늘에 바치러 왔습니다.'라고 말했습니다. 나는 서서 허공 속에서 무심히 타오르는 그녀의 등불을 바라보았습니다.

달 없는 한밤의 어둠 속에서 나는 그녀에게 물었습니다. '아가씨, 가슴 가까이 등불을 들고 당신이 드리는 소청은 무엇입니까? 내 집은 아주 어둡고 외로우니, 당신의 등불을 빌려주십시오.' 그녀는 잠시 멈추어 생각하더니 어둠 속의 내 얼굴을 쳐다보며 말했습니다. '저는 연등제에 참석하려고 등을 가져왔습니다.' 나는 서서 빛 속에서 무심히 사라지는 그녀의 작은 등불을 바라보았습니다.

유적(流謫)의 땅[6]

어머니, 하늘빛은 회색이 되고 나는 때가 어찌되었는지 모르겠습니다. 내 놀이에는 즐거움이 없고 그래서 나는 당신에게 왔습니다. 오늘은 우리의 휴일, 토요일입니다.

---

6 회색빛의 어두운 삶에서 위안과 안식을 찾고자 어머니에게 동화를 요청하고 있다.

어머니, 일을 그만두십시오. 그리고 여기 창가에 앉아 동화 속의 테판타르 사막[7]이 어디인지 말씀해 주십시오.

비 그림자가 아침부터 저녁까지 하루를 덮습니다.

번쩍이는 번개가 손톱으로 하늘을 찢습니다.

구름이 우르릉거리고 천둥이 칠 때면 나는 두려움에 떨며 당신에게 매달리고 싶어집니다.

세찬 비가 몇 시간을 대나무 잎에서 후드득거리고 창문들이 바람결에 흔들려 소리 낼 때면 어머니, 나는 당신과 함께 방 안에 앉아 당신이 동화 속의 테판타르 사막에 대해 이야기해 주는 것을 듣고 싶습니다.

그것은 어머니, 어떤 바다의 연안, 어떤 산들의 기슭, 어떤 왕의 나라 어디에 있습니까?

거기에는 들을 표시할 울타리도 없으며 마을 사람들이 저녁이면 마을로 찾아갈, 혹은 숲에서 마른 나뭇가지를 모은 여인들이 그 짐을 시장에 가져갈 오솔길도 없습니다. 모래밭의 몇 조각 노란 풀 더미와 지혜로운 늙은 새 한 쌍이 둥우리 친 나무 하나뿐, 테판타르 사막이 누워 있습니다.

이처럼 구름 낀 날, 젊은 왕자가 미지의 강 저편 거인의 궁전에 갇힌 공주를 찾아 흑색 말을 타고 혼자서 어떻게 그 사막을 가는가 나는 상상할 수 있습니다.

먼 하늘에서 비안개가 내리고 급작스런 고통의 발작처럼 번개가 칠 때 그는 동화 속의 테판타르 사막을 말 타고 가며 왕에게 버림받아 외양간을 쓸며 눈물을 닦는 불행한 자기 어머니를 생각하겠지요?

---

7 전설로 전해져 오는 가상의 사막.

보십시오 어머니, 하루가 끝나기 전 날은 거의 어두워지고 마을 길에는 먼 여행자도 없습니다.

목동은 목장에서 일찍 집으로 돌아갔고, 사람들도 들에서 돌아와 오두막집 처마 아래 멍석에 앉아 험상궂은 구름을 보고 있습니다.

어머니, 저는 제 책을 모두 서가에 꽂았습니다. 이젠 공부하라고 제게 말씀하지 마세요.

제가 자라서 아버지처럼 어른이 되면 제가 배워야 할 것은 모두 배울 것입니다.

그러나 오늘만은 어머니, 동화 속 테판타르 사막이 어디 있는지 말씀해 주십시오.

도련님

나쓰메 소세키
(夏目漱石 1867~1916)

도련님

나쓰메 소세키(夏目漱石 1867~1916)

나쓰메 소세키(1867~1916)

일본의 소설가·평론가·영문학자. 본명은 긴노스케(金之助)로 도쿄에서 태어났다. 도쿄대학 영문과 졸업 후 교사로 일하다가 1900년 영국에서 유학했다. 귀국 후 도쿄대학과 제1고등학교에서 교편을 잡았다.《호토토기스》에《나는 고양이로소이다》로 등단한 후《해로행》,《런던탑》,《도련님》,《나그네》,《210일》등을 발표하며, 당시의 자연주의 경향에서 벗어난 작품들을 주로 썼다.

1907년 전속 집필가로서 아사히신문에 들어가,《우미인초》등의 대작을 계속 썼는데 이 작품을 끝으로 낭만적 경향은 끝나고, 윤리적 배경이 강한 인간의 에고이즘을 깊이 추구하는 산문적 작풍(作風)을 선보였다. 특히 대상에 자신을 투영하여 집요한 심리 묘사와 심리 분석을 했으며, 쓰라린 정신적 고뇌를 표현했다. 이러한 경향은《피안이 지나기까지》에서 미완으로 끝난《명암》사이의 작품에 잘 나타나 있다.《명암》은 다른 것은 돌보지 않고 자신의 문제에만 집착해 추하게 살아가는 인간들을 그려내고 있지만, 작가는 그러한 아집에 찬 인간들을 허락하지 않고 자기 자신에 사로잡히지 않는 절대 하늘의 경지에 서려 했다.

나쓰메 소세키가《도련님》에서 다룬 자아 문제는 당시 일본이 겪은 사회적 갈등을 보여줌과 동시에 영원한 테마로 오늘날까지 널리 공감을 얻고 있다. 이 작품은 도쿄에서 지방 중학교로 부임한 도련님이란 별명을 가진 교사가 지방 교육의 부정부패에 분노하여 동료 직원과의 충돌 끝에 교사직을 버린다는 유머러스한 이야기다. 주인공의 정의감과 교사 간의 술책, 무기력, 추종, 학생들의 경박스러움, 시골 사람들의 무지함과 교활함 등 여러 유형적 속물을 등장시킨 절묘한 구성으로 많은 호평을 받았다.

줄거리

자신의 뜻과는 전혀 무관하게 돌아가는 복잡한 세상 속에서 오직 정직과 순수만으로 살아가려는 주인공 도련님은 어린 시절부터 부모님마저 두 손들 정도로 고집이 세고 덤벙대는 장난꾸러기 개구쟁이였다. 예컨대 학교 이 층에서 뛰어내리기도 하고 칼로 자신의 엄지손가락을 베기도 한다. 그는 형과의 사이도 좋지 못하고 부모님의 사랑도 받지 못하지만, 식모 할머니 기요만은 언제나 도련님이 정직하고 솔직하다며 애정으로 감싸준다. 부모님이 돌아가시자 그는 형과 헤어지고 별 생각없이 물리학교에 입학한다.

물리학교를 졸업하고 시코쿠(四國)의 어느 중학교 수학 교사로 부임한 그는 가장 깨끗하고 순수해야 할 학교에서 교장·교감이 중심이 되어, 추악한 음모를 꾸미고 천진난만한 학생들마저도 꼭두각시로 전락시키는 행태를 발견한다.

도련님은 단순하고 정직한 성격을 바탕으로 메뚜기 사건, 학생싸움 등 온갖 유머와 익살을 부리면서 동료 수학 교사와 함께 교감 일파를 골탕 먹이고는 사직서를 쓰고 도쿄로 돌아온다. 그 후, 도련님은 철도 기술자가 되어 자신에게 순수한 애정을 기울이는 기요와 함께한다.

　나쓰메 소세키는 지성과 윤리적인 태도를 갖고 권선징악적인 주제를 장편에 투입했으며, 이런 의식은 초기 작품인 《도련님》에 잘 드러나고 있다. 《그로부터》 이후에는 초기의 문명 비판적 작품에서 벗어나 실존적인 문제에 관심을 갖고 인간의 에고이즘을 다루었으며, 문체도 중후해졌다. 그는 자기 본위를 앞장서서 주장했으나, 항상 '아집'의 추억을 표출한다는 점에서 자연주의와 대립하며 반자연주의의 아성으로 지목받았다.

　어느 시골 중학교에서 벌어지는 코믹하고 풍자적인 사건들을 다룬 청춘 유머 소설 《도련님》은 막 학교를 졸업한 강직하고 순수한 청년이 시골 교사가 되어 느끼는 주위의 사회 현실과 그 속에서 대립되는 갖가지 정황들을 적나라하게 묘사했다는 점에서 나쓰메 소세키의 젊은 날의 자서전이라고도 할 수 있다.

　어린 시절부터 소문난 개구쟁이였던 도련님은 오직 정직과 순수만으로 열심히 살아가려고 노력하는 인물로, 이 작품은 중학교 교사로 부임한 도련님의 첫 사회생활에서의 실패 과정이 유머러스하게 그려져 있다. 도련님의 실패는 결국 그의 정직과 순수를 받아들이지 않는 그 사회에 원인이 있는 것이고, 작가는 이 소설에서 대립하고 있는 두 사회의 철저한 조명과 더불어 추악한 사회 군상에 날카로운 시선을 보내고 있다.

　도련님의 솔직함과 성실함·순수함은 위선으로 가득 찬 현실, 또 그 속에서 타협하며 살아가는 주위 인물들과 늘 충돌을 반복하게 된다. 하지만 도련님의 이러한 솔직함·성실함·순수함이야말로 작가가 주장하는, 인간으로서 추구해야 할 최고의 덕성이요, 사회를 발전시키는 원동력이다.

　한편 나쓰메 소세키도 도련님의 실패를 비웃고 있지만, 이 소박하고 희극적인 주인공이 행하는 사회 부정을 파헤치고 약자를 보호하는 그 통쾌함 때문에 독자들은 그냥 웃어버릴 수만은 없는 커다란 감동을 받게 된다. 정의감이 넘치는 행동주의자로 첫 사회생활에서 실패를 맛보지만 도련님에게는 돌아갈 수 있는 맑고 순수한 세계가 있다. 또 그런 세계가 이 소설을 불멸의 문학 작품으로 만들어주는 이유이기도 하다.

생각 나누기

1. 본문에 나온 주인공의 어린 시절 행위를 어떻게 볼 것인지, 자신의 경험과 관련지어 그 해결점을 논술하시오.

2. 주인공은 시고쿠 지방의 중학교 수학 교사로 부임하면서 식모인 기요와 헤어지게 된다. 자신을 주인공이라 생각하고 기요에게 편지를 써 보시오.

모범 답안

1. 주인공의 어린 시절은 평범한 인간과는 다른 행동으로 점철되어 있다. 그를 둘러싼 사건을 보면 학교 이 층에서 뛰어내린 일, 칼로 자신의 엄지손가락을 벤 일, 옆집 아이와 싸움한 일 등 심한 장난이 열거되어 있다. 그런데 이러한 그의 행동은 불우한 가정환경에서 비롯된 것이다. 서술자에 의하면 그의 아버지는 조금도 그를 귀여워해주지 않았고, 어머니 역시 그를 냉대했으며 형마저도 주인공을 골탕 먹이는 존재에 불과했다. 이런 환경에서 그가 의지하고, 그를 인정하는 사람이라고는 10년 지기 식모뿐이었다. 그러므로 식모는 주인공의 유일한 안식처였다.

그런데 문제는 그의 이러한 행위를 어떻게 보아야 하는가에 있다. 정상적인 환경을 갖지 못한 주인공은 자신의 정체성을 찾지 못했으며, 주위의 인정도 받지 못했다. 어릴 적 장난은 누구나 한 번쯤 경험해봤을 것이다.

그러나 그 장난이 문제가 될 정도라면 반드시 원인을 다시 생각해봐야 한다. 자신의 경험을 토대로 이러한 문제를 어떻게 보아야 할 것인지 논해 보자. 특히 개인과 사회 환경, 복지 문제와 연결시켜 보자. 청소년 문제로 한정하는 것도 좋을 것이다.

2. 주인공과 기요의 관계는 다른 어느 가족보다도 각별하다. 특히 기요의 주인공에 대한 애정은 유별나다. 그러기에 주인공이 떠나게 될 때 치약, 칫솔 등을 챙겨줄 정도로 애정을 보여준다. 그리고 기차역에서 배웅을 하는데, 플랫폼을 떠날 줄 모른다. 주인공은 그런 기요의 애정에 나오려는 눈물을 참을 수밖에 없었다.

주인공에게 있어 기요의 존재는 남다르다. 기요야말로 자신에게 희망과 애정을 보였던 사람이기 때문이다. 그래서 그는 임지에 도착한 둘째 날 밤에 기요에게 편지를 쓴다. 이 편지에서는, 그가 기요에게 임지로 가면 무엇을 사다 줄까 물었을 때 기요가 먹고 싶다고 했던 갈엿에 대해 언급하고 있다. 다음 인용문을 참고로 기요에게 편지를 써 보자.

점심을 먹고 기요 할멈에게 편지를 썼다. 나는 글을 쓸 줄 모르고 글자도 모르는 게 많아서 편지라면 아주 질색이다. 또 쓸 만한 데도 없다. 그러나 기요 할멈은 조바심내고 있을 것이다. 배가 난파하여 죽지나 않았을까 하고. 걱정을 시켜서는 안 되므로 큰 맘 먹고 내 딴에는 기나긴 편지를 썼다. 그 문구는 대강 다음과 같은 것이었다.

'어제 도착했소. 이곳은 보잘것없소. 여관에 팁을 오 엔 주었더니 안주인이 땅에 코가 닿도록 절을 합디다. 어젯밤은 잠을 못 이루었소. 기요 할멈이 갈엿을 먹는 꿈을 꾸었소. 내년 여름에는 돌아가겠소. 오늘 학교에 처음으로 나가서 여러 선생들의 별명을 지었소. 영어 교사는 끝물호박, 수학 교사는 거센 바람. 장차 여러 가지 일을 많이 써 보내겠소. 안녕히 계시오.'

편지를 다 써 버리니 마음이 푸근해지며 졸음이 솔솔 왔으므로 방 한가운데 누워 자 버렸다.

읽기 전에

《도련님》은 한 중학교 교사의 순수한 시각을 통해 추악한 사회 군상에 대한 고발과 저항정신을 담아내는 작품이다. 제시된 본문은 주인공인 도련님이 중학교 교사로 부임하기 전까지의 내용이 제시되어 있다.

도련님

    타고난 말썽꾸러기 기질 때문에 나는 어려서부터 온갖 말썽을 다 부리고 다녔다. 초등학교 시절에는 학교 건물 이 층에서 뛰어내리다 허리를 삐끗해 일주일 동안 고생한 일이 있었다. 왜 그렇게 무모한 짓을 했느냐고 물어도 특별한 이유가 있었던 것은 아니다. 새로 지은 건물 이 층에서 창밖을 내려다보고 있는데, 같은 반 친구 한 명이 시비를 걸었기 때문이다.

    "네가 아무리 잘난 척을 해 봤자 거기서 뛰어내리지는 못할걸. 안 그래, 이 겁쟁이야."

    사환의 등에 업혀서 집에 돌아왔을 때 아버지가 눈을 부릅뜨고 호통치셨다.

    "고작 이 층에서 뛰어내리고선 허리를 다쳐 돌아오는 바보 녀석이 어디 있어."

    나는 지지 않고 대답했다.

    "다음번에는 다치지 않게 뛰면 되잖아요!"

    한번은 친척 집에서 외제 칼 하나를 얻어 와, 새파란 칼날을 햇빛에 요리조리 비추어 보이며 친구들에게 자랑하는데 그 중 한 놈이 약을 올렸다.

    "번쩍거리기는 해도 칼날이 잘 들지는 않을걸."

    "안 들긴 왜 안 들어, 뭐든지 자를 수 있어."

    그러자 녀석이 '그럼, 어디 한번 네 손가락을 베어 봐.'라고 충동하였다.

    그까짓 손가락 하나쯤 하고 나는 오른손 엄지손가락 등을 비스듬히 그었다. 다행히 칼이 작고 엄지손가락 뼈가 단단했기 때문에 아직도 엄지손 가락은 손에 붙어 있다. 그러나 칼자국 흉터만은 죽을 때까지 없어지지 않을 것이다.

우리 집 마당에서 동쪽으로 스무 걸음쯤 가면 남쪽으로 비스듬하게 일 구어진 조그만 채소밭이 있고, 그 밭 한가운데는 밤나무 한 그루가 서 있 다. 이 밤나무는 내게 목숨보다 소중했다. 밤의 아람이 벌어질 무렵이면, 나는 아침에 일어나는 대로 뒷문으로 나가서 떨어진 밤알을 주워 학교에 가서 먹었다.

채소밭 서쪽은 야마시로야라는 전당포 집의 정원과 이어져 있었는데, 이 전당포 집에 열서너 살쯤 되는 간타로라는 겁쟁이 녀석이 있었다. 그 런데 이 녀석은 겁쟁이인 주제에 이따금 담을 넘어와서 밤을 훔쳐 가곤 했다. 어느 날 저녁, 나는 사립문 뒤에 숨어서 망을 보다가 마침내 간타로 를 잡았다. 도망칠 곳을 잃어버린 간타로는 죽을 힘을 다해 내게 덤벼들 었다. 겁쟁이라곤 해도 나보다 두 살쯤 위인지라 힘이 세었다. 짱구 머리 를 내 가슴에 들이대고 마구 밀어대다가 그만 빗나가서 그놈의 머리통이 내 넓은 소맷자락 속으로 들어가 버렸다.

그 바람에 손을 마음대로 움직일 수 없어진 내가 팔을 마구 흔들었더니, 내 소맷자락 속에 들어간 간타로의 머리도 덩달아 이리저리 흔들렸다. 괴 로워 견디기가 힘들었던지 간타로도 소매 속에서 내 팔을 물고 늘어졌다. 나는 너무 아파서 간타로를 담에 밀어붙이고 다리를 걸어 쓰러뜨렸다.

야마시로야의 뜰은 우리 채소밭보다 여섯 자[1]나 낮았다. 간타로는 담 장을 반쯤 허물며 자기네 집터 안으로 거꾸로 떨어져서 죽는 소리를 냈 다. 녀석이 나가떨어지면서 내 한쪽 옷소매도 같이 뜯겨져 나갔는데 그제 야 내 팔이 자유로워졌다. 그날 어머니는 사과하기 위해 야마시로야에 다

---

1 길이의 단위로 한 자는 한 치의 열 배로 약 30.3센티미터에 해당함.

녀오셨고 내 옷소매 한쪽도 찾아왔다.

이 밖에도 나의 장난질은 일일이 열거할 수 없을 정도였다. 목수 아들 가네와 생선 장수 아들 가쿠와 함께 모사쿠네 집 당근 밭을 망쳐 놓은 일도 있었다. 당근 싹이 아직 나오지 않은 곳에는 짚이 덮여 있었는데, 우리 셋이서 반나절이나 그 위에서 씨름판을 벌이는 바람에 당근이 짓밟혀 못 쓰게 되고 만 것이다.

한번은 후루가와 씨 집에 논물을 대는 샘을 메워 버리고 혼쭐이 났던 적도 있었다. 굵은 대통의 마디를 뚫어서 땅에 깊이 묻어 두면 그 속에서 물이 솟아나와 논에다 물을 대는 구조였다. 그걸 알 턱이 없는 우리는 돌과 막대기로 샘을 메우고 대통에서 물이 나오지 않는 것을 보고 집에 돌아와서 밥을 먹었다. 그런데 시뻘겋게 달아오른 얼굴로 후루가와 씨가 들이닥쳐 야단이 이만저만이 아니었다. 이 사건은 돈을 좀 물어주고 나서야 사태가 수습되었다.

아버지는 나를 털끝만치도 귀여워하지 않았고, 어머니는 늘 형만 편애했다. 아버지는 나를 볼 때마다 입버릇처럼 '이 놈은 사람 구실하기는 애당초 글렀다.'고 말했고, 어머니도 '뭐가 되려고 말썽만 피우는지 앞날이 캄캄해요.' 하고 한숨을 지었다.

부모님 말씀대로 난 쓸 만한 인물이 못 되었다. 부모님의 눈에 장래가 걱정되었던 것도 무리는 아니다. 보다시피 요 모양 요 꼴로 살고 있으니까.

어머니가 병환으로 돌아가시기 이삼일 전, 부엌에서 공중제비를 넘다가 부뚜막 모서리에 갈비뼈를 부딪쳐 몹시 아팠다. 그런 나를 보고 어머니는 화를 내며 '너 같은 녀석은 꼴도 보기 싫다.'고 하시며 쫓아내 며칠 친척 집에 가 있게 되었다. 그리고 결국 그곳에서 어머니가 작고하셨다는 기별을 받게 되었다. 나는 어머니가 그렇게 갑자기 돌아가실 줄은 몰랐다.

'그렇게 많이 아프신 줄 알았다면, 좀 더 점잖게 행동했을 텐데.' 나의 그간 행동을 후회하면서 집으로 돌아왔다. 그런데 형이 다짜고짜 '너는 불효

자야, 너 때문에 어머니가 빨리 돌아가신 거야.'라고 말하는 것이었다. 분한 마음에 나는 형의 뺨을 때렸고 당연히 아버지께 호된 꾸지람을 들었다.

어머니가 돌아가신 뒤로 나는 아버지와 형과 셋이서 살았다. 여전히 아버지는 내 얼굴만 봤다 하면 입버릇처럼 말씀하셨다.

"너는 글렀어. 넌 안 돼."

뭐가 안 되는 건지 지금도 알 수 없다.

형은 사업가가 되겠다며 영어 공부를 열심히 했다. 천성이 여자 같고 약아빠진 형은 나와 사이가 좋지 않았다. 우리는 열흘에 한 번꼴로 싸우며 지냈다.

어느 날은 둘이서 장기를 두는데, 형이 비겁하게 속임수를 써서 나를 궁지에 몰아넣고는 재미있다는 듯이 놀렸다. 몹시 화가 난 나는 손에 들고 있던 장기짝을 형의 이마를 향해 던졌다. 이마가 터져서 피가 나자 형은 냉큼 아버지한테 일러바쳤다. 아버지는 노발대발하시며 내게 부자지간의 연을 끊자고 하셨다.

그때는 나도 어쩔 수 없다고 포기하고 집에서 쫓겨날 각오를 하고 있었는데, 십 년 동안 함께 산 기요라는 하녀가 나를 용서해 달라고 울면서 매달리는 바람에 가까스로 아버지의 화가 풀렸다. 사실 그때 난 아버지가 무섭지 않았다. 그보다는 오히려 기요 할멈이 딱하게 느껴졌다.

할멈은 본래 유서 깊은 가문의 자식이었는데, 어쩌다 집안이 몰락하는 바람에 남의 집살이를 하게 되었다고 했다. 그런데 이 할멈은 무슨 연유인지 나를 매우 귀여워해 주었다. 아무리 생각해도 알 수 없는 일이다. 어머니도 죽기 사흘 전에 내게 정나미가 떨어졌고, 아버지도 처치 곤란으로 여겼으며, 온 동네에서 말썽쟁이로 빈축을 샀던 나를 기요는 애지중지해 주었다. 나조차도 사람들로부터 호감을 살 성격은 못 된다고 포기하고 있었으므로 사람들로부터 성가신 천덕꾸러기 취급을 받는 데 익숙해져 있었다. 오히려 기요가 나를 애지중지해 주는 것이 수상스러웠다. 기요는 부엌에서 사람이 없을 때면 종종 나를 칭찬해 주었다.

"도련님은 대쪽처럼 곧은 좋은 성격을 가졌어요."

그러나 나는 기요의 말이 이해되지 않았다. 내 성격이 진짜 좋은 거라면 기요 이외의 다른 사람들도 나에게 좀 더 잘해 주어야 마땅하다고 생각했다. 그래서 기요가 그런 말을 할 때마다 나는 이렇게 말했다.

"난 누가 내게 아첨하는 건 듣기도 싫어."

그러면 기요는 그렇기 때문에 내 성격이 좋은 거라며 기쁜 표정으로 내얼굴을 바라봤다. 자기 마음대로 상상해서 나를 만들어 놓고 자랑스러워하는 것 같아서 다소 기분이 나빴다.

어머니가 돌아가신 후부터 기요는 더욱 날 챙겨 주었다. 가끔은 어린 마음에 기요가 날 왜 그렇게까지 위해 주는지 의아했다. 그리고 그런 쓸데없는 친절을 그만두었으면 좋겠다는 생각도 했고 딱하다고도 생각했다. 그래도 기요는 여전히 나를 아껴 주었다. 가끔 자기 돈으로 내게 떡과 과자를 사 주는가 하면, 추운 겨울밤에는 몰래 사다 둔 메밀가루로 메밀탕을 만들어서 자고 있는 내 머리맡에 갖다 놓기도 했다. 한번은 냄비 우동까지 사 준 적도 있었다. 음식뿐만이 아니라 연필과 공책, 양말까지도 사 주었다. 그리고 한참 후 일이지만 삼 엔을 빌려 준 적도 있다. 내가 빌려 달래서가 아니라 먼저 내 방으로 가져와서 '도련님 용돈이 궁하시죠? 이 돈을 쓰세요.' 하고 준 것이다. 물론 나는 사양했다. 그러나 기요가 무조건 쓰라면서 고집을 부렸으므로 못 이기는 척 받았지만 속으로는 몹시 기뻤다. 그런데 그 삼 엔을 지갑에 넣어 품에 간직하고는 변소에 갔다가 그만 실수로 지갑을 밑으로 빠뜨리고 말았다. 할 수 없이 어슬렁어슬렁 밖으로 나와 기요에게 사실대로 말했더니, 기요는 재빨리 대나무 막대기를 찾아와서 지갑을 건져다 주겠다고 말했다. 얼마 후 우물가에서 좍좍 물소리가 나기에 가 봤더니, 대나무 막대기 끝에다 지갑을 걸쳐 놓고 물을 끼얹어 씻고 있었다. 그런 다음 지갑을 열고 지폐를 꺼내니 색이 갈색으로 변해서 무늬가 잘 보이지 않았다. 기요는 그 지폐를 화롯불에 쪼여 말린 뒤에 내게 내밀었다.

"이만하면 됐지요?"

나는 잠깐 냄새를 맡아 보고 말했다.

"아이고, 구린내야."

"그럼, 바꿔 드릴 테니 이리 주세요."

어디서 어떻게 했는지 지폐 대신 은화로 삼 엔을 가져왔다. 이 삼 엔을 어디다 썼는지는 잊어버렸다. 또 기요에게 곧 갚겠다고 말해 놓고 갚지도 못했다. 지금 와서 그 열 배로 갚아 주고 싶어도 이제는 갚을 길이 없다.

기요가 내게 뭔가를 줄 때는 반드시 아버지와 형이 없을 때였다. 난 남 모르게 나만 덕을 보는 것이 싫었다. 물론 형과 사이가 좋지는 않았지만, 그래도 형 몰래 기요한테서 과자나 색연필을 받고 싶지는 않았다. 그래서 기요에게 물은 적이 있다.

"왜 형은 안 주고 나만 주는 거야?"

그러자 기요는 태연한 얼굴로 말했다.

"형님은 아버님이 뭐든지 다 사 주시니까 괜찮아요."

이건 불공평하다. 아버지는 완고한 분이기는 하지만 그렇게까지 형과 나를 편애할 사람은 아니었다. 그러나 기요의 눈에는 그렇게 보였던 모양이다. 나는 기요가 나에 대한 맹목적인 애정에 빠진 것이 틀림없다고 생각했다. 명문가 사람이라고는 하지만 제대로 배운 적이 없는 노인이라 어쩔 수 없나 보다.

그뿐만이 아니었다. 편애란 참으로 무서운 것이다. 기요는 내가 장차 입신출세해서 훌륭한 사람이 될 것이라고 굳게 믿고 있었다. 반대로 공부밖에 모르며 허여멀건 얼굴을 한 형은 아무짝에도 쓸모없는 인간이 될거라고 장담했다. 이런 생각을 가진 할멈을 어떻게 당해 내겠는가! 자기가 좋아하는 사람은 반드시 훌륭한 사람이 되고, 싫어하는 사람은 반드시 망할 거라고 믿고 있는 것이다.

나는 그때까지만 해도 장차 커서 뭐가 될지 생각도 목표도 없었다. 그러나 기요가 자꾸 부추기는 바람에 '나도 뭔가가 되긴 되겠지.' 하고 생각하게 되었다. 지금 생각하면 어리석기 짝이 없다. 하루는 기요에게 장차 내가 뭐가 될 것 같으냐고 물어 본 일이 있다. 기요도 별로 생각해 본 적이 없었는지, '자가용을 타고, 근사한 현관이 있는 저택에서 사실 거예요.' 라고 말했다.

게다가 기요는 내가 나중에 집이라도 장만해 독립하게 되면 나와 함께 살 생각까지 하고 있었다. 그때는 꼭 자기를 데려가야 한다고 어찌나 거듭 간청을 하던지, 나도 내 집을 장만할 것 같은 착각이 들어 그때는 그러겠다고 대답을 해 두었다. 한데 기요 할멈은 너무나 상상력이 풍부한 사람이어서 멋대로 자기 계획을 늘어놓곤 하였다.

"도련님은 어디가 좋아요, 고지마치? 아사부? 정원에는 그네를 만드세요. 응접실은 한 칸만 꾸미면 충분해요."

그때까지만 해도 나는 집 따위에는 아무 욕심도 없었다. 양옥이든 일본 전통 가옥이든 전혀 필요성을 느끼지 못했으므로 기요한테도 그런 것은 싫다고 대답했다. 그러면 기요는 '도련님은 욕심도 없고 깨끗한 마음을 가졌다.'고 또 칭찬을 해 주었다. 기요는 내가 무슨 말을 해도 늘 칭찬해 주었다.

어머니가 돌아가신 후 오륙 년 동안은 이런 상태로 지나갔다. 아버지한테는 꾸중을 듣고 형과는 여전히 싸웠으며, 기요한테서는 틈틈이 과자를 얻어먹었다. 기요는 변함없이 나를 귀여워했고 칭찬을 아끼지 않았다.

나는 별다른 바람도 없었으므로 이런 생활에 만족하면서 그걸로 충분하다고 생각하며 지냈다. 다른 아이들의 삶도 나와 크게 다를 바가 없을 거라고 생각했다. 다만 기요가 무슨 일이 있을 때마다 '불쌍한 우리 도련님!', '불행한 도련님.' 하고 말했으므로 내가 불쌍한 처지로구나 하고 생각했다. 그밖에 별다른 문제는 없었다. 다만 아버지가 용돈을 주지 않는 데에는 두 손 두 발 다 들었다.

어머니가 돌아가신 지 육 년째 되는 해 정월에 아버지도 뇌졸중으로 갑자기 세상을 떠나셨다. 그해 사월에 나는 사립 중학교를 졸업했고, 형은 상업 학교를 졸업했다. 형은 어느 회사의 규슈 지점에 일자리가 생겨 그곳으로 떠나지 않으면 안 되었다. 하지만 나는 도쿄에 남아서 학업을 계속해야 했다. 형이 집을 팔아 재산을 정리하고 규슈로 떠나겠다고 하기에 나는 좋을 대로 하라고 했다. 어차피 형에게 신세를 질 마음은 털끝만치도 없었다. 형이 나를 돌봐 준다고 해도 둘이서 싸우게 될 것은 불 보듯 뻔했다. 그렇게 되면 형도 가만있지 않을 테고, 나도 형한테 탐탁지 않은 보호를 받으며 기죽어 사느니 차라리 나 혼자 우유 배달을 해서라도 먹고 살겠다는 각오였다.

형은 고물상을 불러다가 조상 대대로 물려받은 물건들을 헐값으로 넘기고, 집은 어떤 사람의 소개로 부자에게 팔았다. 집을 판 돈이 꽤 많았던 모양이나 나는 자세한 내막은 잘 모른다. 나는 한 달 전부터 앞으로의 방향이 정해지기 전까지 임시로 간다의 오가와 마치에서 하숙을 하고 있었기 때문이다.

기요는 수십 년을 살아온 집이 남의 손에 넘어가게 된 것을 무척 아쉬워했지만, 자기 집이 아니니 별 수 없었다. '도련님이 좀 더 장성했더라면 이집은 그대로 상속받을 수 있을 텐데.' 하고 자꾸 한탄했다. 나이를 먹어서 이루어질 상속이었다면 지금이라도 상속이 이루어졌을 것이다. 할멈은 아무것도 모르면서 나이만 먹으면 형의 집을 가질 수 있다고 믿고 있었다.

이렇게 형과 나는 갈 길이 정해졌지만, 문제는 기요의 거처였다. 당연히 형은 식모를 임지로 데리고 갈 형편이 아니었고, 기요도 형을 따라서 규슈까지 갈 생각은 없는 것 같았다. 이때 나는 다다미 넉 장² 반짜리의 싸구려 하숙집에서 생활하고 있었는데, 그조차도 언제 쫓겨날지 모르는

---

2 길이의 단위로 한 장은 한 자의 열 배로 약 3미터에 해당함.

처지였다. 할 수 없이 나는 기요에게 물어 보았다.

"다른 집에 식모로라도 갈 생각이야?"

기요는 이미 결심한 바가 있다는 듯이 대답했다.

"도련님이 집을 장만하고 결혼할 때까지는 어쩔 수 없이 친정 조카 집에 가서 신세를 져야죠."

기요의 조카는 재판소 서기로 근무하고 있어서 생활에 여유가 있었다. 그 전에도 기요에게 함께 살자고 몇 번이나 권했었지만 그때마다 비록 식모살이일망정 오랫동안 정든 집이 좋다고 기요는 번번이 거절해 왔었다. 그러나 이제는 사정이 달라져서 생판 모르는 낯선 집에 가서 눈치를 보며 사는 것보다는 조카의 신세를 지는 편이 낫다고 생각했던 모양이다. 그러면서도 여전히 내게 빨리 집을 장만하라는 둥, 장가를 들라는 둥, 그러면 와서 돌봐 주겠다는 둥, 말이 많았다. 친척인 조카보다도 남인 내가 더 좋았던 모양이다.

규슈로 떠나기 이틀 전에 형은 내 하숙집으로 찾아와서 돈 육백 엔을 내놓으면서 이 돈을 밑천 삼아 장사를 하든지, 학비로 쓰든지 마음대로 하라고 했다. 그 대신 나중 일은 알 바 없다고 딱 잘라 말했다. 그까짓 육백 엔쯤 없어도 살 수 있다고 생각했지만, 여느 때와는 다른 형의 담백한 행동이 마음에 들었으므로 나는 고맙단 인사를 하고 받아 두었다. 형은 따로 오십 엔을 주면서 기요에게 전해 달라고 했고, 난 그 역시 두말없이 받아 두었다. 그리고 이틀 후에 신바시 역에서 형과 헤어진 후, 지금까지 난 한 번도 형을 만나지 못했다.

나는 자리에 누워서 육백 엔을 어떻게 쓸지 생각했다. 장사는 우선 귀찮다는 생각도 들었고 잘 될 것 같지도 않았다. 게다가 육백 엔은 장사다운 장사를 하기에는 어림도 없는 돈이었다. 설령 가능하다고 하더라도 나에게는 내세울 학벌이 없으므로 지금으로서는 결국 손해만 볼 것 같았다. 그래서 고민 끝에 학비로 쓰기로 결정했다. 육백 엔을 삼분해서 일 년에 이백 엔씩 쓰면 삼 년 동안은 공부를 할 수 있을 것이고, 삼 년간 열심히 공부하면 뭐든 할 수 있게 되겠지 하는 생각이 들었다.

그 다음은 어느 학교에 갈 것인가 결정하는 것이었는데, 나는 원래 공부와는 인연이 멀었다. 특히 어학이나 문학 분야 쪽으로는 재능을 타고나질 못한 것 같다. 신체시를 읽더라도 스무 행 중에서 단 한 줄도 이해하기 힘들었다. 어차피 공부는 싫으니까 무엇을 배우든 마찬가지라고 생각하던 찰나에, 물리학부 앞을 지나는데 학생 모집 광고가 눈에 띄었다. 이것도 인연이란 생각이 들어서 입학 서류를 받아다 곧바로 입학 수속을 해 버렸다. 지금 생각하면 이것도 타고난 덜렁거리는 성격 탓으로 생긴 실수였다.

삼 년 동안 남들만큼 공부를 한다고 했으나 워낙 소질이 없어서 그런지 석차는 늘 뒤에서 세는 편이 빨랐다. 그러나 신기하게도 삼 년이 지나 마침내 졸업을 하게 되었다. 스스로도 이상하다는 생각이 들 정도였으나 그렇다고 주는 졸업장을 마다할 이유도 없으므로 받아 두었다.

졸업을 한 지 여드레 되는 날, 교장의 호출을 받고 무슨 일인가 하고 가 보았다. 시코쿠 근처에 있는 중학교에 수학 교사 자리가 났는데 월급 사십 엔을 받고 갈 의향이 있느냐는 것이었다.

나는 삼 년간 공부를 하긴 했지만 솔직히 교사가 될 마음도 시골로 가고 싶은 생각도 전혀 없었다. 그렇지만 교사 이외에 무엇이 되고 싶다는 뚜렷한 목표가 있는 것도 아니었으므로, 그 제의를 그 자리에서 승낙해 버렸다. 이 또한 내 덜렁거리는 성격에서 비롯된 것 같다.

일단 승낙한 이상 부임하지 않으면 안 된다. 이삼 년간은 넉 장 반짜리 다다미방에 살면서 잔소리 한 번을 들은 적이 없었다. 싸우는 일도 없이 살았다. 내 생애 중에서 비교적 태평한 시절이었다.

태어나서 지금까지 내가 도쿄를 벗어나 본 적은 동급생과 함께 가마쿠

라로 소풍 갔을 때뿐이다. 이번에는 가마쿠라와 비교할 정도가 아니었다. 훨씬 더 멀리 가야 한다. 지도에서 찾아보니 바늘구멍만큼이나 작은 바닷 가였다. 어차피 제대로 된 곳일 리가 없다. 그곳이 어떤 마을이며 어떤 사람들이 살고 있을지는 알 수 없다. 모른다고 난처할 것도 없고, 걱정되지도 않는다. 그저 그냥 가기만 하면 된다. 그렇지만 좀 성가시기는 하다.

집을 정리한 후에 난 가끔씩 기요가 사는 집을 찾아 갔다. 기요의 조카란 사람은 의외로 괜찮은 사람이었다. 내가 갈 때마다 반겨 맞으면서 이것저것 대접해 주었다. 기요는 나를 앞에 두고 조카에게 내 칭찬을 늘어놓곤 했다. 학교만 졸업하면 고지마치 근처에 큰 집을 살 것이며 관공서에 취직하게 될 거라고 허풍을 떨기도 했다. 자기 마음대로 정해 놓고 혼자서 떠들어 대는 바람에 당사자인 난 무안해서 얼굴을 붉혀야 했다. 그것도 한두 번이 아니다. 때로는 내가 자다가 오줌을 쌌던 어릴 적 이야기까지 들춰서 아연케 만들었다. 그 조카가 어떤 기분으로 기요가 늘어놓는 자랑을 들었을지 알 수 없다. 기요는 옛날 사람이어서 자기와 내 관계를 봉건 시대의 주종처럼 생각하고, 자기에게 상전이면 조카에게도 상전이라고 생각했던 것 같다. 조카야말로 꼴이 우스워졌다.

약속 날짜가 다가와서 부임지로 떠나기 사흘 전날 기요를 찾아 갔다. 기요는 북향으로 나 있는 다다미 석 장짜리 방에 감기로 누워 있었다. 내가 온 것을 보고 벌떡 일어나더니 물었다.

"도련님, 대체 집을 언제 장만할 건가요?"

기요는 내가 졸업만 하면 돈이 저절로 주머니에서 솟아나는 줄 알고 있는 것 같다. 이런 나를 붙잡고 아직도 도련님이라고 부르고 있는 게 한심스러웠다.

내가 시골로 발령을 받아 내려가기 때문에 당분간은 집을 장만하지 못할 거라고 말하자, 기요는 몹시 낙망한 표정으로 희끗희끗한 귀밑머리를 자꾸 쓰다듬었다. 그 모습이 너무 안쓰러웠기 때문에 난 위로의 말을 했다.

"시골로 가긴 하지만 곧 돌아와요. 내년 여름 방학 때는 꼭 돌아올 거예요."

그래도 여전히 심란한 얼굴이기에 말했다.

"선물로 무엇을 사다 줄까, 뭐가 갖고 싶어요?"

기요는 뜬금없는 대답을 했다.

"에치고의 갈엿이 먹고 싶군요."

에치고의 갈엿은 처음 들어 보는 것이었을 뿐더러 에치고는 내가 가는 곳과는 전혀 방향이 다른 곳이었다.

"내가 가는 시골에는 갈엿은 없을 거예요."

"그럼 그곳은 어디에요?"

"서쪽 방향이에요."

"그럼 하코네 지나서인가요? 못 가서인가요?"

계속 이어지는 기요의 이런 질문 때문에 나는 진땀을 뺐다.

출발하는 날에는 기요가 아침부터 와서 이것저것 챙겨 주었다. 오는 길에 잡화점에 들러서 산 칫솔과 이쑤시개와 수건을 가방 속에 넣어 주었다. 필요 없다고 해도 들은 척도 하지 않았다. 나란히 인력거를 타고 역 앞에 도착해서 플랫폼 위로 올라섰을 때, 기차에 오르는 내 얼굴을 물끄러미 바라보면서, 기요는 울먹이며 작은 소리로 말했다.

"도련님, 이제 다시 못 뵐지도 몰라요. 부디 몸 건강하게 잘 지내세요."

그 눈에 눈물이 글썽글썽 고여 있었다. 난 울지는 않았지만 하마터면 나도 울 뻔했다. 기차가 드디어 움직이기 시작했으므로 이제는 괜찮겠지 하고 차창 밖으로 고개를 내밀고 돌아보았더니 여전히 그 자리에 서 있었다. 어쩐지 기요의 모습이 무척이나 작게 느껴졌다.

인생의 새벽을 깨우는 좋은 습관
아침독서 10분 동양고전

초판 1쇄 인쇄 2010년 3월 20일
초판 1쇄 발행 2010년 3월 25일

엮 은 이 구인환
펴 낸 이 신원영
펴 낸 곳 (주)신원문화사

편   집 장경근 김순선 김진희 최미임
디 자 인 송효영
영   업 이정민
총   무 양은선 김희자 정하영 정설화 강수연
관   리 조경화 도재혁
경영지원 윤석원

주   소 서울시 영등포구 당산동 121 – 245 신원빌딩 3층
전   화 3664 – 2131~4
팩   스 3664 – 2130
출판등록 1976년 9월 16일 제5 – 68호

ISBN 978-89-359-1520-0 (43800)
ISBN 978-89-359-1516-3 (세트)